Antonia Somme

Für immer Meeresträume

Liebe Leserin, lieber Leser,

herzlichen Dank, dass du dich für ein Buch von beHEARTBEAT entschieden hast. Die Bücher in unserem Programm haben wir mit viel Liebe ausgewählt und mit Leidenschaft lektoriert. Denn wir möchten, dass du bei jedem beHEARTBEAT-Buch dieses unbeschreibliche Herzklopfen verspürst.

Wir freuen uns, wenn du Teil der beHEARTBEAT-Community werden möchtest und deine Liebe fürs Lesen mit uns und anderen Leserinnen und Lesern teilst. Du findest uns unter be-heartbeat.de oder auf Instagram und Facebook.

Du möchtest nie wieder neue Bücher aus unserem Programm, Gewinnspiele und Preis-Aktionen verpassen? Dann melde dich für unseren kostenlosen Newsletter an:
be-heartbeat.de/newsletter

Viel Freude beim Lesen und Verlieben!

Dein beHEARTBEAT-Team

Melde dich hier für unseren Newsletter an:

Über die Autorin

Antonia Sommer lebt mit ihrem Mann im Rheinland, doch ihr Herz gehört Norderney. Salzige Luft, Möwengeschrei und die Brandung der Wellen beleben ihre Sinne und inspirieren sie zu unzähligen Geschichten, in denen Liebe stets die Hauptrolle spielt. Wenn sie nicht schreibt, arbeitet Antonia als freie Lektorin. Sie liebt Musik, den Wind und Herbstblätter – gern auch in dieser Kombination.

ANTONIA SOMMER

FÜR IMMER Meeresträume

Ein Norderney-Liebesroman

be HEARTBEAT

Vollständige ePub-to-Print-Ausgabe des in der Bastei Lübbe AG
erschienenen eBooks

beHEARTBEAT in der Bastei Lübbe AG

Textredaktion: Janina Roesberg
Lektorat/Projektmanagement: Lara Wimmers
Covergestaltung: Guter Punkt, München unter Zuhilfenahme von Firefly
und Verwendung folgender Motive: © KI/Adobe Firefly ; © IakovKalinin/
iStock/Getty Images Plus ; © PhuuchaayHYBRID/iStock/Getty Images Plus
Satz: 3w+p GmbH, Rimpar
Druck: Libri Plureos GmbH

ISBN 978-3-7413-0453-8

be-heartbeat.de
lesejury.de

Für meinen Mann.
Du hast Freiheit mitgebracht.

Playlist

Bliss – Kissing
Frank Sinatra – Fly Me to the Moon
Adele – Set Fire to the Rain
Taylor Swift – Fresh Out The Slammer
a-ha – Hunting High and Low
Alanis – Head Over Feet
Frank Sinatra – My Way
Coldplay – Everglow
Glashaus – Haltet die Welt an
Dermot Kennedy – Kiss Me
Florence & the Machine – Never Let Me Go
Lewis Capaldi – Pointless
Linkin Park – In The End
Lost Frequencies & Bastille – Head Down
Blank & Jones – Flaming June

Nele

Weißgraue Flocken über dunklem Meer. Die weiße Silhouette Norderneys war nicht mehr als ein müder Schatten. Nur ein paar wenige Spaziergänger liefen über den Strand.

Nele hatte sich lediglich einen Kaffee holen wollen und kurzerhand beschlossen, für die Überfahrt zur Insel unter Deck zu bleiben. Dort war es wesentlich wärmer als im Auto. Auf ihr Buch konnte sie sich allerdings nicht konzentrieren. War sie bisher emotionslos Richtung Heimat gefahren, kroch nun eine gewisse Unruhe in ihre Glieder.

Ein Jahr und vier Monate hatte sie im Schwarzwald und nicht auf Norderney gelebt. In dieser Zeit war sie genau drei Mal zu Besuch gekommen: Direkt nach wenigen Wochen, weil das Heimweh sie überkommen hatte, und als die Zwillinge im Abstand von wenigen Monaten geheiratet hatten. Jedes Mal hatte sie sich nur wenige Tage auf Norderney aufgehalten, denn sie wollte ihre schwerkranke Patientin ungern für länger in den Händen einer anderen Pflegerin zurücklassen. Doch Rosalie hatte ihr gut zugeredet: Familie sei so wichtig, und sie würde schon nicht ausgerechnet in den Tagen sterben, in denen Nele nicht da sei.

Mit einem wehmütigen Lächeln dachte Nele an die tapfere Frau, die ihr in den Monaten, in denen sie einander so nahegekommen waren, eine liebe Freundin geworden war.

Doch nun lebte Rosalie nicht mehr, und Nele kehrte auf ihre Insel zurück. Wie lange sie auf Norderney bleiben konnte, stand allerdings in den Sternen.

Als die Fähre im Hafen angelegt hatte, umklammerte Nele

das Lenkrad, atmete tief durch und startete den Wagen. Es gab keinen Grund, nervös zu sein.

Zumal eh niemand wusste, dass sie nach Hause kam.

»Das kannst du doch nicht machen!«, hatte Tantouk entsetzt ausgerufen. Ihre Tante Anouk, die von allen nur Tantouk genannt wurde, weil die Geschwister den schwierigen Namen als Kinder nicht aussprechen konnten, lebte derzeit ebenfalls in Freiburg. Überraschend war sie Nele nach einer enttäuschten Liebe in den Süden gefolgt und hatte sich zwischenzeitlich gut eingelebt. Selbstverständlich hatte Nele sie gefragt, ob sie mit nach Hause fahren wollte, doch Tantouk hatte abgelehnt. Sie würde erst zu Weihnachten nach Norderney kommen. Und Nele war gespannt, ob sie ihren neuen Partner mitbringen würde.

Nachdem sie ihrer Tante die Gründe dargelegt hatte, weswegen Nele ihre Ankunft nicht angekündigt hatte, musste diese letztlich zugeben, dass sie ihre Vorgehensweise verstehen konnte.

Denn sie kannten ihre Familie. Die Geschwister würden Himmel und Hölle in Bewegung setzen, um Nele einen entsprechenden Empfang zu bereiten, und genau das wollte sie vermeiden. Zudem befanden sich Raik und Svea in den verdienten Flitterwochen, die wären am Ende noch zu Hause geblieben.

Nein, Nele wollte sich ganz heimlich ins Haus schleichen und ihre Schwestern Beeke und Tessa sowie ihren Bruder Klaas überraschen.

Genau wie Mattes.

Während Nele durch ihre Siedlung fuhr, schweiften ihre Gedanken zu Mattes' letztem Brief. Er war erst vorgestern angekommen. Sie hatte sie nicht gezählt, aber es mussten über dreißig Briefe sein, die er ihr seit ihrem Umzug im letzten Jahr geschrieben hatte. Nie hätte Nele erwartet, was sich aus seinem ersten überraschenden Anschreiben entwickeln würde.

Ich kann es kaum erwarten, dich an Weihnachten wiederzusehen, und ich gebe zu, der Gedanke daran macht mich nervös.

Noch hatte sie ihm nicht geantwortet, aber nervös war sie auch. Immerhin waren sie sich bei ihrem letzten Treffen etwas nähergekommen.

Nele parkte vor dem Haus, und wie erwartet lag es ruhig vor ihr. Nichts deutete darauf hin, dass jemand zu Hause war, und die Stille im Inneren des Hauses bestätigte das.

Nach und nach brachte sie ihr Gepäck hinein. So schön der leichte Schneefall anzusehen war, so unangenehm kalt klebte die Feuchtigkeit auf ihrer Kleidung und drang gefühlt in jede Hautpore. Zudem hatte sie die lange Fahrt ausgelaugt. Also duschte sie heiß, zog sich bequeme, trockene Sachen an und setzte sich mit einem großen Kaffee auf den Esstisch, der direkt vor dem bodentiefen Wohnzimmerfenster stand. Die Füße stellte sie auf einem Stuhl ab und hörte in ihren Gedanken die Stimme ihrer Mutter, die ihr diese Unsitte immer mit einer liebevollen Ermahnung hatte durchgehen lassen.

Sie fehlte ihr.

Tief atmete Nele ihr Zuhause ein.

Es roch unvertraut. Das Haus hatte sich verändert. Am auffälligsten war die neue Wandfarbe. Offenbar hatten Raik und Svea einen neuen Anstrich gewollt, denn das vorher matte Weiß war einer Kombination aus einem herbstlichen Rotbraun und sandfarbenen Akzenten gewichen. Eine neue Couch mit farblich passenden Kissenbezügen, unbekannte Fotos auf den Regalen, eine Spielkiste für Yara in der Ecke. Nele fremdelte etwas. Das war auch ihr Zuhause gewesen.

Nun fühlte es sich nicht mehr danach an.

Ihr Blick schweifte zu ihrem verwaisten Tiny House, das ein fast malerisches Bild in dem schneebedeckten Garten abgab. Ihr Vater hatte es für sie vor einigen Jahren gebaut. Nach einer gescheiterten Beziehung war sie wieder zu Hause eingezogen. Zwar hätte es Platz im Haus gegeben – Klaas lebte in Oldenburg, die Zwillinge hatten eigene Wohnungen – doch ihr Vater kannte Nele gut und hatte ihr eine ganz eigene Rückzugsmöglichkeit angeboten. So wurde es nie zu voll, wenn alle Geschwister zu Hause waren.

Nach dem Tod ihrer Eltern waren Raik und Beeke zurück ins Elternhaus gezogen, um für Tessa da zu sein, und nun war die Jüngste die Einzige, die noch mit Raik hier lebte. Also hatte Nele sich überlegt, in Beekes altes Zimmer statt ins Tiny House zu ziehen. Nach über einem Jahr Abwesenheit würde sie erst einige Kontrollen durchführen müssen, bevor sie es bewohnen konnte. Raphael, ein Bekannter, mit dem sie in Freiburg ein paar schöne Nächte verbracht hatte, arbeitete als Elektriker und hatte ihr eines Morgens auf ihre Anfrage hin sehr genau erklärt, worauf sie zu achten hatte, wenn sie das Häuschen wieder in Gang bringen wollte. Das war sexy gewesen, und hilfreich noch dazu. Denn abgesehen von dem ganzen elektrischen Kram, von dem sie nichts verstand, war es notwendig, das Haus innen und außen auf Schäden zu überprüfen, die Toilette vorzubereiten, die Wasserleitungen durchzuspülen und und und … Die Liste war lang.

Zu lang.

Die Wohnsituation war Punkt eins ihrer To-do-Liste gewesen und diesen hatte sie mit der Wahl auf Beekes Zimmer schnell abhaken können. Ein neuer Job und Mattes standen als Nächstes an.

Vor einigen Wochen hatte Nele bei ihrer ehemaligen Chefin angefragt, ob sie sie einstellen würde, und zu ihrem Erstaunen eine Absage erhalten. Sie war sich sicher gewesen, dass das Krankenhaus Personal suchte, doch die überraschende Kündigung im letzten Jahr hatte man ihr anscheinend übel genommen. Zum Glück hatte Nele einige Rücklagen. Nicht nur, dass sie in der privaten Pflegestelle, wegen der sie Norderney verlassen hatte, geradezu fürstlich bezahlt worden war.

Nein, Rosalie hatte ihr überraschenderweise eine größere Summe Geld vermacht. Damit würde sie nun eine Weile über die Runden kommen.

Das Vibrieren ihres Handys riss Nele aus den Gedanken. Es war eine Nachricht von Tantouk, die fragte, ob sie gut angekommen wäre. Nele antwortete erst ihr und schrieb dann ihrer Freundin Caro. Carolins Mutter war es gewesen, die Nele im letzten Jahr gepflegt hatte. Als bei Rosalie eine aggressive Krebsform diagnostiziert worden war, hatte Caro Nele gefragt, ob sie sich vorstellen könnte, Rosalie bei diesem Prozess zu begleiten. Nele, die zu diesem Zeitpunkt zunehmend unglücklicher auf Norderney wurde, hatte direkt zugesagt, gekündigt und war kurze Zeit später in den Schwarzwald gezogen – und hatte es keinen Tag bereut.

Das war im Sommer des letzten Jahres gewesen.

Es hatte sie alle glücklich gemacht, dass Rosalie einige Monate länger leben durfte, als ihr prophezeit worden war. Der Abschied war zwar eine traurige, aber auch achtsame Zeit gewesen. Eine Zeit, in der Nele den Sinn ihres Berufs mehr gespürt hatte als all die Jahre zuvor. Und daran wollte sie festhalten.

Ein Leben zu führen, in dem sie jeden Abend mit einem Lächeln zu Bett gehen konnte, weil sie das Beste aus ihrem Tag gemacht hatte.

Sie wollte keine Zeit mehr verschwenden.

Die Vergangenheit endlich loslassen.

Warm eingepackt spazierte Nele den beinahe menschenleeren Strand entlang. Der November war keine beliebte Reisezeit. Dafür stieß man wieder auf mehr Inselbewohner, die sich trafen, um die Restaurants und Cafés zu besuchen, die sonst von den Touristen gestürmt wurden. Zu den Feiertagen kamen meist nur die Stammgäste auf die Insel, die dem Familientrubel entfliehen wollten und sich einen ruhigeren Jahreswechsel wünschten.

Nele wäre gern länger im Schwarzwald geblieben, wenn es sich angeboten hätte. Doch nach Rosalies Tod hatte sie Caro in schweren Momenten beigestanden und zudem geholfen, das Haus auszuräumen. Ein bisschen hatte das auch die Wunde geheilt, die der Tod ihrer eigenen Eltern vor wenigen Jahren in sie gerissen hatte. Aber irgendwann hatte sie eine Entscheidung treffen müssen. Und die war zugunsten ihrer eigenen Familie ausgefallen. Wobei, nein. Eigentlich war Weihnachten das Sandkörnchen auf der Waage gewesen. Natürlich vermisste sie ihre Geschwister, den Zusammenhalt und die Nähe, aber es waren die Feiertage, die Nele unbedingt mit ihnen verbringen wollte. Nur was sie danach tun würde, wusste sie noch nicht.

Derzeit pendelte Nele zwischen zwei Welten: Auf der einen Seite die Enge der Insel und die Vertrautheit der Familie, auf der anderen Seite die endlose Freiheit des Landes und seiner Möglichkeiten. Sichere Familie oder räumliche Freiheit.

Sie zog die Nase kraus. Das Gefühl, derart unentschlossen zu sein, mochte sie ganz und gar nicht.

Als das große, schlanke Hotel in Sicht kam, in dem Beekes Mann Joon ein Apartment bewohnte und das nun auch das Zuhause ihrer Schwester war, warf Nele einen Blick auf die Uhr. Es war Mittagszeit, und sie hatte keine Ahnung, wo Beeke sich aufhielt oder was das Baby zu dieser Zeit brauchte. Vielleicht hätte sie doch anrufen sollen. Sie wollte nicht ungelegen kommen.

In der Hotellobby schlug ihr warme Luft entgegen. Sie zog ihre Mütze vom Kopf und sah sich um. Eine holzgetäfelte Rezeption, eingerahmt von großen Pflanzen in massiven Kübeln, zog den ersten Blick auf sich. Das gesamte Ambiente war in Gold und Blau gehalten. »Zeitlose Eleganz« hatte Beeke es einmal in einem ihrer Postings beschrieben. Ihre Schwester arbeitete als Social Media Managerin für Petersen Hotels, zudem war sie auch die Frau des Chefs. Wegen des Babys hatte sie ihre Arbeitsstunden derzeit aber verringert.

Tatsächlich war Nele noch nie in diesem Hotel gewesen. Sie hatte keine Ahnung, wie ihre Schwester lebte. Dass das Apartment ganz oben war, wusste sie, hatte es aber bisher nur auf Bildern oder in Video-Calls gesehen. Ob sie da einfach so hochfahren konnte? Nicht dass der Aufzug aufging und sie direkt im Wohnraum stand.

Doch all diese Gedanken wurden zunichtegemacht, als ihr Joon, ihr Schwager, über den Weg lief. Er bemerkte sie nicht, also zupfte sie ihn kurz am Ärmel.

»Der Tunnelblick der wichtigen Menschen«, spottete sie und musste bei seinem darauffolgenden Gesichtsausdruck grinsen.

»Das ist ja eine Überraschung«, rief Joon aus und bot ihr eine Umarmung an.

Dagegen war nichts einzuwenden. Nele mochte ihn gern und kannte ihn bereits ihr Leben lang. Von klein auf war er der beste Freund der Zwillinge gewesen und in ihrem Elternhaus ein und aus gegangen.

Strahlend begutachtete er sie. »Bee hat nicht erzählt, dass du kommst. Hast du dich heimlich nach Norderney geschlichen?«

Unschuldig blinzelte sie ihn an. »Vielleicht?«

Joon schüttelte ungläubig den Kopf. »Du bist mir ja eine. Bee ist oben. Ich hab leider«, er warf einen Blick auf die Uhr, »gerade gar keine Zeit.«

»Kann ich einfach hochfahren? Ich war nicht sicher, ob ich dann nicht direkt im Wohnzimmer stehe und in eine unangenehme Situation platze.«

Er lachte leise. »Nein, keine Sorge. So modern sind wir nicht. Neunter Stock, linkes Apartment, eine geschlossene Wohnungstür!«

»Und ich wecke das Baby auch nicht?«, hinterfragte sie.

Joon zuckte mit den Schultern. »Schätze, das wirst du herausfinden. Ich muss los. Mach gern was mit Bee aus, Abendessen oder so.« Er drückte sie noch mal, dann lief er eiligen Schrittes in einen schmalen Flur.

Also verfolgte Nele ihren ursprünglichen Plan und stieg in den Fahrstuhl. Beim Aussteigen hielt sie sich links und klopfte leise an die Tür des Apartments. Es befand sich keine Klingel und auch kein Namensschild daran, aber Nele hoffte, es war die richtige.

Sie hörte leise Schritte, die Tür ging auf, und vor ihr stand ihre ältere Schwester Beeke.

»Oh Göttin!«, rief sie aus und fing an zu lachen. »Deshalb hat mein Mann mir eben geschrieben, dass ich mir besser was anziehen soll!« In der Tat trug Beeke Jeans und einen übergroßen Hoodie, nur an den Füßen war sie barfuß.

»Ach was, mir hättest du auch im Schlabberlook oder nackt öffnen können. Passt es gerade?«

»Willst du mich veräppeln? Komm rein!« Drinnen umarmte Beeke sie fest. »Wie schön, dass du da bist. Aber wieso hast du denn nichts gesagt? Wir hätten dich doch anständig empfangen.«

»Genau deswegen! Ich wollte weder Umstände machen noch Aufregung verursachen.« Nele lächelte ihre ältere Schwester an. Sie waren schon immer gut miteinander ausgekommen, doch im letzten Jahr hatte Bee verstärkt Wert darauf gelegt, engen Kontakt zu halten.

»Wo ist Mayla?« Suchend sah sie sich um, doch sie entdeckte das Baby nirgendwo.

»Tessa hat sie sich vor ein paar Minuten zum Spaziergang ausgeliehen, damit ich in Ruhe duschen kann. Du hast sie knapp verpasst. Geduscht habe ich allerdings immer noch nicht«, erklärte Beeke.

»Dann mach das doch eben, und ich koche uns in der Zeit einen Kaffee?«

Gesagt, getan. Beeke zeigte ihr alles Notwendige, und während sie unter die Dusche hüpfte und der Kaffee durchlief, schaute sich Nele in dem großzügigen Apartment um. Direkt neben dem Eingang war das Bad, gleich gegenüber befand sich die Küche. Von einem kleinen Flur, der in das großzügige Wohnzimmer überging, erspähte sie durch eine halb geöffnete Tür das Schlafzimmer.

Alles war hell und freundlich eingerichtet. Beeke hatte ihr Anfang des Jahres viel von der Renovierung und Neuausstattung erzählt.

In diesem Punkt hatte sich das Leben ihrer Schwester sehr geändert, denn sie hatte einen der reichsten Männer der Insel geheiratet: Joons Familie besaß mehrere Hotels und Restaurants auf Norderney und Juist, und im Moment arbeiteten Joon und Beeke gemeinsam an der Idee eines weiteren Hotels. Die beiden waren schon als Jugendliche ein Paar gewesen und Nele hatte es nicht gewundert, dass sie im letzten Jahr wieder zusammengefunden hatten. Vielleicht hatte sie auch selbst ein bisschen nachgeholfen.

Bei der Erinnerung an die Partys, die sie oft im Garten gefeiert hatten, musste Nele lächeln. Auch im Schwarzwald war sie einige Male ausgegangen. Freiburg war eine tolle Stadt und nicht weit entfernt von dem kleinen Ort gewesen, in dem sie bei Caro und Rosalie gewohnt hatte. Viele Abende hatte sie nicht freigehabt, weil ihre Patientin rund um die Uhr Betreuung gebraucht hatte, aber die eine oder andere Nacht war dabei gewesen. Großstadtluft hatte sie bis dahin noch nie geschnuppert, und die Freiheit, die sie eingeatmet hatte, hatte sich in ihr ausgebreitet und sie nicht wieder losgelassen.

Gleich nachdem der Kaffee fertig war, kam auch Beeke umgezogen und mit Handtuchturban ins Wohnzimmer, und die Schwestern ließen sich auf dem Sofa nieder. Bodentiefe

Fenster boten einen unglaublich schönen, weiten Ausblick aufs Meer.

»Hier würde ich auch nicht ausziehen. Es muss traumhaft sein, diese Aussicht jeden Tag vor Augen zu haben«, stellte Nele fest.

Ihre Schwester nickte. »Das ist es, aber ich vermisse unser Haus schon arg. Aber reden wir nicht von mir! Wieso bist du schon da? Ist was passiert? Wolltest du nicht erst zu Weihnachten nach Hause kommen?«

»Ja, das war der Plan, aber irgendwie …« Nele zog die Nase kraus. »Rosalies Tod war hart für mich.« Bisher hatte sie noch mit niemandem darüber gesprochen – die Briefe an Mattes ausgenommen –, und so laut gesagt fühlte es sich noch ein bisschen schmerzhafter an. »Wir haben das Haus ausgeräumt, weil Caro umgezogen ist, und sie hatte mich eingeladen zu bleiben, aber ich hatte das Gefühl, ein bisschen Zeit für mich zu brauchen. Also dachte ich, komme ich früher und genieße die Vorweihnachtszeit mit meinen Geschwistern. Ich freue mich so, die Jungs und Tessa wiederzusehen.« Emotional berührt nahm sie Beekes Hand, die ihre drückte, aber gleichzeitig eine Schnute zog.

»Klaas und Daniel sind nicht da«, sagte sie sogleich. »Sie nutzen Raiks Abwesenheit und die geänderten Öffnungszeiten des *Radlagers* ebenfalls für Urlaub und anschließende Besuche in Oldenburg.«

»Oh nein.« Nele seufzte. »Wann kommen sie wieder?«

»Sie sind am Samstag erst gefahren und werden zeitgleich mit Raik und Svea zurückkommen, also Anfang Dezember. Tut mir leid.«

»Fast vier Wochen«, murmelte Nele. Das warf ihre Pläne und Hoffnungen durcheinander, denn sie hatte fest damit gerechnet, mit ihrem Bruder und seinem Mann Zeit verbringen zu können. »Und Tess?«

Beeke lächelte. »Du wirst staunen. Sie ist so erwachsen geworden im letzten Jahr. Und wahnsinnig glücklich mit Finn.«

Nele runzelte die Stirn. »Finn?«

»Ihr Freund. Den hat sie jetzt seit … hm, vier, fünf Wochen?«

Ganz offensichtlich war es doch nichts mit der geschwisterlichen Enge. Anders konnte Nele sich nicht erklären, dass sie das alles nicht mitbekommen hatte. »Hab ich sonst noch was verpasst?« Nur mit Mühe konnte sie einen enttäuschten Tonfall verbergen.

»Dass die Jungs weg sind, stand doch im Chat?« Beeke zog ihr Handy hervor und wischte darauf herum. »Oh.« Ihre Wangen färbten sich rot.

Gleichzeitig hatte Nele die Geschwister-WhatsApp-Gruppe geöffnet, doch da war seit einer Weile kein Eintrag mehr gewesen. Sie sah auf. »Was?«

»Es … es steht in der anderen Gruppe. Mist, das ist mir jetzt unangenehm.« Beeke atmete tief durch. »Seit deinem Geburtstag letztes Jahr gibt's eine Gruppe, in der du nicht bist, weil wir da dein Geschenk geplant haben. Und offensichtlich haben wir einige Sachen dort geschrieben. Sorry, das war unachtsam.«

Ihre Schwester wirkte ehrlich betroffen, also versuchte Nele, das fiese Zwicken zu verdrängen, was sich in ihr breitmachte. Sie war ja selbst schuld. Schließlich war sie weggegangen und hatte Distanz zwischen sie gebracht.

»Schon okay«, versuchte sie die unangenehme Situation tapfer wegzulächeln. »Jetzt bin ich ja da und krieg wieder alles mit.«

»Aber natürlich! Ich glaube, von Finn weißt du nichts, weil das in die Zeit fiel, als deine Patientin gestorben ist. Und du weißt ja, wie Tessa ist. Sie macht nicht gern Aufhebens um sich.«

Wie ich, dachte Nele kurz, bevor sie den Faden von vorher

wieder aufnahm. »Wir werden schon noch Zeit zum Quatschen haben. Ich habe mich nicht angekündigt, weil ich nicht wollte, dass ihr euch viel Mühe macht. Hinterher hätten Raik und Svea noch ihre Pläne geändert. Aber nun erzähl auch von dir: Wie geht es dir? Wie ist es, Mutter zu sein? Kriegst du genug Schlaf?«, bombardierte Nele Beeke mit Fragen, und zu ihrer Erleichterung ließ diese sich darauf ein. Dass es nur eine Taktik war, um von unbequemen Themen abzulenken, war Nele bewusst, aber sie würde noch genug Zeit haben, sich über alles Gedanken zu machen.

Jetzt wollte sie erst einmal zu Hause ankommen. Sie schob die negativen Gefühle und Gedanken beiseite und ließ sich voll auf ihre Schwester ein. Nur wenig später stieß die Jüngste dazu.

Tessa freute sich überschwänglich, dass sie da war, und wich nicht mehr von ihrer Seite. Mit ihr und dem Baby lockerte sich die Stimmung endgültig auf, und Neles Unruhe legte sich. Je mehr sie redeten, je mehr Beeke und Tessa erzählten, desto entspannter wurde sie.

Sie war zu Hause.

Mattes

Sorry, hab mich in den Steuern verloren. Bin auf dem Weg.

Hastig tippte Mattes die Nachricht in sein Handy, bevor er es in die Hosentasche schob, aus der Tür eilte und sie hinter sich zufallen ließ. Direkt musste er noch einmal umdrehen, um sie noch abzuschließen. Herrgott, er war so verpeilt an diesem Tag.

Auf dem Weg zu seinem Fahrrad klaubte er die Post aus dem Briefkasten, grüßte eine Nachbarin und dachte wehmütig an sein Motorrad. Mit dem wäre er schneller unterwegs.

Mattes war mit seinem Bruder verabredet, genau genommen seit einer Viertelstunde. Aber wie immer, wenn er sich auf etwas konzentrierte – in diesem Fall die Steuern –, vergaß er die Zeit. Ohne Timer am Handy lief nicht viel bei ihm, doch heute hatte er sogar das vergessen. Timo hatte ihn um Hilfe bei der Kontrolle der Ferienwohnungen gebeten. Im Winter, wenn wenig bis gar keine Gäste buchten, nutzten die meisten Vermieter die Zeit für Renovierungsarbeiten. Denn auch nur in diesen Monaten hatten sie die Möglichkeit, lärmintensive Arbeiten durchzuführen, bevor der Baulärmstopp ab Mai diese untersagte. Normalerweise kümmerten sich Timo und seine Frau Annika allein darum, doch Mattes' Schwägerin war schwanger. Also hatte Mattes seine Hilfe angeboten.

Er stopfte die Briefe in den Rucksack, schwang sich aufs Fahrrad und fuhr los. Mit einem kritischen Blick in den Himmel seufzte er. Es sah danach aus, als würde es heute wieder schneien. Aber gut, sie würden eh den ganzen Tag beschäftigt sein.

Als er ankam, war Timo bereits dabei, die Wand abzukleben, die sie streichen wollten. Den letzten Feriengästen war ein Missgeschick passiert, und der Becher Kakao, den ihr kleiner Sohn in einem Trotzanfall von sich geworfen hatte, hatte Wand und Sofa mit einem schmutzigen Braun gesprenkelt.

»Entschuldige«, sagte Mattes und legte seinen Kram ab, um sich direkt an die Arbeit zu machen.

»Kein Ding«, meinte Timo und hielt ihm die Hand hin. Sie schlugen ein, dann ließ Mattes seinen Blick durch den Raum wandern, um sich einen Überblick zu verschaffen. Sein Bruder deutete auf einen Farbeimer. »Alles okay? Wir nehmen die Farbe, die auf der Fensterbank steht.«

»Hab nicht auf die Zeit geachtet«, erklärte Mattes und nahm sich den Eimer. Pinsel und Rollen lagen bereit, Timo war gut vorbereitet.

Eine Weile arbeiteten sie schweigend, bevor Timo das Gespräch wieder aufnahm. »Anni möchte dich zum Essen einladen, als Dank für deine Hilfe. Hast du Sonntag Zeit?«

»Das ist nicht nötig, nehm ich aber gern an«, antwortete er lächelnd und versuchte sich an seine Arbeitszeiten für den Rest der Woche zu erinnern. In den letzten Tagen hatte er ein paar Überstunden abgebaut, da verschob sich sein Zeitgefühl immer etwas. »Ich muss schauen. Gerade bin ich mir nicht sicher, welche Schicht ich habe. Aber ich meine, ich hab Zwölf-Stunden-Dienst.«

»Schau einfach nach heute Abend.«

»Klar. Erinnere mich morgen noch mal, wenn ich nichts gesagt habe.«

»Alter, ich kenn's ja nicht anders, aber dass du immer noch so vergesslich bist …« Timo grinste ihn an. »Wo sind deine Gedanken? Die Steuern können es wohl kaum sein. Wie heißt sie noch gleich?«

Mattes lächelte. Es gab da durchaus eine Sie, die seine Gedanken immer wieder einfing, doch das war nicht der Grund für seine Schusseligkeit. Er war schon immer so gewesen. »Du weißt, dass es da niemanden gibt.«

»Ich weiß, dass du verknallt bist.«

Er verdrehte die Augen. »Und wenn schon«, murmelte er. »Das beschäftigt mich nicht. Wenn mich was ablenkt, ist es eher der Job. Ich bin froh um die paar freien Tage.«

Timo ließ die Farbrolle sinken. »Und du hattest nichts Besseres zu tun, als uns zu helfen?«

»Und wenn schon«, wiederholte Mattes. »Ich mach's gern.«

Sein Bruder schnaubte. »Früher hättest du sonst was gemacht, statt mir freiwillig zur Hand zu gehen bei meinen handwerklichen Experimenten. 'ne Motorrad-Tour oder so.«

Mattes lachte leise und deutete aus dem Fenster, wo es mittlerweile angefangen hatte zu schneien. »Hat 'nen Grund, warum Biker im Winter nicht viel fahren. Abgesehen davon ist das hier kein Experiment. Immerhin lebt ihr davon, dass die Gäste wiederkommen. Es ist euch wichtig, also ist es auch mir wichtig.«

»Punkt für dich.« Timo hob ergebend die Hände.

Das Gespräch verebbte wieder, doch das war nicht schlimm.

Mattes verstand sich gut mit seinem Bruder, und mit ihm nicht ständig quatschen zu müssen war etwas, was er sehr zu schätzen wusste.

Während einer kleinen Pause bei einem heißen Tee und ein paar belegten Broten, die Anni ihrem Mann mitgegeben hatte, schaute Mattes seine Post durch. Erstaunt zog er einen Brief von Nele hervor. Direkt zog ein Kribbeln durch seinen Körper. Und er konnte nicht widerstehen, ihn sofort zu lesen.

He, Mats,
habe mich wie immer sehr über deinen Brief gefreut. Leider habe ich derzeit wenig Zeit zum Antworten, das tut mir leid.
Aber weißt du, was ich mich frage? Stehen die Weidenkorbstühle auch im Winter auf der Aufsichtsplattform? Ich werde es herausfinden. Vermutlich heute Nachmittag, so um vier. Da oben ist es bestimmt entzückend, wenn es schneit.
Liebe Grüße, Nele

Mattes ließ das Papier sinken und starrte Timo an. »Oh, wow.« Mit einem Mal war sein Herzschlag in die Höhe gerast und das Gefühl in seinem Bauch nahezu unerträglich.

Sein Bruder hob die Augenbrauen. »Schlechte Nachrichten?«

»Nein, im Gegenteil.« Er überflog erneut die Zeilen. Verstand er das richtig? Nele war auf Norderney? Wie unerwartet, doch was für eine verdammt schöne Überraschung. »Schätze, ich muss dich hängen lassen.« Ein Lächeln stahl sich auf sein Gesicht, dagegen konnte er einfach nichts tun. »Der ist von Nele. Sie ist wieder da.«

»Nele also.«

»Mhm«, machte Mattes. Das Lächeln hatte sich in sein Gesicht gebrannt. Sein Bruder würde nicht lockerlassen, somit konnte er es ihm auch direkt erzählen. »Erinnerst du dich, wie geschockt ich war, dass sie auf der Begrüßungsparty für Joon und mich letzten Sommer nicht da war? Sie ist kurz vorher für einen Job in den Schwarzwald gezogen. Seitdem … Na ja, seitdem schreiben wir uns. Ich dachte, sie kommt erst an Weihnachten wieder, aber offensichtlich ist sie auf der Insel. Und sie will mich sehen.«

»Du warst ziemlich durch den Wind nach der Hochzeit«, bestätigte Timo. »Das mit den Briefen, da klingelt es vage in mir. Aber so kannst du nicht zu einem Date gehen. Verschwinde. Und morgen schuldest du mir Hilfe und eine Geschichte, Bruder.« Timo klopfte ihm auf die Schulter.

Mattes ging ins angrenzende Bad und wusch seine Streichutensilien aus. Dann zog er seine Jacke an und ging zur Tür. Er konnte es kaum abwarten, nach Hause zu kommen.

An der Haustür kam ihm ein Gedanke, und er drehte sich um.

»Kann ich mir dein Auto leihen?«

Timo schüttelte wortlos den Kopf, zog seine Autoschlüssel aus der Hosentasche und warf sie ihm zu. Mit einem Lächeln hob Mattes dankend die Hand, dann lief er zu Timos altem Volvo und fuhr nach Hause.

Neles überraschte Rückkehr machte sämtliche Pläne zunichte, die er aufgestellt hatte, um ihr zu Weihnachten einen liebevollen Empfang zu bereiten. Er hatte ihr Tiny House festlich schmücken wollen, mit Lichterketten und Tannengirlanden. Zudem hatte er Neles Bruder um Erlaubnis gebeten, das kleine Haus in Schuss zu bringen, damit sie direkt dort einziehen konnte, wenn sie nach Hause kam. Raik hatte das mit einem amüsierten Grinsen zur Kenntnis genommen, aber keine Fragen gestellt.

Mattes musste lächeln. Das mit Nele und ihm war so eine Sache. Sie hatten einander lange, intensive Briefe geschrieben, und zweimal hatten sie sich zwischenzeitlich gesehen. Und an das letzte Treffen konnte er nicht ohne dieses Kribbeln im Bauch denken, was ihn auch jetzt befallen hatte.

Zu Hause angekommen sprang er als Erstes unter die Dusche. Während er sich danach deutlich mehr Mühe mit seinem Styling gab als sonst, dachte er darüber nach, dass es eine witzige Begebenheit war, dass er ausgerechnet in der Wohnung von Neles Schwester Beeke lebte. Als Mattes im Sommer letzten Jahres zurück nach Norderney gekommen war, hatte er zuerst bei seinem Bruder und seiner Schwägerin im Gästezimmer gewohnt, und als Beeke im Herbst zu Joon gezogen war, hatte sie ihm ihre kleine Wohnung in der Stadt zur Miete angeboten. Das war ein totaler Glücksgriff gewesen.

Es hatte ihm total viel Spaß gemacht, sie einzurichten. Vor seinem Umzug hatte er einiges bei einem Kumpel in Bremen gelagert, und als er das endlich abholen konnte, war das ein befreiendes Gefühl gewesen. Dabei brauchte er nicht einmal viel. Zu viel Kram sorgte nur dafür, dass er im Chaos versank, deshalb versuchte er, so wenig wie möglich anzuschaffen.

Mattes fühlte sich wohl in seinem Zwei-Zimmer-Apartment. Einige neue Pflanzen hatte er sich gegönnt und ein großes Bücherregal. Er mochte sein Zuhause, denn es gab ihm ein behagliches Gefühl von Gemütlichkeit.

Während er ein paar Utensilien in seinen Rucksack stopfte, setzte er einen Tee auf. Er wusste ganz genau, wo Nele ihn erwartete, und bei diesem Wetter würde ihnen ein heißes Getränk gute Dienste leisten. Einem Impuls folgend fuhr er früher los und besorgte noch Gebäck, bevor er den Weg in den Osten der Insel einschlug.

Die Schneeflocken wehten ihm ins Gesicht. Trotzdem hatte Mattes auf eine Mütze verzichtet. Er mochte es, wenn der Wind ihm die Haare zerzauste. Den Rucksack auf den Schultern machte er sich auf den Weg nach oben.

An drei verschiedenen Orten der Insel waren vor vielen Jahren Aussichtsplattformen errichtet worden, die Spaziergänger und Fahrradfahrer zum Erholen einluden. Auf jeder dieser Sehenswürdigkeiten war die Aussicht einmalig. Die, deren feuchte Holzplanken er nun mehr entlangrutschte denn ging, bestach durch unterschiedlich designte Sitzmöglichkeiten. Sie verbargen allerdings auch hervorragend, ob sich Menschen oben aufhielten, und er konnte nur hoffen, dass die Fußabdrücke im zuckrigen Schnee Neles waren.

Mattes war aufgeregt. Er hatte sich oft vorgestellt, wie das Wiedersehen zwischen ihnen sein würde, doch die Möglichkeit, dass es hier stattfand, an diesem Ort, war in seiner Fantasie nie dabei gewesen. Diese Überraschung freute ihn ungemein.

Als Nele vor einem Jahr zu Weihnachten und Beekes Hochzeit zu Hause gewesen war, hatten sie sich das erste Mal nach Beginn ihrer Brieffreundschaft getroffen, aber wegen des Zeitmangels nur im Beisein ihrer Geschwister und der gemeinsamen Freunde. Im Sommer hatte das schon anders ausgesehen. Auf Raik und Sveas Hochzeit war er Neles Tischnachbar gewesen. Sie hatten gleich gewusst, dass die Verbundenheit, die sie schriftlich verspürt hatten, auch im realen Leben Bestand hatte und sie mehr Zeit miteinander verbringen wollten. Sie hatten heftig geflirtet, doch erst kurz vor Neles Abreise waren sie einander nähergekommen. Trotz der wenigen Tage, die sie auf Norderney war, und der vielen Menschen in ihrem Leben hatte sie sich Zeit genommen. Früh am Morgen waren sie schwimmen gegangen, wo Nele versucht hatte, ihm Surfen beizubringen. Danach hatten sie einige Stunden in der Sonne gelegen, waren essen gegangen und hatten den Abend genau an diesem Ort verbracht – und sich zum ersten Mal geküsst.

Ein tiefes Kribbeln lief durch seinen Körper, als er die einzige Gestalt am Rand der Plattform erblickte. Sie hatte die Hände tief in die Jackentasche vergraben und war in Schal und Mütze eingemummelt.

Leise zog er den Rucksack ab und legte ihn im Vorbeigehen auf die Holzbank, bevor er zu ihr ging. »He, Hobbit.«

Langsam drehte sie sich um, und da war sie. Nele. Mit ihren dunklen Augen, dem Strahlen darin und diesem Wahnsinnslächeln. Sein Herz raste, und schlagartig war sein Mund trocken.

»He, Lieblingsmats.« Sie zog die Hände aus ihrer Jacke und griff in die Vorderseite seiner. »Nervös?«, fragte sie, während der Schalk aus eben jenen Augen blitzte, die ihm wieder fast den Verstand raubten.

»Du hast ja keine Ahnung.« Er grinste und beugte sich herunter, um sie zu umarmen. Direkt schlang sie die Arme um ihn. So standen sie einen langen Moment, und Mattes wünschte sich, er würde nie vorübergehen.

Oder vielleicht doch, aber nur, um …

»Sag mal …«, murmelte er und schielte zu ihr herunter.

Nele legte den Kopf zurück und blickte ihn neugierig an, noch immer lag das Lächeln auf ihren hübschen Lippen. »Jaaa?«

Für einen Moment verhakten sich ihre Blicke, und Mattes hatte das Gefühl, von seinen Gefühlen überwältigt zu werden.

Sie kannten einander schon lange, waren zusammen zur Schule gegangen. Aber dann hatte Mattes' Ausbildung und sein darauffolgendes Studium ihn nach Bremen geführt, und sie hatten sich erst auf Timos Hochzeit im letzten Sommer wiedergesehen. Wie Nele an dem Abend vor ihm gestanden und ihn gut gelaunt begrüßt hatte, barfuß, mit roten Wangen vom Tanzen und dem Glitzern ihres Wesens, hatte er dieses Gesicht seitdem nicht mehr aus seinem Kopf bekommen.

»Ich fall ungern mit der Tür ins Haus, aber denkst du …«, spielerisch legte er den Kopf schief und die Stirn in Denkfalten, »ein Begrüßungskuss wäre okay für dich?«

Sie schlug sich die Hand vor den Mund. »Jetzt schon? Zur … Begrüßung?«

Er lachte leise, nahm ihre Finger in seine. Wenn sie Ja sagte, wären die sowieso im Weg. »Witziger Gedanke, oder«?

Nele grinste breit, doch dann schaute sie ihn ernst an, ihr Gesicht wurde ganz weich. »Mats, ich glaube, das wäre wirklich so richtig okay.«

Sein Herz stolperte, und dann gab es nur noch Nele, den Wind und die sanften Schneeflocken, die in der Hitze ihres Kusses schmolzen.

Nur ungern löste er sich von ihr. »Schön, dass du schon da bist«, sagte er leise und zupfte an ihrer Mütze. »Und du hast sogar tolles Wetter mitgebracht.«

Sie verdrehte die Augen. »Das ist doch nicht toll. Wenn du einen Winter im Schwarzwald erlebt hast, ist das hier ein nettes Feature. Aber zumindest besser als Regen.«

»Sehr viel besser als Regen«, bestätigte er und holte seinen Rucksack.

Kleine Flocken hatten sich darauf abgesetzt. Er klopfte sie ab, dann stiefelte er damit zu einem der drehbaren Sitzelemente, die auf der Plattform standen. Seit Nele und er hier im Sommer Stunden verbracht hatten, liebte er diese Dinger.

Sie waren aus Korbweiden geflochten, die nach oben hin schmal zuliefen und das Gefühl vermittelten, man säße in einem geschützten Kokon.

Zuerst zog er ein Handtuch aus der Tasche.

»Ist das dein Ernst?« Nele gluckste, als sie beobachtete, was er vorhatte.

»Na klar.« Er grinste. Nachdem er die Sitzfläche trockengerieben hatte, warf er ein Sitzkissen in den Kokon. Einladend deutete er mit der Hand dorthin, und Nele kletterte in den Sessel. Doch bevor er es ihr nachtat, zog er seinen kleinen Schirm und eine Decke aus dem Rucksack. Er verschloss die Tasche und lehnte sie an den Korbsessel, dann nahm er dicht neben ihr Platz. »Kopf einziehen! Hoffentlich klappt das!« Mattes spannte den Schirm auf, und Nele brach in helles Gelächter aus.

Es passte hervorragend: Der Schirm verhinderte, dass sie zugeschneit wurden, und insgeheim klopfte Mattes sich auf die Schulter für diese Idee. Mit dem Fuß drehte er den Korbsessel so, dass sie aufs Meer schauen konnten.

»Das ist unfassbar romantisch«, murmelte Nele und zog die Decke zu sich. Er nahm das andere Ende, und zusammen drapierten sie die Decke über sich, was unkoordinierter war als gedacht. Sie mussten darüber lachen, doch letztlich waren sie warm eingepackt. Mattes legte seinen Arm um Nele und zog sie an sich, sie kuschelte sich an ihn.

Sie hatten eine traumhafte Aussicht aufs Meer – und sie waren zusammen.

Das war ein perfekter Augenblick.

Mattes' erster Brief

Liebe Nele,

als mein Bruder mich vor ein paar Monaten fragte, ob ich sein Trauzeuge sein möchte, habe ich nicht damit gerechnet, ihm dafür einmal so dankbar zu sein. Denn das ermöglicht mir, dich mit diesem Brief zu überraschen.

Anbei findest du neben der Dankeskarte des Brautpaares auch ein paar Fotos, die ich für dich hab entwickeln lassen. Ich finde die Bilder echt schön und hoffe, du freust dich darüber.

Warum ich dir schreibe, sollte ich dir nun auch direkt erklären.

Leider hatten wir auf der Hochzeit keine Gelegenheit, noch einmal miteinander zu reden, dabei hätte ich das wirklich gerne getan. Aber ich tröstete mich damit, dass ich ein paar Wochen später wieder nach Norderney ziehen würde, und dann könnten wir das vielleicht nachholen.

Wie sehr ich mich geirrt habe. Denn da stehe ich auf dieser Party, die die Zwillinge für Joon (und mich) organisiert haben, und du bist nicht da. Irgendwann habe ich verstanden, dass du dich nicht bloß verspätest, und habe Svea gefragt. Ich glaube, mir ist alles aus dem Gesicht gefallen, als sie sagte, dass du vor wenigen Wochen in den Schwarzwald gezogen bist. Wie schlecht kann ein Timing sein?

Tja, und da sind wir nun. Du in Süddeutschland, ich auf einer Insel und zwischen uns etwa drei Millionen Kilometer. Mindestens! Ganz ehrlich? Wäre ich noch in Bremen beschäftigt, hätte ich mir jetzt Urlaub genommen und wäre zu dir gedüst. Im Schwarzwald gibt es sehr coole Motorrad-Strecken, ich hätte dir ein paar davon zeigen können. Bist du eigentlich schon mal auf einem Bike mitgefahren?

Doch leider bin ich nicht mehr in Bremen, sondern in einem neuen

Job auf Norderney mit einem Chef, der mich nur aus zwei Gründen eingestellt hat: Eklatanter Personalmangel und weil mein Vater der Bürgermeister ist. Okay. Wenn ich nun darüber nachdenke, vermute ich, dass es doch nur einen Grund gab. So oder so bin ich sicher, ich sollte ihn besser nicht fragen, ob ich das Wochenende freibekomme.

Also mache ich es altmodisch romantisch auf diesem Weg: Keine Ahnung, ob du gerne schreibst, ob du überhaupt je Briefe geschrieben hast, aber hey, ich würde mich wie verrückt freuen, wenn du mir antworten würdest. Im Moment wohne ich bei meinem Bruder und meiner Schwägerin im Gästezimmer, bis ich was Eigenes gefunden habe. Die Adresse findest du am Ende des Briefes. Und ja, ich weiß, dass es E-Mails gibt, WhatsApp oder diverse Messenger, aber so viel vorweg: So einer bin ich nicht.

Aber ich bin einer, der gerne schreibt, der gern in den Austausch mit Menschen geht, denn schriftliche Kommunikation ist eine wunderbare Art, einander näherzukommen und sich kennenzulernen. Und (neu) kennenlernen würde ich dich wirklich, wirklich gerne. Ich würde gern wissen, was nach der Schule passiert ist, was dich beschäftigt, wie es dir geht und wie es dir wirklich (!) geht.

Denn die Wahrheit ist: Ich krieg dich nicht aus dem Kopf. Und ich habe die Hoffnung, dass du unser Wiedersehen eindrücklich genug fandest, um jetzt ein aufgeregtes Lächeln im Gesicht zu haben und Ja zu sagen: Zu diesem Abenteuer einer (Brief-)Freundschaft mit mir.

Hoffnungsvolle Grüße von Norderney, Mattes Felling

Nele

Nele hatte noch nie einen Mann wie Mattes kennengelernt. Er sah aus wie der Bad Boy einer Romanserie, aber sein Herz aus Gold strahlte aus jeder Bewegung und jedem Wort hervor. Alles, was er sagte, war liebevoll und wertschätzend, und Nele wartete auf den Haken an der Sache.

Solche Typen hatten doch immer einen Haken.

Das hatte sie schließlich am eigenen Leib erfahren.

Ihre erste längere Beziehung war während ihrer Ausbildung gewesen: Thomas hatte ihr von Anfang an schöne Augen gemacht. Nele erinnerte sich an viele Gemeinsamkeiten und eine schöne Zeit. Aber dann hatte er sie gebeten, auf Verhütung zu verzichten. Er wollte so gern Kinder haben. Damals war sie nicht einmal achtzehn gewesen und hätte die Sache gern schnell beendet. Doch Thomas war unangenehm hartnäckig gewesen.

Einige Zeit danach lernte sie Jörn kennen, einen Saisonarbeiter. Diese Art von Beziehung hatte sie für nahezu perfekt empfunden: Während der Sommermonate lebte er auf der Insel und arbeitete in einem Restaurant, danach fuhr er nach Hause. Im zweiten Jahr allerdings beschloss er, auch den Rest des Jahres auf Norderney zu verbringen. Also zogen Nele und er zusammen. Der Rest war Geschichte und endete mit dem Einzug ins Tiny House.

Und Marcel … Über den wollte sie nicht einmal ansatzweise nachdenken. Fakt war: Alle Männer, die länger eine Rolle in ihrem Leben gespielt hatten, hatten ihr nicht nur das Herz gebrochen, sondern vor allem auch ihr Vertrauen in sich selbst. An die große Liebe glaubte Nele zwar immer noch – in ihrem Umfeld liefen schließlich genug Beweise herum –, aber so richtig vertraute sie ihrem Gespür für Männer nicht mehr. Und Mattes bildete da keine Ausnahme.

Als sie den Kopf hob, um ihn anzusehen, wurde ihr jedoch direkt warm ums Herz. Sein markantes Gesicht, der dunkle, weiche Bart, die wuscheligen Haare und diese wunderschönen blauen Augen. Heute war er ordentlich eingepackt, aber sie wusste, dass sich unter den Klamotten ein sportlicher Körper mit einer Menge Tätowierungen befand. Tätowierungen, von denen sie nur einen Bruchteil kannte. Nach den anderen hatte sie ihn nicht gefragt. Womöglich hätte er sich noch ausgezogen, um sie ihr in Gänze zu zeigen. Nein, so weit waren sie im Sommer nicht gegangen.

Mattes und sie hatten einen wunderschönen, romantischen Tag am Wasser verbracht und sich abends genau hier in lange, gute Gespräche verstrickt. Und waren sich nähergekommen. Nele erinnerte sich gut, wie aufwühlend es für sie gewesen war und wie sehr sie gehofft hatte, dass Mattes die Nacht mit ihr verbringen wollte. Doch er hatte sie lediglich bis vor die Haustür gebracht und keinerlei Anstalten gemacht, mit hineinkommen zu wollen.

»Du starrst mich an«, sagte er in diesem Moment und grinste. Sie konnte nicht anders, als dieses lausbubenhafte Grinsen zu erwidern. Ihr Herz schlug schneller, und bei aller Vorsicht, bei allen Zweifeln: Sie war bis über beide Ohren in diesen Mann verknallt. Aber sie wusste nicht, ob es richtig war, etwas mit ihm anzufangen. Über diesen Kuschelkokon hinauszugehen. Zu unstet fühlte sich ihr Leben derzeit an.

»Du bist einfach wirklich hübsch«, erwiderte sie und freute sich über das Aufblitzen in seinen Augen. Prompt hauchte er ihr einen Kuss auf die Nase.

»Freut mich zu hören!« Er löste sich von ihr.

»Deswegen musst du nicht gleich gehen«, beschwerte sie

sich und wollte ihn festhalten, doch Mats wehrte sie sanft ab und bückte sich zu seinem Rucksack.

»Du hast eine kalte Nase, Hobbit. Und ich hab Tee dabei!«

Nele riss die Augen auf. »Du hast auch noch Tee gemacht?« Dieser Mann war wirklich zu gut, um echt zu sein.

»Na klar. Wir wollen doch nicht erfrieren.« Mattes hielt ihr den Becher hin, den sie dankend annahm, damit er Tee einschenken konnte. Das heiße Getränk ließ Dampfschwaden aufsteigen, roch angenehm nach Kräutern und wärmte ihre Finger. Von da zog das Gefühl in den Rest ihres Körpers, aber vielleicht war das auch der Blick, mit dem er sie ansah. »Allerdings habe ich nur die eine Tasse mit, wir werden sie uns teilen müssen.«

»Oh«, erwiderte Nele und zog ein gespielt betroffenes Gesicht. »Das ist jetzt eher schwierig.«

Mattes hob die Augenbrauen und murmelte etwas, was wie »Frechdachs« klang. Sie lachte leise auf und trank einen Schluck von dem heißen Getränk.

Wie gut das tat.

Wie gut Mattes ihr tat.

»Ich will die romantische Stimmung nicht zerstören«, sagte sie eine Weile später, als die Sonne unterging. Seit Stunden saßen sie an diesem wunderschönen Ort. Abgesehen von Tee hatte er sogar etwas zu essen mitgebracht. Kein Mensch war außer ihnen hier gewesen, und der enge Körperkontakt hatte dafür gesorgt, dass Nele nicht kalt geworden war. »Aber wir sollten reden.«

»Tun wir das nicht die ganze Zeit? Du unterbrichst das Küssen ständig, weil dir so viel einfällt, was du mir unbedingt erzählen willst.« Er grinste schelmisch.

Dieser Mann!

Hätte sie es nicht besser gewusst, würde sie denken, er frotzelte die ganze Zeit nur herum und wäre nicht zu ernsthaften Gesprächen fähig. Doch Nele wusste es besser, aus fünfunddreißig Briefen und einer langen Sommernacht.

»Ernsthaft reden!« Sie knuffte ihn.

»Dann reden wir.« Aufmerksam sah er sie an, doch bei diesem intensiven Blick konnte sie sich kaum konzentrieren. Also schaute sie aufs Meer und suchte nach Worten. Das war alles gar nicht so einfach. »Rosalie hat mir überraschend Geld vermacht. Das gibt mir ein bisschen Zeit, aber ich werde nicht ewig ohne Arbeit auf der Insel bleiben können«, erklärte sie.

Mattes nickte. »Das verstehe ich.«

»Wenn ich hier nichts finde, muss ich die Suche ausweiten. Und was das bedeutet …« Sie konnte es nicht aussprechen. Zu ungenau sah sie ihre Zukunft vor sich, zu wenig sicher war sie sich, was sie eigentlich vom Leben wollte.

Er legte den Kopf schräg. »Schätze, du willst mir sagen, dass du möglicherweise nicht auf Norderney bleibst.«

Sie biss auf ihrer Unterlippe herum. »Ja, ich glaube, das ist, was ich sagen will. Egal, was zwischen uns passieren wird«, fügte sie deutlich leiser hinzu.

»Wie weit wirst du deinen Suchradius ausweiten?«, fragte er, ohne auf ihre Worte einzugehen. Auch wenn er sich jetzt gerade, in Mattes' Armen mit Blick aufs Meer, sehr weit weg anfühlte, so war der Schwarzwald erneut eine Option. Nele hatte Tantouk und Caro gebeten, Augen und Ohren offen zu halten. Zudem hatte sie sich fest vorgenommen, es nicht von Mattes abhängig zu machen, wo sie leben und arbeiten würde. Nie wieder würde sie etwas von einem Mann abhängig machen, und am wenigsten sich selbst.

»Deutschlandweit«, gab sie zur Antwort.

Seine Mimik veränderte sich nicht. Offensichtlich war er schwer zu überraschen. Er zog sie an sich und schwieg einen langen, langen Moment, bevor er zu sprechen begann. »Nach dem Tag im Sommer und unseren Briefen hatte ich die Hoffnung, dass wir uns näherkommen würden.«

»Näher als jetzt?«, warf sie ein, vielleicht auch nur, um die Stimmung wieder etwas aufzulockern. Und Mattes ging drauf ein.

»Oh, deutlich mehr als jetzt.« Er lachte leise. »Im Ernst, Nele. Ich wünsche mir eine Beziehung. Daraus habe ich kein Geheimnis gemacht.«

»Ich weiß«, flüsterte sie an seiner Schulter.

»Du hast mich vollkommen geflasht. Dass du jetzt da bist und mir sagst, dass du vermutlich wieder weggehst, ändert nichts daran, was ich mir mit uns vorstellen kann.«

Neles Wangen wurden heiß. Nach all den Wochen und seinen vielen Briefen machte es sie immer noch verlegen, wie ungefiltert und echt Mattes ihr seine Gefühle offenbarte. Und das war eins der Dinge, die sie so an ihm mochte. Er sagte einfach, was er dachte und fühlte, er machte keinen Hehl aus seinen Empfindungen. Mattes spielte keine Spielchen.

Das Gefühl, ihm vertrauen zu können, war groß.

»Ich bin nicht gut in Beziehungen«, brachte sie schließlich über die Lippen.

Mattes zog die Augenbrauen hoch. »Wie meinst du das?«

Nele kaute auf ihrer Unterlippe herum und löste sich aus seiner Umarmung.

Es hatte aufgehört zu schneien, den Schirm hatten sie längst zur Seite gelegt und sie hatte das dringende Bedürfnis, aufzustehen und tief durchzuatmen. Also tat sie genau das.

Er machte ihr Platz, blieb aber sitzen. Sie spürte, dass er sie beobachtete, während sie sich tief in ihre Jacke schob und das Meer suchte. Es verschwamm in der Dämmerung, doch wenn sie sich konzentrierte, rauschten die Wellen zu ihr herüber.

»Ich hab ein paar schlechte Erfahrungen gemacht. Meine bisherigen Beziehungen waren nicht sehr lang und nicht sehr glücklich, was mich vorsichtig hat werden lassen.« Sie drehte sich wieder zu ihm. »Die letzten Monate gab es ein paar One-Night-Stands, aber nichts Ernstes. Ich wollte mich einfach auf nichts einlassen, was mehr von mir fordern würde. Unsere Briefe … ich … ich habe einfach nichts vermisst. Du, meine Geschwister, der Job – was brauchte ich da mehr? Ich war nervös vor unserem Wiedersehen, weil ich ahnte, was passieren würde.« Nele erwiderte Mattes' sanftes Lächeln. »Und so kam es dann auch. Als ich nach der Hochzeit zurück in den Schwarzwald fuhr, war ich bis über beide Ohren in dich verknallt und musste zusehen, wie ich damit klarkam. Denn trotz aller Schmetterlinge wollte – und will – ich keine feste Beziehung.« Nun blitzte etwas in seinen Augen auf, und er stand auf. »Ich weiß, warum ich es nicht will, ich weiß um meine Ängste, und vielleicht erzähle ich dir irgendwann davon. Es kann sein, dass ich weggehe, aber es kann auch sein, dass ich bleibe und das mit uns trotzdem nicht funktioniert.«

Mattes schob die Hände in die Hosentaschen. Nachdenklich sah er sie an. »Kannst du mir sagen, was du befürchtest, was passieren wird?«

Für einen Moment schloss sie die Augen. Das war der kritische Moment. Der Moment der Wahrheit. Aber die Wellen rauschten immer noch. *Vertrau ihm.* »Ich habe Angst, mich in dir zu verlieren.«

Sein Gesichtsausdruck offenbarte, dass er mit dieser Antwort nicht gerechnet hatte. Langsam nickte er. »Okay.« Vorsichtig kam er einen Schritt auf sie zu, doch offenbar wollte er ihr nicht ungefragt zu nahe kommen, denn er streckte lediglich die Hand nach ihr aus. »Magst du mal herkommen?«

Sie wollte nichts lieber als das, wollte nichts lieber, als sich in seine Arme stürzen, ihn stundenlang küssen und so viel mehr. Aber sie wusste einfach nicht, ob ihr Vertrauen gerechtfertigt war. Zu oft hatte sie sich schon getäuscht.

Und ob sie das Risiko eingehen wollte, dass es nur eine Sache auf Zeit wäre, wusste sie auch nicht.

Beim Blick in sein Gesicht kribbelte es in ihrem Bauch, und als hätten ihre Hände ein Eigenleben, reichte sie sie ihm.

Sanft zog er Nele zu sich. Er war ein gutes Stück größer als sie, sie musste zu ihm hochschauen.

»Lass mich bitte kurz schauen, ob ich das alles richtig begreife. Du empfindest etwas für mich?«

Sie nickte.

»Du hast eben gesagt, du willst keine Beziehung.«

Erneut nickte sie, doch nun fiel es ihr deutlich schwerer. Ihr Herz klopfte wild.

»Und doch sind wir hier. Seit Stunden.«

Abwartend legte er den Kopf schief und wackelte mit den Augenbrauen, was sie zum Lachen brachte.

»Und doch sind wir hier«, bestätigte sie möglichst unverbindlich.

»Darf ich dir einen Vorschlag machen?«

»Einen Vorschlag?«, fragte Nele überrascht.

»Genau. Du hast ja eben auch gesagt, dass du früher oder später nach einem Job schauen musst und es sein kann, dass du die Insel wieder verlässt. Dass eine Beziehung da im Weg steht, verstehe ich. Ich will dich nicht in irgendwas reindrängen, aber ich hätte kein Problem damit, wenn wir uns einfach treffen. Ohne es zu labeln. Wenn du magst, gucken wir einfach mal, wie es sich entwickelt, für die Zeit, die du da bist?« Er legte den Kopf schief und sah sie abwartend an.

»Wir genießen die Zeit, die wir haben?«, fragte sie argwöhnisch, und als er nickte, flüsterte sie: »Warum?« Sie konnte die Augen nicht von ihm lassen. Nicht nur, weil er so unverschämt gut aussah und sein Lächeln ein Gefühl in ihr entfachte, was sie nicht einordnen konnte, sondern weil etwas an ihm strahlte, was sie lange nicht gespürt hatte.

Zuversicht.

Mattes war absolut zuversichtlich und vollkommen überzeugt von seinem Vorschlag. »Du bist in mich verliebt, Nele?«, antwortete er mit einer Gegenfrage. Die Schmetterlinge in ihrem Bauch wirbelten auf und trockneten ihren Mund aus.

»Das bin ich«, flüsterte sie rau und hatte das Gefühl, dass ihre Worte in den Geräuschen um sie herum untergingen. Es war windig geworden, alles bewegte sich, die Bäume, das Dünengras, das Meer, ihr Herz. Doch Mattes hatte sie gehört, denn seine Freude strahlte ihr aus seinem Gesicht entgegen und ließ sich in kleinen, kribbelnden Funken auf ihrer Haut nieder.

»Genau wie ich in dich verliebt bin. Und dass wir das fühlen, ist alles, was für mich zählt.«

»Aber wenn ich wieder gehen muss?«

»Dann hatten wir eine schöne Zeit miteinander. Was kann daran falsch sein?«

Hand in Hand liefen sie vorsichtig den Holzweg hinunter. Mattes hatte den Rucksack aufgesetzt und hielt sich mit einer behandschuhten Hand am Geländer fest, damit sie mehr Halt hatten. Der leichte Schneefall hatte Norderney den Tag über in ein weißes Kleid gehüllt, was sie durch den schimmernden Schein der Laternen nur noch erahnen konnten. Nele wusste, dass das schnell wieder vorbei sein würde. Für gewöhnlich hielt sich das Wetter auf der Insel nicht sehr lange auf.

Auf dem Parkplatz angekommen warf er seine Tasche in den Wagen, die Handschuhe hinterher, und drehte sich zu ihr um. Er steckte die Hände in die Hosentaschen. Abwartend.

Nele war verwirrt. Von seinem Vorschlag, seiner Hingabe, seinen Gefühlen. Sie war nicht in der Lage gewesen, Ja oder Nein zu sagen und hatte stattdessen gar nichts gesagt, bis die Stimmung so seltsam geworden war, dass er vorgeschlagen hatte, nach Hause zu fahren. Ohne die Nähe zueinander, hatten sie angefangen zu frieren.

»Ich wünsche dir morgen einen schönen Tag mit deinen Schwestern«, brach er das Schweigen schließlich.

»Danke«, murmelte sie. Natürlich hatte Beeke es sich nicht nehmen lassen, Nele einzuladen, und Tessa hatte zufällig auch frei. Den Tag würde sie mit den beiden verbringen, abends wollten sie dann mit Joon essen gehen.

Immerhin hatte sich Bee davon überzeugen lassen, keinen der Freunde zu einer großen Wiedersehensparty einzuladen, denn auch das war etwas, worüber Nele in den letzten Monaten viel nachgedacht hatte. Ob die Freunde, die sie ihr Leben lang kannte, weil es die der Zwillinge waren, wirklich *ihre* Freunde waren.

»Du renovierst wieder Ferienwohnungen?«, fragte sie Mattes.

Er bestätigte das durch ein leises Brummen. »Nicht meine Lieblingsarbeit, aber zu zweit geht es wirklich schneller.«

»Du hast gesagt, du magst die Zeit mit deinem Bruder.«

»Das tue ich auch. Wir können dabei ganz gut quatschen oder eben manchmal auch gar nicht reden. Das ist okay. Aber mittags muss ich eh arbeiten.« Er warf einen Blick auf die Uhr. »Wir sollten fahren. Ich muss noch das Auto wegbringen.«

Es fühlte sich falsch an.

Alles an diesem Abschied fühlte sich falsch an, doch solange sie keine Antwort in sich fand, konnte sie kaum etwas anderes erwarten. »Na klar«, sagte Nele schließlich. Und weil sie nicht wusste, wie sie sich verabschieden sollte, tat sie es gar nicht und ging zu ihrem Auto.

Hinter sich hörte sie Mattes leise auflachen. »Nele.« Gleich darauf fühlte sie seine Hand an ihrer. Zögerlich zog er sie zu sich, und als sie unweigerlich lächelte, weil er so vorsichtig mit ihr umging, fand sie sich in seinen Armen wieder. Die Kälte um sie herum roch nach Winter, doch der Schnee würde über Nacht verschwinden. Dieser perfekte Tag wäre morgen nur noch eine graue Erinnerung aus Schneematsch.

»Wir sehen uns, ja?«

Sie nickte lediglich. Ansehen konnte sie ihn nicht, dann würde sie ihn küssen wollen, und wenn sie ihn küssen würde, würde sie nicht mehr über ein Ja oder Nein nachdenken, sondern ihren Gefühlen nachgeben. Und sie sollte dringend zuerst nachdenken.

Mattes schien nichts von ihr zu erwarten, denn sie fühlte seine warmen Lippen auf ihrer Schläfe. Sacht schob er sie von sich und schenkte ihr ein liebevolles Lächeln. »Hab eine gute Nacht.«

Dann öffnete er die Autotür für sie und wartete, bis sie vom Parkplatz gefahren war, und in dem Moment dachte sie, dass sie einen riesigen Fehler machte.

Mattes

War Mattes am Vorabend schon mit sehr gemischten Gefühlen ins Bett gegangen, so bestärkte sein Bruder ihn am Morgen in diesen.

»Sie kuschelt stundenlang mit dir herum, um dir dann zu sagen, dass sie nichts von dir will?«, fragte Timo und machte keinen Hehl daraus, wie wenig er das verstand.

»Wenn du es so sagst, klingt es ganz schön mies«, murmelte Mattes und schob ein rotes Sofa an die dafür vorgesehene Wand. Sie hatten diese am Vortag gestrichen, und nun konnten die Möbel wieder zurechtgestellt werden. »Sie will halt keine Beziehung, das ist doch okay.«

»Ist es das? Also, für dich?« Timo warf ihm einen skeptischen Blick zu. »Du willst doch mehr. Ich kann mir kaum vorstellen, dass dir der Status Kuschel-Freundschaft reicht.«

»Ich hätte sehr gerne mehr«, gab er zu. »Aber ich verstehe ihre Beweggründe.« Noch während er diese Worte aussprach, hörte er die leisen Zweifel in sich flüstern. Verstand er es wirklich?

Nele wollte keine Beziehung, weil sie nicht sicher war, wo ihr beruflicher Weg sie hinführen würde. Sie hatte gesagt, dass sie vielleicht nicht auf Norderney bleiben und deshalb tiefere Gefühle vermeiden wolle. Das klang für ihn absolut nachvollziehbar. Aber die Frage war ja: Was waren das dann für Gefühle, die sie zugegeben hatte? Denn dass sie etwas für ihn empfand, hatte sie klar und deutlich formuliert.

Nur was er damit nun anfangen sollte, kapierte er noch nicht so recht. Ihre Beweggründe leuchteten ihm ein. Trotzdem …

»Die versteh ich auch«, sagte Timo. »Aber dann trotzdem Kuschelkurs fahren ist halt echt unfair. Zumal sie nicht weiß, ob sie nicht doch einen Job bekommt. Wenn sie es nur im Krankenhaus versucht hat, muss sie sich vielleicht noch weiter umschauen.«

»Ich weiß«, murmelte er. »Aber ich glaube, da ist noch mehr. Etwas, was sie nicht gesagt hat.«

Skeptisch sah Timo ihn an. »Lass mich raten: Du wirst es herausfinden?«

Mattes hob die Schultern und sah sich in dem Wohnzimmer der Ferienwohnung um. Mit diesem Raum waren sie fertig. »Wenn sie es zulässt, natürlich.« Er suchte den Blick seines Bruders. »Ich habe ihr gesagt, wir könnten es unverbindlich halten. Wenn sie Bedenkzeit braucht, ist das okay.«

Was er nicht aussprach, war, dass er durchaus beunruhigt war. Denn die Chance, dass es so kam, wie Nele befürchtete, war groß: Sie verliebten sich von Tag zu Tag mehr ineinander, und sich wieder zu trennen, würde schmerzen. Allerdings war er kein Schwarz-Weiß-Denker. Es gab viele Optionen, wie sie dann mit der Situation umgehen könnten.

Es sollte nur überhaupt eine Situation geben.

»Du bist wirklich verknallt in sie. Ich hab dich selten so gesehen«, stellte Timo fest.

»Nimm's mir nicht übel, aber du weißt kaum, wie ich bin, wenn ich verliebt bin«, antwortete er gereizter, als er wollte.

»Ach. Und was war mit Rieke?«

Treffer. Versenkt.

»Das ist ewig her.«

»Ja, aber da warst du auch so drauf.«

Mattes hob die Augenbrauen und verschränkte die Arme. »Wie bin ich denn drauf?«

Timo warf einen Putzlappen nach ihm. »Viel zu weise. Viel zu gut und zu gelassen. Das ist immer das Zeichen, dass es in dir arbeitet und du dich einfach bemühst, ein netter Kerl zu sein. Nur damit niemand sieht, dass es dich nervt.«

Der Lappen stank nach Essigreiniger und einer bitteren Wahrheit. Tief in ihm machte sich ein vorsichtiges Zwicken bemerkbar, doch Mattes schob es beiseite.

»Hauptsache, du weißt Bescheid«, murrte er, und dann riss das Piepsen seines Handys das Lachen seines Bruders entzwei.

»Na, wie gut, dass du los musst«, frotzelte Timo, der den Klingelton zuverlässig zuordnen konnte. Ohne seinen Timer wäre Mattes aufgeschmissen. Er war schon mehr als einmal zu spät zur Arbeit gekommen, weil er die Zeit falsch eingeschätzt hatte. Die Kolleginnen mochten darüber hinwegsehen, aber sein Chef war in dem Punkt unnachgiebig. Zu Recht, das musste er eingestehen. Also hatte er sich angewöhnt, Hilfsmittel zu nutzen. Meistens klingelten die im falschen Moment, aber so wie jetzt eben durchaus auch im richtigen.

»Ja, selten bin ich so gern zur Arbeit gefahren«, erwiderte er schlagfertig und nahm die angebotene Hand seines Bruders an. Kurz umarmten sie sich.

»Lass dich nicht ärgern, kleiner Bruder«, meinte Timo liebevoller als erwartet. »Nichts und niemand ist es wert, dass du dich kaputt machst.«

Das Seniorenheim *Lichtblick* befand sich in einem wunderschönen, denkmalgeschützten Bau aus dem 19. Jahrhundert, der lange als Gästehaus gedient hatte. Erst Ende der Achtzigerjahre war es innen wie außen saniert und zu einem Haus für Senioren und Seniorinnen umfunktioniert worden. Der Erbe der Familie hatte damit seinen pflegebedürftigen Eltern ein vertrautes Zuhause bieten wollen.

Heute gab es zehn Wohneinheiten mit siebzehn Bewohnern, die alle mehr oder weniger mobil und gesund waren. Die einzige Person, um die sich Mattes immer öfter Gedanken machte, war die mittlerweile fast zweiundneunzig Jahre alte Lisbeth. Nach ihr sah er immer als Erstes.

Seit er im *Lichtblick* arbeitete, war sie seine Lieblingsbewohnerin. Sie hatte ihn in die elitäre Runde aufgenommen, denn an seinem ersten Tag hatten die alten Leutchen nicht sehr zuversichtlich gewirkt, was den neuen Mitarbeiter betraf.

Dass er ›der Sohn vom Felling‹ war, hatte es sicher etwas leichter gemacht, aber als ein Bewohner mehrfach die Sorge geäußert hatte, dass der tätowierte Kerl mit dem Motorrad heimlich ein Messer oder einen Schlagring bei sich trug, hatte Mattes sich im Büro des Heimleiters mit einer Reihe an Auflagen wiedergefunden. Seitdem lief er zur Arbeit und trug langärmlige Shirts.

Lisbeth war die Erste, die Vertrauen zu ihm gefasst hatte. Wie einem kleinen Jungen hatte sie ihm die Haare aus der Stirn gestrichen und seine Wange getätschelt. »Sein Bart ist ganz weich, der ist ein Guter« waren ihre Worte gewesen und brachten ihn heute noch zum Grinsen.

Er hoffte sehr, dass es Lisbeth gut ging, denn zu wissen, dass sie nicht mehr lange mit ihrem frohen Gemüt seine Zweifelswolken wegpusten würde, ließ sein Herz schwer werden.

Schwerer, als es ohnehin schon war.

Die Worte seines Bruders arbeiteten in ihm. Ihm war klar, dass Timo recht hatte, dass er sich verschloss und nur selten zugab, wenn es ihm schlecht ging oder er Hilfe brauchte. Aber er war zeit seines Lebens allein klargekommen, das war einfach in ihm drin.

Die Freunde, die er gefunden hatte, als er nach Norderney zurückgekehrt war, lebten anders. Ihr Familienzusammenhalt war ihm ein Vorbild. Das wollte er auch. Er wollte regelmäßige Treffen, er wollte Austausch, Nähe und einen ehrlichen Umgang miteinander. Mit der Clique um Neles Geschwister fühlte er sich wohl, doch jetzt, über ein Jahr später, musste er sich eingestehen, dass er einer Illusion nachjagte, was seine eigene Familie betraf.

Mit seinem Bruder verstand er sich gut, aber seine Schwester hatte wenig Interesse an ihm. Josina war die mittlere der Geschwister. Timo war acht Jahre älter als er, sie nur fünf. Dennoch bestand zwischen ihnen mehr Distanz als zu seinem älteren Bruder. Sie führte ein komplett anderes Leben, zwar hier auf Norderney, aber fernab vom Ort oder der Öffentlichkeit, der sie als Bürgermeister-Familie immer mal ausgesetzt waren. Josina und ihre Frau Lenya besaßen ein winziges Café mit Kiosk am Ende der Insel, und man sah sie nur selten in der Stadt. Mattes wusste, dass sie sich auf dem Festland versorgten. Die beiden kamen nicht einmal gerne zu Familientreffen ins Haus seiner Eltern, weshalb viele gemeinsame Essen in ihrem kleinen Reethaus am Rand der Insel stattfanden. Trotzdem stellte sich nie eine familiäre Nähe ein. Mattes hatte das zu akzeptieren gelernt, er kannte es schließlich nicht anders.

Die Art und Weise, wie Neles Geschwister miteinander lebten, würde mit seiner Familie nicht möglich sein. Umso mehr wünschte er sich das für seine eigene, die er gründen wollte. Das war sein innigster Wunsch: Geborgenheit und Sicherheit mit einer Frau, mit einer tiefen Verbindung, mit gemeinsamen Träumen und Zielen.

Einmal hatte er sich mit Neles Bruder Raik darüber unterhalten, der ähnliche Vorstellungen formuliert hatte, und dass der nach langem Ausharren letztlich seine Traumfrau gefunden hatte, machte Mattes Mut.

Wenn die Traumfrau allerdings andere Pläne hatte, verpuffte der Mut zugleich.

Es stimmte, Mattes war längst nicht so optimistisch, wie er seinen Bruder und sich glauben lassen wollte, doch missmutig zu sein, brachte ihn auch nicht weiter. Wenn sich Nele keine Beziehung vorstellen konnte, auch nicht mit ihm, obwohl sie sich in ihn verliebt hatte, dann war das eben so. Darüber würde er hinwegkommen. Wie über alles.

Nun war allerdings erst einmal Übergabe, und die laute Geräuschkulisse aus dem Teamzimmer erinnerte ihn daran, dass damit der Teil seines Tages begann, an dem er keine Kapazitäten für Grübeleien hatte. Sein Job erforderte Konzentration.

»Da ist ja unser Urlauber«, tönte es in diesem Moment auch schon. Holger kam mit der Planungsmappe in der Hand ins Besprechungszimmer, während Olivia, Nora und Jekaterina herumwuselten. Die vier Kolleginnen aus der Frühschicht hingegen sahen müde aus.

»Urlaub, schön wär's. Nur weil ich ein paar Tage frei hatte!« Mattes grinste und legte eine Tüte Gebäck auf den Tisch. Sofort stürzte Olivia sich darauf und verzog verzückt das Gesicht.

»Unser Held bringt uns Zucker. Wir können anfangen«, flötete sie, und das taten sie dann auch.

Derzeit war er – abgesehen von Holger Porz, dem Einrichtungsleiter – der einzige männliche Mitarbeiter im *Lichtblick*. Mattes erinnerte sich noch gut daran, dass sein erster Tag auch im Team für ziemlichen Wirbel gesorgt hatte.

»Du siehst halt aus wie jemand, dem man erst auf den zweiten oder dritten Blick vertraut«, hatte ihm seine Lieblingskollegin Olivia einmal gesagt. »Viel zu hübsch, viel zu rebellisch, tätowiert und dann noch der Sohn des Bürgermeisters. Eine Kombination, die Ärger verspricht.«

Doch er hatte nie Ärger gemacht. Mattes liebte seinen Job, und wäre da nicht sein Chef, würde ihm seine Arbeit im Haus *Lichtblick* auch viel bedeuten.

Heute schien es eine entspannte Runde zu sein. Holger war gut drauf und brachte sich wertschätzend ins Team ein. Das sollte grundsätzlich so sein, aber leider hatte er sich als die Art Leitung herausgestellt, die nur nett und zuvorkommend war, wenn die Dinge so liefen, wie er es wollte. Und das taten sie nun einmal nicht immer.

Mattes' Aufgabe war die persönliche Betreuung und Unterstützung der Bewohner. Er sorgte dafür, dass sie in ihm einen Ansprechpartner für Alltagsbelange hatten, fungierte als Kontakt zu ihren Familien und als Vertrauensperson für alle. In der direkten Pflege half er nur aus, wenn es personaltechnisch eng wurde.

»Gibt es etwas Neues bei Lisbeth?«, fragte er, nachdem der offizielle Teil der Übergabe erledigt war.

»Sie baut ab«, berichtete die dienstälteste Kollegin der anderen Schicht. »Ich glaube, wir werden uns darauf vorbereiten müssen, dass sie nicht mehr lange bei uns ist. Vielleicht versuchst du es noch mal bei ihren Kindern, Mattes?«

Er seufzte. Das war ein leidiges Thema. Es fühlte sich danach an, als wären Lisbeths Verwandte ein bisschen zu froh, sie auf Norderney gut versorgt zu wissen. Sie lebten weit weg und konnten nicht einfach mal zwischendurch vorbeischauen. Allerdings nutzten sie dieses Argument (oder Ausrede) auch sehr oft, wenn Mattes mit ihnen sprach. So blieb viel am Personal hängen.

Dabei war Lisbeth eine lustige, charmante Frau, mit der er schon tolle Gespräche geführt hatte. Aber sie war auch immer mal traurig, denn mit der Einsamkeit und dem nahenden Lebensende musste man erst einmal umgehen.

»Ich schaue gleich direkt nach ihr«, versprach er seinen Kolleginnen, und nach und nach löste sich die Gruppe auf. Die anderen waren froh, nach Hause zu kommen, und für sein Team war es Zeit, den Nachmittagstisch zu decken.

Eingespielt und mit geübten Handgriffen versorgten sie die Bewohner mit Tee, Kaffee und Kuchen, doch als Lisbeth nicht mit den anderen Bewohnern erschien, sah Mattes nach der alten Dame. Er fand sie in ihrem gewohnten Lesesessel am Fenster, von dem aus sie einen Blick auf die Straße hatte.

»Was gibt's zu sehen, min Lischen?«, begrüßte er sie und lächelte sie an. Ihre Augen blitzten, und mit der Hand deutete sie fahrig neben sich. Mattes zog sich den alten Polsterhocker heran und setzte sich neben die alte Dame. Sanft fing er ihre Hand auf, die noch immer unruhig in der Luft hing. »Guten Tag, schöne Frau.«

Lisbeth machte eine abwehrende Handbewegung, doch er lachte nur leise und deutete einen Handkuss an.

»Du bist und bleibst ein oller Charmeur, min Jung«, sagte sie, freute sich aber sichtlich über seine Anwesenheit.

»Ich sage immer die Wahrheit. Wie geht es Ihnen heute?«

»Unkraut vergeht nicht«, antwortete sie. Doch ihr Blick wurde trüb.

Das kannte er schon. Wenn sie nicht reden wollte, verschloss sich ihr Gesicht ganz schnell.

»Wir haben eingedeckt. Wollen Sie Kaffee trinken und ein bisschen Kuchen essen?«

»Och, ich habe das gar nicht mitbekommen. Ist es schon so weit?« Unruhig schaute sie zu dem kleinen Tischchen an der Seite, wo ihre Uhr mit den großen Zeigern stand. Doch die Uhr lag auf ihrem Ziffernblatt.

»Na nu«, sagte er, legte die Hand der alten Dame vorsichtig ab und erhob sich. »Was ist denn da passiert?«

»Mhm ja, der Herr Porz hat sie heute Morgen umgeworfen, und er hat wohl vergessen, sie wieder richtig hinzustellen. Nicht so schlimm.«

Innerlich seufzte Mattes. Es war nicht das erste Mal, dass so etwas passierte. Sein Chef war gänzlich ungeschickt und immer in Eile.

Mattes stellte den Wecker auf und drehte ihn so hin, dass Lisbeth ihn sehen konnte, und er nahm sich vor, darüber mit seinem Chef zu sprechen. Heimleiter hin oder her, er musste doch achtgeben, was er tat und in welchem Zustand er die Leute zurückließ. Einer Frau wie Lisbeth fiel es mittlerweile sehr schwer, aufzustehen, nur damit sie auf die Uhr schauen konnte.

»Sie wissen, dass Sie jederzeit nach uns klingeln können«, meinte er zu Lisbeth, als er sich wieder neben sie setzte. Mit einer Hand strich er sich die Haare aus dem Gesicht. »Dafür sind wir da.«

»Bringst du mich zum Kuchen, Mattes?«, fragte Lisbeth, seinen Einwand ignorierend. Sie hielt ihm ihre Hände hin.

»Bring-Sie-zum-Ku-chen«, sang er zwinkernd in der Melodie ihres Lieblingslieds, doch Lisbeth fing lediglich an zu lachen, weil er einige unrhythmische Tanzschritte machte, während er sich erhob und ihre Hände ergriff – und im Grunde nur mit dem Hintern wackelte.

»Nicht doch, min Jung. Du bist ein wirklicher Herzensbub, aber singen kannst du beileibe nicht. Und schon gar nicht wie Frank!« Sie grinste ihn schelmisch an, während sie sich von ihm auf die Beine ziehen ließ und eine langsame Drehung tippelte. Früher hatte sie gern getanzt, wie sie ihm oft erzählt hatte.

Mattes lachte. »Da ist was dran.«

Er hakte ihre Hand an seinem Arm unter, und einen kleinen Schritt nach dem anderen setzte die alte Dame, während sie von Frank Sinatra schwärmte wie von einem ehemaligen Liebhaber.

Als sie im Essraum ankamen, rückte Bertha zur Seite und Ole schob ihr den Kuchen zu, und das Strahlen in Lisbeths Gesicht löste einen Kloß in Mattes' Hals und ein warmes Gefühl in seinem Bauch aus.

Heute Abend würde er mit einem Lächeln ins Bett gehen.

Neles Brief an Mattes

Lieber Mattes,

ich schreibe dir diese Zeilen aus dem 9. Stock des Upkiek. Nach einem langen Frühstück mit Beeke und Tessa haben wir unsere Schwester zur Arbeit gebracht, und als Beeke das Baby hinlegen wollte, war sie so müde, dass ich ihr vorgeschlagen habe, sich gleich dazuzulegen. Zuerst hat sie sich ein wenig lustig darüber gemacht, weil das ja ein viel geäußerter Rat an frische Mütter ist: Schlaf, wenn das Baby schläft. Aber dann schien sie doch froh zu sein, dass sie mich nicht bespaßen muss.

Meine Schwestern haben bemerkt, dass ich heute nicht ganz bei der Sache war, denn obwohl ich versucht habe, den gestrigen Abend auszublenden, ist es mir nicht gelungen. Mir geht so viel im Kopf herum, und ich hoffe, dieser Brief wird mir helfen, meine Gedanken zu ordnen, weil das die Briefe an dich schon so oft getan haben.

Ich habe dir gestern gesagt, dass ich keine feste Beziehung möchte, und so ganz die Wahrheit ist das nicht. Im Grunde hätte ich sehr gerne wieder einen Freund, aber wann immer ich das denke oder vor mir selbst ausspreche, ist da die mahnende Stimme in mir.

Lass dich nicht drauf ein.

Sei vorsichtig.

Er ist auch so wie alle anderen.

»NEIN! Ich bin nicht wie alle anderen«, höre ich dich rufen, aber solltest du das wirklich so eben gedacht haben, möchte ich dir sagen: Das kannst du nicht wissen, denn du weißt nicht, wie die anderen waren.

Mein Leben im Schwarzwald war ein ganz schön holpriges Ding, und wenn ich dir auch viel über meine Zeit mit Rosalie und Carolin, die

Wanderungen und Berge geschrieben habe, so habe ich dir nie erzählt, wie es mir dort wirklich ging.

Lass es mich erklären.

Als ich Norderney verlassen habe, befand ich mich im Verarbeitungsprozess meiner letzten Beziehung. Meine Trennung war erst ein halbes Jahr her. Sie ging von mir aus, hat aber für eine tiefe Wunde gesorgt. Nicht die Trennung, sondern diese Beziehung. Natürlich war meine Familie für mich da, das waren sie immer. Mein Tiny House ist aus einer solchen Situation heraus entstanden, wusstest du das? Ich habe sehr jung mit jemandem zusammengewohnt, doch als das schiefging, hat mein Vater das Häuschen gebaut.

Wie auch immer: Meine Geschwister sind mein wichtigster Support. Wir stehen füreinander ein, wir helfen uns. Aber letztes Jahr im Sommer hatte ich das Gefühl, dass sie mich erdrücken. Dass ich meine Trennung, und vor allem die Beziehung mit Marcel, nicht wirklich verarbeiten kann, weil viele Menschen um mich herum viele Meinungen hatten. Ich wusste nicht, was ich ändern musste, was ich fühlen und denken sollte.

Deshalb musste ich weg. Weg von meinen Geschwistern und meiner Insel.

Der Abstand hat geholfen, wieder eine klarere Sicht für mich und meine Bedürfnisse zu bekommen. Mich daran zu erinnern, was ich bei einem Mann suche, was ich will und was ich nicht will. Wer ich als Frau in dieser Familie sein möchte, wo ich mich als Schwester sehe.

Meine Familie erdet mich, aber sie erdrückt mich auch. Führt sie mir doch ein Leben vor, was ich jetzt noch nicht will.

Verstehst du mich? Denn ich verstehe mich selbst nicht.

Und diese Frau will ich dir nicht antun. Diese unstete, ein bisschen verlorene und sich schon wieder halb auf dem Absprung befindende Frau ist keine Sicherheit für dich, der auch noch nicht so lange wieder zu Hause ist und sich noch finden möchte.

Nur ... Mit dir fühlt sich alles anders an. Und deswegen denke ich gerade an dich, und deswegen vermisse ich dich. Weil ich das Gefühl *habe, dass du meine wirren Gedanken zurechtrückst, dass ich durch deine Augen klarer sehe. Dass deine Umarmung mein Safe Space ist.*

Ich habe Angst davor, dass sich unser Verhältnis ändert, aber ich habe auch Angst davor, dass es das nicht tut. Ich will dich, und ich will dich nicht. Ich möchte hier leben und sehne mich nach Freiheit.

Aber du hast recht. Wenn wir uns aus dem Weg gehen, verpassen wir vielleicht ein paar wunderschöne Wochen.

Also, wenn du das wirklich willst, mit allen Hürden, mit allen Stimmungsschwankungen und der großen Wahrscheinlichkeit, dass ich nicht auf Norderney bleiben werde: Ready when you are.

Nele.

Nele

Das Haus lag still und dunkel vor ihr. Auf dem Rasen neben dem kleinen Weg, der zur Tür führte, hatte ein Hund sein Geschäft hinterlassen, und eine Zeitung war unachtsam auf die Straße geworfen worden und klebte nass auf dem Asphalt.

Nele schob ihr Fahrrad in den Garten, und auch ihr Tiny House war nicht mehr als ein dunkler Schatten neben dem Apfelbaum. Früher hatte der Anblick Neles Herz zum Klingen gebracht, hatte ihr ein Gefühl von Geborgenheit vermittelt. Heute strahlte das Häuschen Distanz und Kälte aus. Sie vertrieb die trüben Gedanken und betrat ihr Elternhaus. Tessa würde bei ihrem Freund übernachten, und sonst war niemand da. Ein ebenfalls trüber Gedanke.

Niemand begrüßte sie, es roch nicht nach Essen, von oben war kein Getrampel zu hören. Sie schaltete das Licht im Flur an und dann direkt auch in Küche und Wohnzimmer. Das Büro, dessen Tür sonst immer offen stand, war geschlossen, doch als einige Momente später Musik durch die Räume klang, fühlte sich das alles schon viel besser an.

Wann Mattes den Brief wohl finden würde?

Am Nachmittag hatte sie ihn bei ihm eingeworfen, aber sie wusste nicht, wann er Feierabend hatte, und auch nicht, ob er direkt nach Hause fuhr oder noch verabredet war. Er hatte bei ihrem Date erzählt, wie sein Tag für gewöhnlich aussah, aber was wusste sie schon, wann für ihn ein gewöhnlicher Tag war.

Sie wusste ja nicht einmal, was es für sie war.

Set Fire to the Rain mitsingend, bereitete sie sich ein Abendessen zu. Der lange Tag mit ihren Schwestern war sehr schön gewesen, doch die Einladung von Joon, mit ihnen zu essen oder was aus dem hoteleigenen Restaurant mitzunehmen, hatte sie trotzdem dankend abgelehnt. Sie wollte gar nicht erst damit anfangen, sich daran zu gewöhnen, dass die beiden sie umsorgten.

Zugegeben, dass Tessa kaum zu Hause war und Klaas und Daniel ausgerechnet jetzt ebenfalls durch Abwesenheit glänzten, hatte sie kalt erwischt. Auf Raiks Hochzeitsreise war sie vorbereitet gewesen. Aber die anderen? Da klaffte nun ein Loch in ihrer Zeitplanung. Nele hatte sich das so schön vorgestellt: Abendliche Gespräche mit Tessa, vielleicht mal wieder mit Bee Musik machen. Mit Klaas und Daniel Karten spielen. Sich als Familie auf Weihnachten freuen. Zudem hatte sie in zwei Wochen Geburtstag.

Nun war alles anders.

Offensichtlich war ihr Zeit geschenkt worden, zu verarbeiten, was sich während ihrer Abwesenheit alles verändert hatte. In ihrem Zuhause und in ihrem Inneren.

Mit Käsenudeln und Quark-Nachtisch läutete Nele den ersten freien Abend im Haus ein. Sie würde es sich schon schön machen. Und sie wusste genau, womit sie anfangen würde.

Sie stellte ihr Essen auf den Esstisch, besorgte sich Papier und Stift, und dann tippte sie einige Male mit dem Kuli gegen ihr Kinn.

Ihr Tiny House.

Für gewöhnlich war es zu dieser Jahreszeit längst mit Lichtern geschmückt, und sie hatte immer ein kleines Licht nach vorne ins Fenster gestellt. Als ihr Vater Nele das Tiny House zum ersten Mal gezeigt hatte, war sie skeptisch und gleichzeitig berührt gewesen. Vor allem, als er ihr zwei Schlüssel gab: einen für ihr neues Zuhause – und einen für die Terrassentür. Damit sie nicht ums Haus gehen musste, um zur Familie zu gelangen.

Anfangs hatte Nele sich überlegt, ein Zeichen mit ihnen zu

vereinbaren, wenn sie nicht gestört werden wollte. Aber dann hatte es sich abgezeichnet, dass sie dort nie Besuch empfing und ihr Tiny House nur für sie ganz allein da war. Ohne die Erinnerungen an andere Menschen einzuatmen.

Die einzigen, die sie in sich trug, waren die an ihren Vater, an ihre Geschwister oder Mama, mit der sie die Inneneinrichtung geplant hatte. Aber diese Menschen liebte sie ja auch.

Nele grinste, als sie daran dachte, wie unangenehm es manchmal gewesen war, rauszulaufen, denn in den paar Metern vom Haus durch den Garten war sie mehr als einmal nass geworden. Bis sie sich angewöhnt hatte, hinter dem Vorhang im Wohnzimmer einen Schirm zu verstecken.

Wie froh sie um ihr eigenes kleines Reich gewesen war.

Wieso nur hatte sie sich geweigert, als Raik angeboten hatte, ihr Tiny House für sie fertig zu machen, sodass sie direkt einziehen konnte?

In diesem Moment verstand sie diese Entscheidung nicht mehr. Aber gut, das war ja nichts, was sich nicht ändern ließ.

Nach und nach entstand eine zweispaltige Liste: Links die Aufgaben, die sie zu erledigen hatte, rechts das Material, das sie dafür brauchte.

Zwischendurch telefonierte sie mit Raphael, der ihr wertvolle Tipps gab, die sie eifrig mitschrieb. Am Ende hatte sie einen Plan, wie sie ihr Tiny House aus dem Winterschlaf holen würde, doch von Mattes war keine Nachricht gekommen.

Sie wusste gar nicht so genau, welche Reaktion sie sich von ihm erhoffte, und sie wusste im gleichen Moment, dass das nicht stimmte.

Vor ihrer Tür sollte er stehen, um sie in seine Arme zu ziehen. Ihre Zweifel wegzuwischen. Allein schaffte sie das nicht, und ihr Brief an ihn war lediglich die Hoffnung, dass er zwischen den Zeilen lesen konnte.

Sie hatte mutig den ersten Schritt gemacht – aber nachlaufen würde sie ihm nicht.

Es hatte in ihrem Leben genug Zeiten gegeben, in denen sie sich nach Aufmerksamkeit eines Mannes gesehnt hatte, doch diese Zeiten waren vorbei. Nele war nicht durch all die schlimmen Erinnerungen während ihrer Therapie gegangen, um wegen rosa Herzchen in den Augen die gleichen Fehler wie früher zu machen.

Kurz entschlossen zog sie sich um und beschloss, joggen zu gehen. Es wurde Zeit, dass sie ihr Trainingsprogramm wieder aufnahm.

Und beim Laufen konnte sie noch am ehesten den Kopf freibekommen.

Nele schlief schlecht in dieser Nacht. Zum ersten Mal hatte sie sich wirklich unwohl gefühlt. Jedes Geräusch war ihr seltsam vorgekommen, letztlich war sie mit ihrem Bettzeug auf dem Sofa gelandet, hatte die Vorhänge zur Seite gezogen und war mit dem Blick auf ihr dunkles Tiny House eingeschlafen. Vermutlich hatte sie der Gedanke beruhigt, dass sie – wenn alles gut ging – schon sehr bald dort übernachten würde.

Ein ruhiger Donnerstag lag vor ihr. Wenn sie nicht Bee auf die Pelle rücken wollte, würde sie sich was einfallen lassen müssen, wie sie ihre Zeit verbrachte. Zwar konnte sie mit den Vorbereitungen fürs Tiny House anfangen, doch für die Änderungen, die sie sich für innen überlegt hatte, müsste sie wahrscheinlich erst einmal eine größere Bestellung aufgeben – oder aufs Festland fahren.

Mit einem Blick nach draußen verwarf sie diese Idee.

Vielleicht sollte sie zuerst in der Stadt schauen, bevor sie online shoppte. Das nahm sie sich für den Nachmittag vor, wenn das Wetter hoffentlich besser wurde.

Wie sie es sich bereits gedacht hatte, war der Schneefall nur von kurzer Dauer gewesen. Stattdessen regnete und stürmte es und verwandelte die Insel in trübsinnigen, grauen

Matsch. Von dem zauberhaften Winterflair von vorgestern war nichts mehr zu sehen.

Also ließ sie ihre Playlist laufen, putzte das Haus von oben bis unten und verschob den ersehnten Spaziergang Stunde um Stunde nach hinten.

Mittags hielt sie es nicht mehr zu Hause aus. Warm eingepackt stapfte Nele den Weg zum Strand hoch. Das Meer brauste an diesem Tag wütend in den Sand. Vielleicht vermisste es die Menschen, die ihm zu besseren Jahreszeiten ihre Geschichten daließen.

Was würde ihre sein?

Würde sie sich immer an diese Zeit erinnern, in der sie nach langer Abwesenheit nach Hause zurückgekommen war, in der Hoffnung, nicht wieder vor Fernweh zu vergehen? Nicht in die nächste unglückliche Beziehung zu stolpern? Würde sie weiterhin ihr schlechtes Gespür für Männer vorschieben, um sich nichts mehr zu trauen und ihre Impulse zu ignorieren?

Woher kam das überhaupt? Die männlichen Rollenvorbilder ihrer Familie waren doch alles Männer, die …

Nele runzelte die Stirn. Dachte an ihren Vater, an Raik, an Klaas. Männer, die nicht viel Worte machten, die ihre Gefühle erst äußerten, wenn alles um sie herum zusammenbrach. Sie erinnerte sich, wie erfrischend anders Joon letztes Jahr auf sie gewirkt hatte. Zwar hatte er seine Geheimnisse mit nach Hause gebracht, aber was seine Gefühle betraf, vor allem für die Zwillinge, war er vom ersten Tag an ehrlich und offen gewesen.

So wie Mattes es war.

Das gefiel ihr, und doch machte es ihr Angst. Sie hatte mal gelesen, dass man sich nur zu gerne in den gewohnten Gefühlen bewegte, weil etwas Neues auch von einem selbst neue Denkweisen forderte. Weil es schwierig war, sich auf Ungewohntes einzulassen. Und eine gesunde Beziehung wäre zweifelsfrei etwas Neues, etwas Ungewohntes.

Liebe war für sie immer ein wichtiges Gefühl gewesen.

Liebe bedeutete Sicherheit, Heimat und im besten Fall die Freiheit, man selbst zu sein.

Nele zog die Nase kraus. *Die Freiheit, man selbst zu sein.*

Das war es gewesen, was ihr in allen Beziehungen gefehlt hatte. Was sie nur aus dem Kreis ihrer Familie kannte.

Was also, wenn alles im Leben nur mit den richtigen Entscheidungen einherging? Wenn eine Entscheidung immer die richtige war, weil sie für den Moment stand, für das Gefühl des Augenblicks? Weil sie geliebt werden durfte, auch wenn sie sich haltlos fühlte?

Als im letzten Frühjahr Carolin anrief und ihr von der Krankheit ihrer Mutter berichtete, war es eine Sekundenentscheidung gewesen. Nele hatte nicht gezögert. In ihr war sofort ein Ja gewesen: Ja zum Schwarzwald, Ja für diesen Job, Ja für die Pflege einer todkranken Frau.

Was, wenn sie sich auch jetzt einfach nur dafür entscheiden musste? Ein Bekennen zu Norderney, zu diesem Leben. Zu Mattes.

Nele horchte in sich, lauerte auf das Gefühl, welches sich in diesem Moment in ihr regte, und sie spürte es von ihrem kribbelnden Bauch durch ihr Herz wandern, spürte, wie es ihren Körper weitete. Ein Lächeln breitete sich auf ihrem Gesicht aus, und ob die Feuchtigkeit darauf Regen, Meeresgischt oder Tränen waren, war nun auch egal.

Ihre eigenen Fußspuren kamen ihr auf dem Rückweg entgegen, sie übertrat sie mit mehr Gewicht, mehr Entschlossenheit, mehr Gewissheit.

Alles im Leben war eine Entscheidung.

Und es lag an ihr, diese zu treffen.

Am späten Nachmittag klopfte sie nass, durchgefroren und

mit vollem Herzen bei ihrer Schwester an die Tür. Diesmal war es Joon, der ihr öffnete.

»Nein!«, sagte er direkt, und erschrocken riss Nele die Augen auf. Er lachte und deutete auf sie. »Keine Umarmung mit nassen Meereswesen.«

»Ich würde ja sagen, hilf mir beim Ausziehen, aber das könntest du missverstehen«, murrte sie und schlüpfte noch im Flur aus den Stiefeln und der tropfenden Jacke.

»Machst du meinen Mann an, Schwester?«, rief Beeke belustigt und kam ebenfalls zur Tür. Sie verzog das Gesicht. »Oh, du warst schwimmen. Komm rein, ich hole dir trockene Sachen.«

»Hab nicht auf den Regenradar geschaut.« Erleichtert hüpfte sie auf der Stelle. Die nassen Socken quietschten lustig, aber ihr war bitterkalt.

Tatsächlich hatte sie, eingefangen in ihren Gedanken und neuen Erkenntnissen, nicht aufs Wetter geachtet und war wie eine unerfahrene Touristin in einen Platzregen geraten. Zu diesem Zeitpunkt war sie auf dem Weg in die Stadt gewesen, um die Geschäfte auf ihrer Liste abzuklappern, hatte ihre Pläne dann aber zugunsten einer trockenen Pause in Richtung Beeke geändert.

Als Joon ihr mit spitzen Fingern und gespielt angewidertem Gesicht einen Stapel Handtücher reichte, nahm sie eins davon und schlug damit nach ihm. Lachend deutete er in Richtung Bad. »Heißes Wasser, wenn du möchtest. Ich mach dir in der Zwischenzeit einen Kaffee. Oder lieber Tee?«

»Kaffee wäre toll.« Sie lächelte ihn an und konnte nicht verhindern, dass ihr bei der liebevollen Umsorgung ihres Schwagers Tränen der Rührung in die Augen stiegen.

Schnell flüchtete sie ins Bad.

Wie alles in diesem Apartment hatten Beeke und Joon auch hier renoviert. Nele genoss die riesige Dusche, und diesmal war der Regenschauer, der von oben kam, warm und behaglich. Heller Naturstein umfasste einen großen, runden Spiegel, in dem sie danach ihr Gesicht betrachtete. Neue Zuversicht blickte ihr entgegen.

Alles im Leben war eine Entscheidung.

Es klopfte, und Beeke steckte den Kopf zur Tür herein. »Kaffee ist fertig«, sagte sie und reichte ihr einen Stapel Klamotten.

Schnell zog Nele die Jeans und das weite Shirt an, beides etwas zu groß, aber mit schwesterlichem Geborgenheitsduft.

Im Wohnzimmer lief Joon telefonierend umher, während Beeke mit Handy in der Hand auf dem Sofa saß.

»Ist euer Baby schon wieder flüchtig?«, fragte Nele leise, weil sie Mayla weder sah noch hörte.

Ihre Schwester legte das Telefon zur Seite. »Tessa. Sie holt sie fast täglich.«

»Du hast offensichtlich die richtige Schwester als Patin gewählt«, erwiderte Nele und ließ sich neben Bee fallen.

»Oh.« Betroffen sah Beeke sie an.

Abwehrend schüttelte Nele den Kopf. »So hab ich das nicht gemeint. Ich hätte vermutlich abgelehnt.«

»Hättest du nicht. Niemand lehnt so was ab.« Beeke drückte sie kurz. »Wie geht es dir? Warum warst du bei dem Wetter draußen?«

Es goss noch immer in Strömen. Die Tropfen prasselten gegen das bodentiefe Fenster und mit der gleichen Heftigkeit auf das noch wütendere Meer. Grau war die Farbe des Tages. Doch es leuchtete nun ein wenig.

»Ich musste mal raus und wollte in der Stadt einkaufen.«

»Wir haben heute Morgen noch drüber gesprochen, wie es dir damit geht, dass du in einem leeren Haus wohnst«, sagte Joon, der sein Smartphone in die Hosentasche schob und sich ihnen gegenüber setzte.

Nele lächelte ihn an. Ihr Schwager war ein ganz besonderer Mensch. Sehr feinfühlig, sehr tiefgründig und mit einem

Aussehen gesegnet, das Mattes Konkurrenz machte. Was sie jedoch mehr verband, war ein liebevolles Wesen und viel Empathie.

»Es ist unfassbar ungewohnt«, gab sie zu. »Heute Nacht habe ich auf der Couch geschlafen und mein Tiny House vermisst.« Sie grinste, um den Worten die Traurigkeit zu nehmen. »Ich muss mich wohl noch dran gewöhnen, dass alle weg sind.«

»Du bist hier jederzeit willkommen, wenn dir die Decke auf den Kopf fällt.«

Beeke nickte zustimmend zu Joons Worten und ergänzte: »Auf jeden Fall. Hier übernachten wäre etwas beengt, aber das Sofa ist bequem.«

Dankbar lächelte Nele die beiden an. »Das ist lieb, aber ich bin okay. Ich werde mein Häuschen startklar machen und renovieren.« Bestärkt von der Wärme im Außen und der Entschlossenheit in ihr trank sie einen großen Schluck Kaffee.

»Siehst du, hättest du mal Bescheid gesagt, dass du kommst. Dann wäre das längst erledigt«, schimpfte Bee liebevoll. Doch Nele schüttelte den Kopf.

»Das kann ich allein. Ich habe doch Zeit. Und das Rumwerkeln wird mir helfen, einen Plan zu entwickeln, wie es weitergeht.«

»Schon Ideen?« Joon sah sie neugierig an. »Bee hat gesagt, du hast eine Weile frei.«

Sie nickte. »Die Zeit brauche ich auch. Rosalies Pflege war heftig. Als ich hingefahren bin, hieß es, sie überlebt das Jahr nicht mehr, und dann waren es doch noch acht weitere Monate. Das hat was mit mir gemacht. Es war einfach unglaublich schön, die Zeit noch nutzen zu können, ihr Wünsche zu erfüllen. Noch mal in Freiburg essen zu gehen, noch mal auf den *Schauinsland* hochzufahren. Diverse Freunde anzurufen oder zu sehen. Nach ihrem Tod hatte ich das Gefühl, ich kann einfach nicht direkt in den nächsten Job übergehen. Von dem her ist diese Pause ganz gut. Das muss erst einmal sacken.«

»Glaub ich gern«, meinte Beeke.

Joon stimmte zu. »Brauchst du irgendwas?«, fragte er dann und nickte, als sie »Geld?« zurückfragte.

»Nein, danke. Aber es ist lieb, dass du fragst. Ich hab ganz gut verdient, wenig ausgegeben und ein bisschen geerbt.« Auf die verwunderten Blicke erklärte sie es ihnen, denn bisher hatte Nele es der Familie noch nicht erzählt. »Rosalie hat mir Geld vermacht. Sie war so dankbar für meine Anwesenheit, dass sie sich erkenntlich zeigen wollte. Nicht nur, dass ich Caro den Rücken freigehalten habe, dadurch, dass nicht sie ihre Mutter pflegen musste. Wir haben uns auch gut verstanden und viel geredet.«

»Okay. Aber wenn es knapp wird oder du einen Job brauchst, sagst du Bescheid ja? Ich helfe, wo ich kann.« Dann warf er einen Blick auf die Uhr. »Ich will nicht unhöflich sein, aber ich sollte mal runtergehen.« Er stand auf, und Nele übersah bewusst den verwunderten Blick, den Beeke ihrem Mann zuwarf, und sie übersah auch das Zwinkern, was Joon seiner Frau schenkte. Er wollte sie allein lassen. Und das war außerordentlich aufmerksam von ihm.

Liebevoll küssend verabschiedeten sich die beiden. Nele hob winkend die Hand.

»Mach's gut, und schönen Nachmittag noch«, sagte sie. Und dann, als Joon weg war: »Er ist wegen mir gegangen, oder?«

»Schätze schon.«

»Das wäre nicht nötig gewesen. Ich vertraue ihm.«

Ihre Schwester lächelte. »Das weiß er. Aber er denkt wohl, es ist trotzdem ein Unterschied, ob wir in seinem Beisein reden oder ungestört. Hast du Lust, mir zu helfen, Maylas Klamotten durchzuschauen? Ich hatte eigentlich vor, von Anfang an mit einem minimalistischen Kommödchen auszukommen, aber …« Genervt verdrehte sie die Augen. »Kinderklamotten sind einfach so cool. Und Tessa hat sich erst für sechs Uhr angekündigt, wir haben also noch ein wenig Zeit.«

Begeistert nickte Nele. »Babysachen angucken klingt super.«

Als sie zusammen auf dem Fußboden vor dem kleinen Schrank saßen, in dem Maylas Kleidung aufbewahrt war, seufzte Nele. »Es ist wirklich schön, wieder hier zu sein. Ich vermisse die Jungs mehr, als ich dachte.«

»Frag mich mal.« Beeke grinste. »Das letzte Mal, dass Raik und ich so lange voneinander getrennt waren, ist Jahre her. Ich komme mir wie ein kleines Kind vor, das nicht ohne den Bruder leben kann.« Sie lachte leise. »Ein Zwilling zu sein ist schon irgendwie was Besonderes.«

»Ich hab euch immer beneidet«, gab Nele zu. »Erst als ich älter wurde, habe ich verstanden, dass es bestimmt nicht immer so leicht ist, und dass wir anderen trotzdem eine gute Verbindung haben können. Aber ihr wart für mich immer eine Einheit, das fand ich toll.«

Ihre Schwester hielt ein beigefarbenes Oberteil hoch und verzog bedauernd das Gesicht. »Den Fleck hab ich nie rausbekommen.« Sie faltete es und legte es auf den Stapel Kinderkleidung, den sie abgeben wollte. »Ich liebe euch alle sehr. Aber Raik ist wie ein Teil von mir.« Nachdenklich sah sie Nele an. »Nur Mayla fühlt sich auch so an.«

Nele lächelte. »Das glaube ich dir aufs Wort. Irgendwann erlebe ich das bestimmt auch.«

Das nächste Kleidungsstück landete auf einem der Haufen. Tatsächlich half Nele gar nicht wirklich, sondern saß nur dabei und bewunderte die zuckersüßen Kleidungsstücke. »Irgendwann?«, fragte ihre Schwester, und Nele nickte.

»Jetzt will ich das noch nicht. Die Zeit im Schwarzwald hat mich ganz schön beeindruckt. Die Möglichkeit, jederzeit stundenlang in irgendeine Richtung zu fahren, alles immer verfügbar zu haben, das fand ich schon echt gut.«

»Möchtest du wieder zurückgehen?« Beekes Frage klang belanglos, ganz nebenbei gestellt, während sie die Kleidung ihrer Tochter sortierte, doch Nele kannte ihre Schwester gut genug, um den leisen Unterton zu bemerken.

»Vielleicht. Das entscheide ich im neuen Jahr. Erst einmal freue ich mich, wieder zu Hause zu sein, meine Nichte richtig kennenzulernen und mit euch Weihnachten zu feiern.« Ihre Gedanken streiften Mattes, denn auch auf ihn freute sie sich – vorausgesetzt, er wollte das alles zwischen ihnen noch.

Später dachte Nele nicht mehr an das, was sie beschäftigte. Tessa kam mit Mayla zurück, Joon machte Feierabend, und das Erzählen und Lachen, die Geschichten und die Familie erfüllten ihr Herz mit Liebe.

Als Joon sie und Tessa nach Hause fuhr, war es längst dunkel. Erst jetzt wurde ihr bewusst, dass es die erste Nacht sein würde, in der sie nicht allein im Haus schlafen würde.

»Danke fürs Fahren«, sagte sie zu Joon und umarmte ihren Schwager. Tessa ergriff ihre Hand und zog sie zum Haus.

»Weißt du noch, dass du früher mit mir im Wohnzimmer auf dem Boden geschlafen hast, wenn ich Angst hatte und bei Mama und Papa bleiben wollte?«

Nele lächelte. »Natürlich weiß ich das noch. Irgendwann haben sie das Zelt aufgebaut, damit wir die Krimis im Fernsehen nicht mitgucken können.«

Ihre kleine Schwester lachte, während sie die Haustür aufschloss. »Ich mag bis heute keine Krimis.« Sie machte das Licht im Flur an, dann drehte sie sich zu Nele. »Sorry, dass ich bisher nie zu Hause war und du allein warst. Aber die Nachtschichten und Finn …« Sie errötete.

Spontan nahm Nele Tessa in den Arm. »Es gibt keinen Grund für eine Entschuldigung. Ich komme klar.«

»Mhm«, machte Tessa. »Schlafen wir gemeinsam im Wohnzimmer?«

Und während sie sich Betten auf der großen Couch herrichteten und einen Mitternachtssnack zubereiteten, erzählte Tessa von Finn, und Nele erzählte von Mattes, und dann schlief sie mit weit geöffnetem Herzen ein.

Mattes

Die falsche Pizza bekommen zu haben war der Höhepunkt eines äußerst beschissenen Tages.

Mattes war mit Sicherheit nicht picky beim Essen, aber wenn es eine Sache gab, die er abgrundtief hasste, war es Paprika. Missmutig betrachtete er die vielen roten Würfelchen unter dem Käse. Als er in ein Stück Pizza biss, das er davon befreit hatte, war der scharfe Geschmack so prägnant, dass er die Schachtel zur Seite schob und den Kühlschrank öffnete. Vielleicht hätte er einkaufen sollen, aber er war ja aus gutem Grund bei der Pizzeria vorbeigefahren.

Egal. Viel Hunger hatte er eh nicht. Wenn er gefrustet oder sauer war, vergaß er oft zu essen. Und heute tobten beide Gefühle in ihm.

Mehrmals hatte er versucht, Lisbeths Tochter zu erreichen. Erst am späten Nachmittag war es ihm gelungen, aber das Gespräch war ziemlich ernüchternd gewesen.

Nein, sie konnte keinesfalls in absehbarer Zeit nach Norderney kommen. Ja, natürlich telefonierte sie mit Lisbeth. Ja, sie würde versuchen, es doch einzurichten. Aber versprechen konnte sie nichts, leider war der Urlaub schon gebucht und es täte ihr wirklich leid, aber Lisbeth wüsste und verstünde das. Sie hätte sich Norderney schließlich gewünscht.

Mattes schnaubte. Es war frustrierend.

Lisbeth und er hatten heute lange geredet und eine der kurzen Regenpausen genutzt, um einen kleinen Spaziergang zu machen. Mit dem Rollator konnte sie gut laufen und hatte mehrmals betont, wie dankbar sie ihm war, dass er sie dazu überredet hatte. Sie tat sich schwer damit, eine Hilfestellung beim Laufen zu brauchen und wenn schon, dann würde sie lieber an seinem Arm gehen. Diesen Arm reichte er ihr gern, wenn es lediglich ein paar wenige Schritte waren, sei es zu Tisch oder wieder ins Zimmer zurück. Bei allen anderen Wegen bestand Mattes auf den sicheren Rollator.

»Warum soll ich ihr denn sagen, wie allein ich mich fühle? Das ändert doch nichts. Es ist nicht ihre Verantwortung, sich um mich zu kümmern, und ich habe es doch gut hier«, waren ihre Worte gewesen, als er sie auf ihre Tochter angesprochen hatte.

»Was würden Sie sich denn wünschen?«, hatte er sie gefragt, doch Lisbeth hatte ihn nur angelächelt.

Seitdem zerbrach er sich den Kopf, wie er ihre Situation verbessern konnte. Sie meinte es sicher ernst, dass es ihr gut ging, aber dass sie einsam war, meinte sie eben genauso ernst.

Sie wollte nicht, dass er sich bemühte. Immer öfter sprach sie davon, dass ihre Zeit bald vorüber wäre. Dass sie diese Welt verlassen und vor ihren Schöpfer treten würde, dass sie dem mit reinem Gewissen entgegensehen konnte. Sie hatten lange über ihre verschiedenen Sichtweisen vom Leben nach dem Tod diskutiert. Denn während Lisbeth noch an eine höhere Macht glaubte, die nach dem Tod das Lebenswerk bewertete, fand sich Mattes dort nicht wieder. Zwar glaubte er an Gott, aber er lebte sein Leben nicht danach, ob er am Ende in Himmel oder Hölle geschickt wurde.

Dennoch besorgte es ihn, dass Lisbeth Visionen ihres Ablebens hatte – und nicht wollte, dass ihre Tochter davon erfuhr.

Der Versuch, mit seinem Chef über ihre Familiensituation zu reden, war gescheitert. Holger hatte wie immer keine Zeit dafür gehabt und das Thema mit »Wir können die Familien nicht zwingen, sich um ihre Angehörigen zu kümmern« abgewunken.

Das fuchste Mattes, denn er wollte unbedingt eine Lösung finden.

Lisbeth so zu sehen tat ihm im Herzen weh.

Wie auch Neles Schweigen.

Zwei Tage war ihr Wiedersehen her. Zwei Tage, in denen er tausendmal das Handy in der Hand gehalten hatte, um sie anzurufen, und einen Brief angefangen hatte zu schreiben. Jedes Mal hatte er sich ermahnt, sich zurückzuhalten, sie nicht zu bedrängen. Sie würde auf ihn zukommen.

In einer Woche hatten sie beide an hintereinander folgenden Tagen Geburtstag. Ein lustiger Zufall, der ihnen schon in der Schule Anlass war, zu betonen, dass sie eine Verbindung miteinander haben mussten. Damals jedoch war es zu keinem näheren Kontakt gekommen. Nele hatte nie Interesse an ihm gehabt, und irgendwann war Rieke da gewesen. Seine erste und längste Beziehung. Rieke, die ihm das Herz gebrochen hatte. Rieke, die der Grund für seinen Umzug nach Bremen gewesen war. Rieke, die mit einem anderen die Familie gegründet hatte, die er sich immer gewünscht hatte.

Das alles war lange her. Lustigerweise war seine erste Freundin in dem Sommer, in dem er zurück nach Norderney gekommen war, mit ihrer Familie aufs Festland gezogen. In ihrem Haus lebte nun Neles Bruder Klaas.

Manchmal dachte Mattes, dass die Insel ein Klebstoff zwischen den Menschen war. Irgendwie waren sie alle miteinander verbunden, und ihn führte es immer zu den Radtkes.

Dabei war das Quatsch und alles nur lustige Zufälle.

Das Piepsen seines Handys riss ihn aus den Gedanken.

> He, Mattes. Ich wollte dir nur eine gute Nacht wünschen und dich fragen, ob du meinen Brief noch beantwortest oder ob dein Schweigen bereits die Antwort darauf ist. Ich hoffe, es geht dir gut.

Ein Brief? Ihm wurde heiß und kalt zugleich. Die Erinnerung flutete sein Gedächtnis. Natürlich. Er hatte seit Tagen keine Post angesehen, sie nur rausgenommen, verstaut – und vergessen.

»Fuck.« Er sprang auf und … tatsächlich. In seinem Rucksack befand sich ein Brief von Nele, zwischen einer Rechnung und einem Werbeprospekt. Ständig nahm er sich vor, ein Werbeverbot auf den Briefkasten zu kleben, doch auch das blieb nie mehr als ein flüchtiger Gedanke in seinem Kopf. Von wann war der Brief? Gestern? Heute?

> Ich habe nicht nach der Post geschaut, es tut mir leid. Habe den Brief eben gefunden und lese ihn jetzt. Selbstverständlich bekommst du eine Antwort.

> Alles klar. Ich mach das Handy aber nun aus, Tessa und ich schlafen im Wohnzimmer und wollen noch ein bisschen quatschen. Schlaf gut.

> Träum süß, Hobbit. Ich melde mich auf jeden Fall.

Gestern! Er hätte schon gestern was von ihr gehört und gelesen, hätte er nur nicht vergessen, seine Post durchzusehen. Manchmal verfluchte er seinen vergesslichen Kopf. Es hätte ihm vermutlich viel schlechte Laune erspart.

Auf seinem Schreibtisch lag das kleine, verzierte Messer auf einer Holzkiste, in der er ihre Briefe aufbewahrte. Vorsichtig schlitzte er den Umschlag auf und setzte sich auf seinen Schreibtischstuhl. Mit zwei, drei Klicks hatte er auf dem Tablet, was dort lag, seine Playlist geöffnet, und sein derzeitiges Lieblingslied klang durch den Raum. Vom ersten Tag an war

Hunting High and Low sein Lied für Nele gewesen, und mit dieser Stimmung hatte er jeden einzelnen Brief geöffnet.

Sein Herz klopfte schneller. Er musste sich trotzdem nicht zwingen, langsam zu lesen, denn oftmals waren die Zwischentöne wichtig. Es war ihm wichtig, sich Zeit zu nehmen.

An einigen Stellen lächelte er. An anderen runzelte er die Stirn. Bei den letzten Zeilen sprang ihm das Herz aus der Brust.

Sorgsam faltete er den Brief wieder zusammen, versuchte, seinen wilden Puls unter Kontrolle zu bringen, und legte das Papier in die Kiste. Für einen Moment hielt er inne, atmete tief durch, bevor er sein Telefon in die Hand nahm.

Er konnte den Feierabend gar nicht erwarten. Gefühlt hatte er nicht eine Sekunde nicht an Nele gedacht, doch er brachte den Arbeitstag gewissenhaft hinter sich. Erneut telefonierte er mit Lisbeths Tochter, begleitete den dreiundsiebzigjährigen Ole zum Arzt und sprach im Krankenhaus mit einem Orthopäden über die Hüft-Operation von Marianne, einer neuen Bewohnerin im Haus *Lichtblick.* Die Übergabe mit dem Spät-Team zog sich hin, und die Liste der Aufgaben, die für die nächsten Tage anstand, wuchs ins Unermessliche.

Als er das Pflegeheim verließ und auf die Straße trat, war er nur eins: unsagbar müde. Der kurze Wechsel war von jeher sein Endgegner gewesen.

Doch Neles Anblick setzte neuen Elan frei, und ihr wunderschönes Lächeln brachte sein Herz zum Hüpfen.

Mattes' Nachricht zu später Stunde hatte sie erst am Morgen gelesen. Natürlich war er »ready« für sie. Denn auch er hatte darüber nachgedacht, ob sein Vorschlag so ein kluger gewesen war. Aber er war immer zur gleichen Antwort gekommen: Lieber wenig intensive Zeit mit Nele als gar keine.

Und so hatte er sie um ein Date gebeten, und sie hatten verabredet, nach seiner Schicht etwas essen zu gehen.

»Was für ein bezauberndes Lächeln du wieder mitbringst«, murmelte er, als sie auf ihn zukam und direkt die Arme um ihn schlang.

»Ich hab nur eins«, erwiderte sie und brachte ihn damit zum Lachen.

»Es tut mir echt leid, dass ich dir nicht eher geantwortet habe.«

»Passiert. Aber ich hab mir schon Gedanken gemacht, ob du es dir anders überlegt hast«, antwortete sie.

»Nein, habe ich nicht. Auf gar keinen Fall.« Er konnte nicht anders, er strahlte sie an, denn dass sie sich für ihn entschieden hatte, machte ihn sehr, sehr glücklich.

Wie sie so vor ihm stand, klein, süß und voller Freude, ihn zu sehen, konnte er nicht anders. Er beugte sich zu ihr herunter und rieb mit der Nase über ihre, die schon wieder ganz kalt war. Sie legte ihre Hand an seine Wange und zog sein Gesicht näher, dann endlich küssten sie sich wieder. Nach zwei langen Tagen, vielen Gedanken und noch mehr Vermissung durfte er ihr endlich wieder nahe sein. Und wer weiß, wie lange sie noch dort gestanden hätten, hätte es nicht zu regnen angefangen. Schnell nahm er sie bei der Hand, und gemeinsam rannten sie zum nächsten Haus, bei dem sie sich unterstellen konnten. Eng umschlungen warteten sie einige Minuten, doch ein Blick in den Himmel und ein weiterer in die Wetter-App bestätigte die Befürchtung. So bald würde es nicht aufhören zu regnen.

»Was hast du heute gemacht?«, fragte er sie kurze Zeit später, während sie durch die menschenleeren Straßen zu dem Restaurant liefen, auf das sie sich geeinigt hatten. Wie auch Nele hatte er keinen Schirm dabei. Das brachte auf der Insel bekanntermaßen nicht viel. Im besten Fall wurde man nur einseitig nass, im schlimmsten kaufte man sich einen neuen Schirm. Denn der zuweilen recht ordentlich pustende Wind ließ den Regen von allen Seiten auf sie niederprasseln.

»Ich habe erstaunlich lange geschlafen, mit Tessa gefrühstückt und war dann in der Stadt, ein paar Besorgungen machen. Na ja, ich hab's zumindest versucht.«

»Wie meinst du das?«

»Für das Tiny House brauche ich ein paar Dinge. Holzfarbe, Lack, Schleifmaterial und ein paar neue Dekoartikel. Ich möchte renovieren. Aber ich bin nicht so richtig fündig geworden und muss nun bestellen oder mal aufs Festland fahren«, erzählte sie ihm. Nele setzte erneut zu sprechen an, da rauschte ein Bus eng an ihnen vorbei. Mattes zog sie am Arm zurück, doch das Wasser der Pfützen, die sich in den Rinnen gebildet hatten, spritzte hoch und duschte sie von oben bis unten.

»Fuck«, rief Mattes laut, und auch Nele fluchte. Doch als sie sich ansahen, brachen sie in Gelächter aus. Da hatte auch die regensichere Kleidung nichts mehr genutzt. Sie waren nass bis auf die Haut.

»Oh, wow.« Nele wischte sich das Wasser aus dem Gesicht. »Ich hab nicht aufgepasst«, gab sie zu. »Da hätte er mit Bremsen oder Ausweichen auch nicht viel retten können.«

»Stimmt schon. Ich hab auch nicht auf die Straße geachtet. Oh Mann, wir sind Helden, echt.« Er lachte leise.

»Lass uns zu dir gehen«, schlug Nele vor. In ihren Augen blitzte etwas auf, was das Kribbeln tief in seine Lenden brannte.

Mattes schluckte. »Ja, äh … lass uns zusehen, dass wir die nassen Klamotten loswerden«, sagte er schnell und konnte nicht verhindern, etwas sehr Reizvolles an dieser Situation zu sehen.

Und an Neles Blick konnte er erkennen, dass sie genau das Gleiche dachte.

Es waren nur noch wenige Minuten bis zu dem Haus, in dem seine Wohnung lag. Sie hatten ihr Tempo etwas angezogen und redeten nicht mehr. Mattes fragte sich, ob sie auch darüber nachdachte, was nun geschehen würde, denn es lag in der Luft, seit sie ihn begrüßt hatte. Die Anziehung zwischen ihnen war spürbar, vergessen war das geplante Mittagessen.

Ihre Schuhe ließen sie vor der Tür, die Taschen im Flur, und erst im Bad zogen sie die triefenden Jacken aus. Achtlos landeten sie in der Ecke, denn Mattes hatte nur noch Augen für Nele. In den eng an ihrer Haut klebenden Jeans mit den klatschnassen Haaren und dem Wahnsinnslächeln.

Sie kam auf ihn zu und schob ihre Hände direkt unter sein Shirt. Ihre warmen Hände lösten Schauer auf seiner kalten Haut aus, er umfasste ihr Gesicht und küsste sie, küsste sie auf eine Art, wie er sie bisher noch nicht geküsst hatte. Legte all seine Gefühle in die Berührung seiner Lippen und das Spiel seiner Zunge. Er keuchte auf, als sie ihre Finger in seinen Rücken krallte.

Die nassen Klamotten erwiesen sich als umständlich auszuziehen und zögerten die Erfüllung des Begehrens hinaus. Aber nichts konnte die Lust, die in ihm hochgestiegen war, auslöschen. Nicht einmal der Moment, in dem er fast hinfiel, weil seine Hose nicht von seinen klammen Beinen rutschen wollte, und sie beide so lachen mussten, dass an Sex kaum zu denken war. Doch dann war das Hindernis überwunden. Mit einem Arm hielt er Nele umschlungen, mit der anderen Hand machte er das Wasser an. Dann stieg er in die Badewanne und zog sie mit sich.

Nicht nur das heiße Wasser brachte Mattes zum Schaudern, sondern auch die Art, wie Nele ihn berührte, wie sie ihn ansah, wie sie seine Tätowierungen mit den Fingern nachfuhr.

Und er bemerkte ihr Zittern, weil seine Hände auch ihren Körper erforschten, weil er sie an sich drückte und auf diese Art küsste, mit der er alles ausdrücken wollte, was er für sie empfand.

Irgendwann drehte er das Wasser ab und stieg aus der Wanne. Aus dem Schrank zog er ein großes Handtuch und wickelte Nele darin ein. Sie sollte auf dem Weg zum Bett nicht frieren – denn das war der Ort, wo es sie beide hinzog. Während Nele sich abtrocknete und danach ihm das Handtuch reichte, hatte er die Vorhänge zugezogen und Musik angemacht.

»Du in meinem Bett«, raunte er und schüttelte ungläubig den Kopf.

Mit angezogenen Knien saß Nele dort, die Arme locker darauf abgelegt, die Haare notdürftig hochgebunden. Ihr Blick erzählte ihm Geschichten, ihr Lächeln erinnerte ihn an die Hitze ihrer Küsse. Dann ließ er das Handtuch fallen und folgte der Einladung in ihren Augen.

Als Mattes wach wurde, war das Erste, was er wahrnahm, die Hitze, die ihm für einen Moment die Sinne raubte. Nele lag eng an ihn geschmiegt in seinem Arm. Er zog sich von ihr zurück, bedacht darauf, sie nicht zu wecken. Leise stand er auf, zwei, drei Atemzüge kostete er den Anblick ihres schlafenden Gesichts aus, bevor er seinen Schrank öffnete und frische Wäsche anzog, eine Jeans, einen warmen Pulli. Erst danach warf er einen Blick auf die Uhr.

Wenn er richtig zurückrechnete, hatten sie vielleicht eine Stunde geschlafen.

Er zog die Decke zu Neles Schultern hoch, entsorgte die Kondome und lehnte die Tür zur Küche lediglich an. Schon auf der Arbeit hatte er Hunger gehabt, aber da sie nun doch nicht essen gegangen waren, wurde es Zeit für eine Mahlzeit.

Ein Blick aus dem Fenster zeigte ihm, dass es noch immer regnete. Mattes hatte keine Lust mehr, rauszugehen, und einen Lieferservice gab es auf der Insel nicht. Das war eins der wenigen Dinge, für die er die Großstadt vermisste. Dort hatte er zu fast jeder Uhrzeit bestellen können. Wollte er nun was zu essen haben, würde er kochen müssen.

Er entschied sich für einfache Nudeln. Mit geübten Handgriffen setzte er Wasser auf und bereitete eine Soße vor, summte leise vor sich hin und bemerkte das warme Gefühl in seinem Bauch.

Die letzten Stunden hatten ihm gezeigt, wie es mit Nele sein würde. Nicht nur der Sex, der war erwartungsgemäß ziemlich gut gewesen. Aber das ganze Drumherum: Wie sie miteinander redeten, wie sie sich anfassten, wie sie einander ansahen.

Mattes musste nicht in den Spiegel schauen, um das Lächeln auf seinem Gesicht zu bemerken. Sein Wunsch war in Erfüllung gegangen: Er war mit Nele zusammen, und den ersten Meilenstein – das erste Mal – hatten sie mit Bravour gemeistert. Zumindest er empfand das so.

Ob sie es ebenso fühlte, würde er wohl gleich herausfinden.

Oder ob sie den Sex, der für seine Verhältnisse außergewöhnlich schnell geschehen war, bereute.

Er deckte den Tisch, drehte die Heizung etwas höher, und kurz bevor das Essen fertig war, lief er ins Schlafzimmer, um Nele zu wecken.

Noch immer schlief sie tief und fest. Mattes legte sich vorsichtig hinter sie, strich ihr eine Haarsträhne aus dem Gesicht und hauchte ihr einen Kuss auf die Wange.

»Hey, Hobbit«, flüsterte er und lächelte, weil sie sich direkt an ihn schmiegte. »Hast du Hunger?«

»Mhm«, antwortete sie, drehte den Kopf zu ihm, öffnete die Augen. Ihr Blick traf ihn bis ins Mark.

Seine Nele.

»Wie spät ist es?«, fragte sie verschlafen und schob die Decke tiefer.

»Halb sieben am Abend.« Mattes küsste sie auf das Schulterblatt, direkt auf den kleinen Vogel, den sie an dieser Stelle in die Haut gezeichnet hatte, und malte mit seiner Hand kleine Kreise auf ihren Bauch.

»Ich ziehe mich an.« Nele machte Anstalten, aufzustehen, also räumte er schweren Herzens den Platz auf dem Bett. Sie ließ sich hochziehen und küsste ihn, bevor sie sich suchend nach ihrem Rucksack umsah.

»Flur«, half er aus.

»Ach ja.«

»Hast du Klamotten dabei oder brauchst du was von mir?«

»Ich hab was dabei. Bin gern vorbereitet.« Mit einem Zwinkern drängte sie sich an ihm vorbei, und Mattes versuchte zu ignorieren, dass sie noch immer nackt war.

Was nicht gelang.

»Find ich gut.« *Alles.* Er lächelte, dann ging er summend in die Küche, um nach den Nudeln zu sehen.

Wie schön und einfach das Leben sein konnte.

Mattes hörte Nele im Bad und im Schlafzimmer rumoren, bevor sie mit hochgebundenen Haaren und frischen Klamotten an den Tisch kam.

»Ich hab mal kurz das Fenster aufgemacht.«

»Okay.« Er mischte die Nudeln mit der Soße und stellte die Schüssel auf den Tisch. »Hab leider nichts anderes da.«

»Nudeln sind perfekt. Danke.«

Sie schöpfte sich etwas auf, zog den Fuß auf den Stuhl und den Teller näher zu sich. »Was hättest du gegessen, wären wir im Restaurant gewesen?«

»Wahrscheinlich Fisch und Dippers. Und du?«

»Unbedingt Fisch und Dippers.« Sie lachte leise. »Weißt du, dass ich mich wie eine unwissende Touristin fühle, seit ich wieder da bin? Wie oft ich schon in einen Regen geraten bin – das ist mir früher nie passiert.«

»Das lernst du schnell wieder.«

Sie nickte. »Wie arbeitest du am Wochenende?«

Mattes überlegte. »Morgen hab ich Frühschicht, also Feierabend so um drei. Am Sonntag hab ich Zwölf-Stunden-Schicht.« Er verzog das Gesicht. »Ich hab leider nicht so viel

Zeit, wie ich gerne aufbringen würde. Vielleicht kann ich mir noch ein paar Tage freinehmen.«

Doch Nele schüttelte den Kopf. »Nicht für mich, bitte. Wir finden schon Zeit.« Sie lächelte ihn an. »Ich möchte morgen noch mal die Geschäfte und danach die Freunde abklappern. Vielleicht bekomme ich das, was ich fürs Tiny House brauche, ja doch auf der Insel. Morgen Abend habe ich Bee und Joon Babysitten angeboten, damit sie mal wieder ausgehen können. Sie haben bestimmt nichts dagegen, wenn du dazukommst, falls du Lust hast.«

»Klingt gut. Vor einer langen Schicht mache ich meistens eh nicht viel. Schreib mir, wenn du mehr weißt.«

»Das mache ich.«

Sie aßen auf, ließen den Abwasch auf der Spüle stehen und kuschelten sich aufs Sofa. Nach einem Film und einer intensiven Zeit im Bett war es schließlich Neles ruhiger Herzschlag und ihr warmer, nackter Körper an seinen geschmiegt, der Mattes glücklich einschlafen ließ.

Sein Leben war ganz schön in Ordnung.

Nele

Nun war es also passiert. Mattes hatte sich auf sie eingelassen. Oder hatte sie sich auf seinen Vorschlag und ihn eingelassen? So richtig war Nele das nicht klar, aber das spielte auch keine Rolle.

Der Abend mit ihm war wunderschön gewesen. Der Regenschauer, Sex, Essen, ein Film, Sex, Reden, Lachen und viel zu spät einschlafen machten aus Mattes einen morgenmuffeligen Mann, der sich aber recht schnell von ihrer guten Laune anstecken ließ. Auf dem Weg zu seiner Arbeit kauften sie Coffee to go und Brötchen – er für sein Team, Nele für ihr Frühstück zu Hause. Vor dem Seniorenheim küssten sie sich lange, danach lief sie zum Strand und von dort gut gelaunt nach Hause.

Tief atmete sie die salzige, kalte Luft ein und freute sich über die unruhige Nordsee. Heute könnte ein schöner Tag werden. Es regnete nicht und der Wind hatte die Straßen bereits getrocknet. Der Sand unter ihren Füßen war fest vom Wasser, und so genoss sie es, auf ihrem Weg ihren Gedanken nachhängen zu können.

Es fühlte sich richtig an, diese Nacht mit Mattes, auch wenn es schneller passiert war, als sie es geplant hatte. Genau deswegen war es ihr wichtig gewesen, nach dem Essen und nach dem kuschligen Abend noch mal zu reden. Nele wollte sichergehen, dass sie die gleichen Voraussetzungen hatten, was ihre – wie auch immer geartete – Beziehung anging.

Doch Mattes hatte sie beruhigt. Ihm war sehr bewusst, dass ihre Zeit vielleicht begrenzt war, und mit dieser Aussage beschloss Nele, sich keine Sorgen mehr darüber zu machen.

Gerade als sie die Haustür aufschloss, klingelte ihr Telefon. Zu ihrem Erstaunen war es Raik, der sie anrief.

»In den Flitterwochen wird nicht telefoniert!«, schimpfte sie mit ihm und hörte sein vertrautes Lachen.

»Wenn meine kleine Schwester nach Hause kommt, werde ich doch wohl Hallo sagen dürfen«, begrüßte er sie, und seine warme, liebevolle Stimme ließ ihre Kehle eng werden.

Himmel, wie sie ihren großen Bruder vermisste.

»Ich bin schon die ganze Woche hier. Wie geht's euch?« Sie schob die Tür mit dem Po zu, bevor sie in die Küche lief und die Brötchentüte ablegte.

»Uns geht es gut. Wir erholen uns und genießen das Meer und die Sonne. War aber echt ungewohnt die ersten Tage. Bei dir alles klar? Es tut mir total leid, dass wir an deinem Geburtstag nicht mit dir feiern können. Hätten wir gewusst-«

»Genau deswegen hab ich nichts gesagt«, unterbrach sie seinen Redeschwall. »Mach dir keinen Kopf. Wir feiern einfach nach.«

»Liebe Grüße«, hörte sie Svea im Hintergrund rufen.

»Liebe Grüße von Svea«, wiederholte er. »Ich freu mich tierisch, dass du da bist, wenn wir nach Hause kommen. Wollte auch nur kurz mal deine Stimme hören.«

»Das ist total lieb von dir.«

»Genieße es, dass du das Haus für dich hast. Das wird sich sehr bald ändern!«

»Kann's kaum abwarten«, frotzelte sie. »Ich weich dann einfach aus, wenn ihr mir auf die Nerven geht.«

»Hast du dein Häuschen eingerichtet?«, fragte er.

Nele warf einen Blick nach draußen. Das Tiny House sah von Mal zu Mal einladender aus, und sie freute sich auf die Arbeit daran. »Nein, bisher noch nicht. Aber ich fang heute damit an. Wollte noch ein paar Dinge kaufen.«

»Die meisten Sachen stehen im Schuppen, und die Checkliste von Papa liegt in der Schublade unter der Mikrowelle. Du wirst sie gleich erkennen, ist noch handschriftlich.« Sie hörte ihn rumoren, als würde er etwas packen.

»Ach.« Wie hatte sie das vergessen können? »An die habe ich gar nicht mehr gedacht.«

»Ist nicht so, als hätte ich von Natur aus gewusst, was man da tun muss, damit das Gartenhaus bewohnbar ist.« Er lachte leise. »Wenn du nicht weiterkommst, ruf an, ja?«

»Nein, das werde ich ganz bestimmt nicht tun«, warf sie ein. »Ihr habt mal schön noch Flitterwochen. Ich komme klar, ich bin ein großes Mädchen.« Raik schwieg eine Sekunde zu lange. »RAIK!«

Er prustete los. »Ich liebe dich, Schwesterchen. Aber groß, ich weiß nicht … Aua.« Es raschelte am Telefon, da erklang Sveas Stimme.

»He, Süße, wie geht's dir? Magst du mit einem netten Menschen sprechen?« Ein Grinsen lag in der Stimme ihrer Schwägerin. Nele ging das Herz auf, und schlagartig vermisste sie Svea ebenfalls. Sie hatten sich gut verstanden in den paar Wochen, in denen Svea auf Norderney gewesen und mit Raik zusammengekommen war. Doch seit Nele im Schwarzwald lebte, hatten sie wenig Kontakt gehabt.

»Mir geht's gut, wirklich. Ich hab jetzt ein paar Wochen frei, wir können was unternehmen, wenn ihr wieder da seid. Wann genau kommt ihr?«

»Am ersten Dezember-Wochenende, wir sind pünktlich zum Brunch da. Mein Gatte behauptet zwar, dass das Zufall wäre, aber ich glaube ihm kein Wort.«

Nele hörte Raik im Hintergrund protestieren und lachte auf. »Ich auch nicht! Aber ich freue mich auf euch. Habt noch eine schöne Zeit, ja?«

Svea verabschiedete sich, Raik kam noch mal kurz ans Telefon und versuchte ihr das Versprechen abzuringen, sich zu melden, wenn sie mit dem Tiny House nicht klarkam, doch Nele blieb standhaft. Es war ihr Zuhause.

Das würde sie schon hinkriegen.

Nach dem Telefonat mit Bruder und Schwägerin hatte Nele sich Frühstück gemacht, dabei online Preisvergleiche angestellt und auf den Webseiten einiger Norderneyer Geschäfte recherchiert. So langsam bekam sie einen Eindruck davon, was sie wie zu tun hatte. Und da das Wetter passte, würde sie gleich damit anfangen.

Vorher aber hatte sie in den Freunde-Chat noch eine Nachricht gestellt, denn nun fühlte sie sich bereit, den anderen zu begegnen. Immerhin war sie schon fast eine Woche auf der Insel.

> Ihr Lieben, ihr wisst es noch nicht alle, aber ich bin seit ein paar Tagen wieder zu Hause. Würde mich freuen, euch alle wiederzusehen, also sagt gern mal Bescheid, wenn ihr Zeit für einen Kaffee oder etwas Ähnliches habt!

Erst jetzt wurde ihr bewusst, dass sie diese Zeit gebraucht hatte, um anzukommen. Bei sich, im Haus, bei ihren Schwestern und letztlich auch bei Mattes. So wie es jetzt war, durfte es weitergehen. Ihr Dasein auf der Insel fühlte sich rund an. Aber es änderte nichts an ihren Überlegungen, wie es im neuen Jahr weitergehen sollte.

Erst einmal galt es, die freie Zeit zu nutzen, um die Eindrücke aus dem Schwarzwald zu verarbeiten und herauszufinden, ob Fern- oder Heimweh das dominantere Gefühl in ihr sein würde.

Also suchte sie die Liste ihres Vaters, recherchierte im Internet, sah sich Videos bei YouTube an und sortierte die Aufgaben danach, was sie in welcher Reihenfolge zu machen hatte. Denn Nele kannte sich nicht aus mit den Wasserleitungen, der Stromversorgung oder der eingebauten Toilette. Und das alles war wichtig, bevor sie überhaupt ans Renovieren oder Dekorieren denken konnte.

Sie musste über sich selbst schmunzeln, wie schnell sich die Prioritäten änderten. Hatte sie die letzten Tage immer gedacht, dass eine genaue Vorstellung und Vorbereitung wichtig war, konnte sie es nun kaum erwarten, loszulegen.

Es war bereits Mittag, als sie mit der Checkliste ihres Vaters in den Garten ging. Es roch nach Winter und Kälte. Das Gras war nass und glitschig, doch wenn die Wettervorhersage recht behielt, würde es bald wieder schneien.

Nele schloss das Tiny House auf und lüftete es, danach überprüfte sie die Böden und Wände auf Schimmel. Das Haus schien in gutem Zustand. Sie stellte das Wasser an, die Toilette und auch die Stromversorgung bekam sie in Gang. Erst die Wärmeversorgung bereitete ihr Kopfzerbrechen, denn sie wusste zwar, dass ihr Häuschen eine wasserbasierte Fußbodenheizung besaß, aber wo sie die anstellte, war ihr ein Rätsel. Da half ihr die Liste ihres Vaters. Und als Stunden später das blitzblank geputzte Tiny House mit allem versorgt war, was es brauchte, war die Überlegung, neu zu dekorieren, ein bisschen weiter weggerutscht. Denn es fühlte sich endlich nach Zuhause an.

Aus einem Schrank unter der Treppe, die auf ihre Bettgalerie führte, Schränke beinhaltete und auch noch eine bequeme Sitzgelegenheit war, nahm sie die Lichterketten und ging damit hinaus. Sie schmückte das hölzerne Treppengeländer damit, programmierte die Zeitschaltuhr und brachte ihre Sachen aus dem Haus nach draußen. Kribbelnde Vorfreude machte sich in ihr breit.

Endlich würde sie wieder in ihrer kleinen Höhle wohnen. Auch ein Grund, wieso Mattes sie Hobbit nannte.

Ein Blick auf die Uhr verriet ihr, dass sie noch Zeit hatte, bis sie zu ihrer Schwester zum Babysitten musste. Das Wetter hatte sich gehalten, es war zwar zugezogen, regnete aber nicht.

Nele ging ins große Haus. Sie suchte ihre Vorräte zusammen, alles, was sie für sich gekauft hatte. Kochen würde sie im Tiny House nicht unbedingt, aber versorgt wollte sie dennoch sein, und Kaffee durfte absolut nicht fehlen. Jetzt brauchte es nur noch frische, bunte Blumen. Sie hatte keine Lust, wieder in die Stadt zu gehen, stattdessen lieh sie sich eine Topfpflanze aus dem Wohnzimmer und beschloss, laufen zu gehen.

Erst in den letzten Monaten war Sport ihr wichtig geworden. Vor ihrer Zeit im Schwarzwald hatte sie meistens keinen Elan dafür gehabt, Rad fahren und mal schwimmen gehen war das höchste der Gefühle gewesen. Doch neben ihrer Pflege von Rosalie hatte sie einen Ausgleich gebraucht. Als sie durch Zufall über die Trainerausbildungen für Rehasport gestolpert war, hatte sie sich informiert – und in einem Fitnessstudio angemeldet. So hatte sie es geschafft, während ihres Aufenthalts dort die entsprechenden Lizenzen zu bekommen. Das wollte sie auf Norderney nicht schleifen lassen.

Sie zog sich um, schloss das Tiny House ab und machte sich auf den Weg. Noch war genug Zeit, eine längere Runde zu laufen, über den Planetenweg durch die Dünen und über den Südstrandpolder zurück.

Und wie immer, wenn ihre Augen mit Gucken und der Kopf mit dem Rhythmus der Schritte und des Atmens beschäftigt waren, wurde es leichter in Nele. Nie hatte sie Raik geglaubt, wenn der erzählt hatte, warum er gerne joggte, und am liebsten im Dunklen, kurz vor dem Schlafengehen. Mittlerweile verstand sie ihn sehr gut, denn auch ihr waren das die liebsten Zeiten.

Wie erwartet begegneten ihr nicht viele Menschen. Ein paar einzelne Spaziergänger und kein einziger Radfahrer kreuzten ihren Weg, und als Nele danach unter der Dusche stand, war sie einigermaßen erschöpft.

»Dieses Hotel ist ganz schön groß«, murmelte Mattes zur Begrüßung. Er erwartete sie bereits in der Lobby.

»He.« Sie reckte sich hoch, um ihn zu küssen, und musterte die zwei Blumensträuße in seiner Hand. »Wen willst du bestechen?«

Nach einem weiteren innigen Kuss nahm er ihre Hand und sah sich suchend um. Nele zog ihn Richtung Fahrstühle.

»Na, einer ist für Beeke als Dank, dass ich mitkommen darf, und einer für dich, weil du so fleißig in deiner Höhle warst. Dachte mir, dass da bestimmt hübsche Blümchen nett wären.«

Neles Herz hüpfte. »Wie lieb von dir! Und Bee freut sich sicher auch. Wir sollten uns aber als Erstes was zu essen organisieren, oder hattest du schon?«

»Ich könnte was vertragen«, gab er zu.

Sie betraten den Fahrstuhl und fuhren in den neunten Stock. Als er sich öffnete, kam ihnen ein Schwall Pizzaduft entgegen. Neles Magen knurrte hörbar, und Mattes lachte auf, weil das auf diesem stillen Hotelflur besonders laut klang. Grummelnd klopfte sie an die Tür, und als Joon aufmachte, war der Geruch noch viel intensiver.

»Himmel«, stöhnte Nele auf. »Habt ihr ein Knoblauchexperiment gemacht?«

»He, Mattes, schön, dich zu sehen. Lass die grumpy Hexe draußen stehen.« Joon winkte Mattes herein, doch als Nele ihn an den Oberarm knuffte, grinste er und zog sie kurz in seine Arme. »Komm rein, Schwägerin.«

Mattes hob schnuppernd die Nase. »Ich finde, es riecht fantastisch. Aber ich dachte, ihr wollt essen gehen?«

»Das ist ja auch für euch.«

»Oh! Das ist ja nett.«

»Sagt der Mann mit den Blumen in der Hand.« Joon grinste, und die beiden schlugen ein. Nele verdrehte die Augen.

»Hast du eine Vase, Joon?«

Er nickte. »Klar.«

Während ihr Schwager die Blumen ins Wasser stellte, zogen Nele und Mattes Jacken und Schuhe aus.

»Beeke zieht sich grad noch um. Mayla schläft schon seit einer halben Stunde. Wenn sie noch Hunger hat, ist Milch im Kühlschrank«, erklärte Joon ihnen. »Bee hat einen Zettel geschrieben, wie das mit dem Aufwärmen geht, aber wir rechnen eigentlich nicht damit, dass wir so lange weg sind. Höchstens zwei Stunden, ist das okay?«

»Ja, klar. Lasst euch Zeit«, sagte Nele.

»Okay. Wir sind ja erreichbar, wenn was ist.«

Joon wirkte irgendwie nicht so gelassen wie sonst. Nele legte den Kopf schief. »Sag mal, ist es das erste Mal, dass ihr Babysitten lasst?«

»Ist es«, erklang es vom Schlafzimmer, aus dem Beeke nun heraustrat. Sie zog die Tür nicht ganz zu, ließ sie einen Spaltbreit offen.

Nele lächelte anerkennend. Ihre Schwester hatte ein langes Kleid und einen Cardigan angezogen, dazu hohe Stiefel. Das Outfit stand ihr fantastisch! »Sie ist doch erst wenige Monate alt.« Lächelnd umarmte ihre Schwester erst sie, dann Mattes.

»Aber Tessa holt sie doch ständig.« Nele war verwirrt.

»Das ist was anderes. Dann bin ich hier und kann jederzeit losrennen. Aber was, wenn ich keinen Empfang im Restaurant habe oder den Anruf nicht höre?« Beeke drückte ihre Sorge mit vollkommener Ernsthaftigkeit aus, weshalb Nele sich ein Schmunzeln verkniff.

»Ich verspreche dir, wenn was ist, rufen wir bei dir, Joon und im Restaurant gleichzeitig an!« Erleichtert lächelte ihre Schwester und im Augenwinkel sah sie, wie sich Mattes kurz abwandte und sich bemühte, nicht zu grinsen. »Ihr müsst ja nicht ausgehen!«, fügte Nele hinzu. »Auch wenn ich mich freue, ein … äh … schlafendes Baby zu beaufsichtigen.«

»Es tut mir leid, ich hab ernsthaft versucht, sie wachzuhalten. Beeke lachte leise, dann nahm sie ihre Handtasche. »Ich freue mich darauf, mal wieder mit meinem Mann essen zu gehen. Er hat dir alles gezeigt?«

Nele nickte. »Wir kommen klar.«

Nachdem Beeke und Joon sich verabschiedet hatten, war es für einen Moment still im Apartment. Der Kühlschrank surrte leise, und Nele warf einen Blick auf das Babyfon. Mayla schlief selig im Schlafzimmer.

»Dann essen wir?«, fragte Mattes und umarmte sie von hinten. Über ihre Schulter schaute er ebenfalls auf den kleinen Monitor.

»Ja, gern. Ich hab richtig Hunger.«

Er küsste sie auf die Wange, und während sie den Tisch deckten, Salat und Pizza dazustellten, dachte Nele über den Chat mit ihrer Schwester nach, in dem sie sie gefragt hatte, ob es okay wäre, wenn Mattes mitkäme. Bee hatte keine Fragen gestellt. Sie hatte es einfach so hingenommen, dass Nele ihn mitbringen wollte, und sich vermutlich ihren Teil gedacht. Denn dass Mattes und sie sich Briefe geschrieben und angefreundet hatten, wusste Beeke, und auf der Hochzeit war ihre Verbundenheit auch nicht unbemerkt geblieben.

»Voll nett von Bee, eine Pizza für uns zu backen«, sagte Mattes in diesem Moment.

»Würde 'nen Zehner wetten, dass Joon sie gemacht hat.« Nele grinste. Wetten waren von jeher eine beliebte Freizeitbeschäftigung der Clique gewesen. Nun hatte sie schon länger nichts mehr mitbekommen, ob gerade aktuelle Wetten liefen, und nahm sich fest vor, Micha danach zu fragen. Er und auch die anderen Freunde hatten auf ihre »Wieder da«-Nachricht positiv reagiert. Vielleicht würde sie morgen dort mal vorbeischauen.

»Das fragen wir sie nachher, okay? Und wenn du recht hast …« Mattes grübelte, während er kaute.

»Dann bekomme ich einen Zehner?« Sie grinste.

Er hob die Augenbrauen. »Oder ich gehe mit dir laufen.«

Mattes war kein Sportmensch, das wäre ein hoher Wetteinsatz für ihn, zumindest bei dem Wetter.

»Das nehme ich an! Und wenn ich die Wette verliere?«

»Dann schaust du *This is us* mit mir, und zwar mindestens fünf Folgen. Wenn sie dich dann nicht kriegt, lasse ich dich damit in Ruhe!«

Nele lachte auf. Das war in ihren Briefen ein heißes Thema gewesen, denn mit Mattes' Lieblingsserie konnte sie nichts anfangen. Sie schaute lieber actionreichere Serien und Filme.

Nele lehnte sich zurück. »Deal!«

Eine Weile plauderten sie, über Sport und Neles Trainerscheine, die sie im Schwarzwald absolviert hatte, bevor sie den Tisch abräumten, das Geschirr in die Spülmaschine und das restliche Essen in den Kühlschrank stellten. Mayla schlief immer noch tief und fest.

Nele und Mattes machten es sich auf der Couch bequem. Mittlerweile war es dunkel und das Meer nur noch zu erahnen, dennoch war es beruhigend zu wissen, dass es dort draußen war.

Zufrieden seufzend kuschelte sich Nele in Mattes' Arme, und ebenso zufrieden lag sie ein paar Stunden später allein in ihrem Hochbett. Die Lichterketten zauberten funkelnde Reflexionen in den Garten, im Wohnzimmerfenster des Elternhauses hatte sie eine kleine Lampe angelassen. Es schneite wieder, und eine Weile sah Nele den Flocken bei ihrem Tanz zu.

Als Beeke und Joon von ihrem Date nach Hause gekommen waren, hatte ihre Schwester das Baby gestillt, danach hatten sie noch etwas zusammengesessen. Mattes war längst gegangen, und Joon hatte es sich nicht nehmen lassen, Nele nach Hause zu bringen. Und dass sie dann nicht ins Elternhaus ging, sondern direkt in ihr Tiny House, hatte sie mit Glück und dem Gefühl nach Zuhause erfüllt.

Es ging ihr gut.

Nele

Nele schlief zehn Stunden am Stück, war keineswegs geplagt von Schlaflosigkeit oder unschönen Träumen. Sie erwachte mit einem Gefühl von Frieden in sich.

Gestern Nacht hatte es wohl länger geschneit, und als sie den Vorhang vor dem Fensterchen zur Seite schob, begrüßte sie ein puderzuckerweißer Garten. Auf den Hecken lagen kleine Schneehäufchen, und im Gras hatte ein Vogel Laufspuren hinterlassen.

Einen Moment überlegte sie, was sie nun tun wollte, doch die Entscheidung fiel schnell. Nele schob die Bettdecke zur Seite und stieg die Treppen hinunter, zog sich Sportkleidung an und suchte sich am Tablet eine Yoga-Session heraus. Die nächsten dreißig Minuten stand, saß und lag sie auf ihrer Yogamatte, die gerade so Platz in ihrem Wohnraum hatte. Während danach der wohlverdiente Kaffee durchlief, duschte sie. In einer warmen Jogginghose und einem übergroßen Hoodie, der eigentlich Klaas gehörte, saß sie dann auf ihrer Couch und entspannte sich. Sie las ein Buch, was sie schon vor einer Weile angefangen hatte, freute sich über den heißen Feuerwehrmann, der sich nach seiner Kollegin verzehrte und heimlich seine Gedanken in Poesie ausdrückte. Unweigerlich musste sie dabei an Mattes denken. Seine Briefe waren auch ein bisschen Poesie, wenn man sie auch nicht Lyrik nennen konnte.

Lebenspoesie.

Gedankentänze.

Vor ihm hatte Nele nie ihre Gedanken in Worten festgehalten, sie hatte nie Tagebuch geschrieben oder eine Brieffreundin gehabt. Als Caro von Norderney weggezogen war, hatten sie mit WhatsApp-Nachrichten Kontakt gehalten.

Entsprechend überrascht war sie gewesen, als sie seinen Brief erhalten hatte. Im Umschlag lagen ein paar gut ausgewählte Fotos von der Hochzeit, darüber hatte sie sich sehr gefreut. Zuerst war sie unsicher gewesen, ihm zu antworten. Was sollte sie denn auch schreiben? Aber dann wurde ihr klar, dass sie wenigstens höflich bleiben wollte – und auch immer mal an ihren alten Schulkameraden gedacht hatte, der so überraschend gut aussah und sie so verschmitzt angegrinst hatte.

Und dann hatten sie nicht mehr aufgehört, einander zu schreiben.

Vielleicht war es wie in ihrem Buch etwas Besonderes, wenn ein Mann sich so mit sich befasste. Sich seiner und seinem Gegenüber so klar war.

Mattes war ehrlich, zu sich und zu ihr. Das schätzte sie wohl am meisten. Sie genoss die Zeit mit ihm, und dass er sich mit ihrer Familie verstand, war ausnahmslos wichtig.

Nele machte sich Frühstück und kuschelte sich wieder auf ihr Sofa, versank in ihrem Buch, bis gegen Mittag ein Anruf sie herausriss.

Mattes?

Wenn er sie während der Arbeitszeit anrief, war das kein gutes Zeichen. Dann vermisste er sie viel zu sehr – oder es war etwas passiert. Vage erinnerte sie sich daran, dass er sich Sorgen um eine Bewohnerin aus dem Heim machte.

»He, Mats«, meldete sie sich und hörte sogleich, dass er sich am Strand befand. Die Wellen dröhnten regelrecht im Hintergrund.

»He, stör ich grad?«

»Nein, gar nicht. Ich bin zu Hause und lese, und du? Bist du am Wasser?«

Er schwieg einen Moment. »Ja, ich musste mal einen Moment raus. Erinnerst du dich an die Bewohnerin, von der ich dir erzählt habe? Lisbeth? Sie ist heute Morgen gestorben und irgendwie ... Mir geht das näher, als es sollte.«

Nele klappte ihr Buch zu und legte es zur Seite, setzte sich in den Schneidersitz, als würde es mehr Konzentration ihrerseits brauchen. »Oh, Mattes, das tut mir sehr leid. Aber wieso sollte es dir nicht nahe gehen dürfen?« Schlagartig waren Gedankenbilder in ihr, von Rosalie in ihren letzten Stunden. »Das ist doch verständlich.«

»Ja, schon, aber, weiß nicht. Ich merke, wie mir ein bisschen die Professionalität abgeht. Sie ... sie hat mir heute Morgen ihr Tagebuch geschenkt.«

»Ihr Tagebuch?«

»Mhm. Sie hat bis zuletzt in so ein Notizbuch geschrieben. Ich habe ihr immer mal an den Tisch geholfen, wenn sie das machen wollte. Als ich heut Morgen nach dem Frühstück nach ihr gesehen habe, lag sie im Bett und wollte nicht aufstehen, war ganz schwach und leise. Sie sagte, sie wollte, dass ich es nehme und lese, weil ... weil da vielleicht auch für mich Dinge drinstehen, die mir helfen könnten.« Er seufzte laut, dann hörte sie ein Geräusch, was wie ein unterdrücktes Weinen klang. »Ich weiß gar nicht, wie ich damit umgehen soll. Muss auch langsam zurück, auch wenn's mich ankotzt, dass die Welt sich einfach weiterdreht. Ich wollte nur kurz deine Stimme hören.«

In ihrem Magen flatterte es. »Hast du Lust, nach dem Dienst zu mir zu kommen?«

»Heute? Ich weiß nicht ...«

»Ich würde mich freuen.« Spontan war ihr eine Idee gekommen. »Geh einfach durch den Garten, okay?«

»Ja, mach ich«, sagte er, und Nele meinte, ein schwaches Lächeln in seiner Stimme zu hören. Sie konnte nur hoffen, dass es ihm ein klein bisschen besser ging, jetzt, wo er das

Meer gesehen und sie gesprochen hatte. Und sie wollte dafür sorgen, dass es ihm noch besser ging.

Was sie suchte, fand sie im Büro. Zwar hatte sie es dort nicht erwartet, aber es ergab durchaus Sinn, dass Raik die Instrumente, die er nicht spielte, nicht in seinem Schlafzimmer aufbewahrte. Seine Gitarren hingegen standen oben in ihren Ständern und dienten auch nicht als Klamottenablage, so viel hatte sie gesehen, als sie sauber gemacht hatte.

Nele brachte das Keyboard ins Tiny House, steckte es an den Strom und verbrachte die nächsten Stunden mit der Suche nach passenden Liedern, studierte sie ein. Den Rest des Tages übte sie, bevor sie am frühen Abend vorbereitete, was sie geplant hatte.

Es brauchte ein paar mehr Lichter, sie räumte ein wenig hin und her, bereitete Tee zu und unterdrückte ihre Nervosität.

Diese Gemeinsamkeit war eine schmerzvolle, denn Nele verstand Mattes' Trauer.

Rosalies Tod hatte bei ihr auch viel ausgelöst, denn sie hatten eine Verbindung aufgebaut, obwohl sie im Grunde Fremde waren. Es gab sie immer wieder, diese vereinzelten Patienten, die mehr waren als nur ein Teil der Arbeit und sich ihnen in ihren schwächsten Zeiten anvertrauen mussten. Ebenso wie Mattes empfand Nele es als unfassbar traurig, dass die alte Dame so viel Zeit ohne ihre Familie auf Norderney verbracht hatte.

Nele wollte Mattes' Schmerz etwas lindern.

Manchmal hielt sie es mit der alten Therapieweisheit, dass es immer erst schlimmer werden musste, um besser zu werden. Sie erinnerte sich an den einen oder anderen Moment, an dem sie das bei ihren Geschwistern angewendet hatte. Es war ein wenig gemein, hatte aber bisher immer für Klarheit und im Endeffekt etwas Heilung gesorgt.

Darauf hoffte sie auch bei Mattes.

Er hatte sie noch nie singen gehört. Sie hatte keine Ahnung, wie er reagieren würde.

Aber als der Bewegungsmelder im Garten ansprang und Mattes' Ankunft ankündigte, begann sie zu spielen.

Nele hatte die Lichterketten im Garten eingeschaltet, das Tiny House in eine romantische Stimmung gehüllt, und das lange Intro von *Everglow* von Coldplay lud Mattes ein, näher zu treten.

Mit neugierigem Gesichtsausdruck betrat er ihr Häuschen. Vollkommen überrascht zog er die Tür hinter sich zu und legte seine Jacke ab. Danach kam er wortlos zu ihr und küsste sie. Staunend deutete er auf die Treppe und setzte sich auf Neles Nicken dort hin. Sie führte zu ihrer Bettgalerie, aber die einzelnen Stufen waren so groß, dass man dort gut sitzen konnte. Also hatte Nele Kissen drapiert, und auf der höheren Stufe stand eine Tasse heißer Tee.

All das nahm Mattes mit einem Lächeln auf, was seinesgleichen suchte. Und als er entspannt dort saß, der einzige familienfremde Mensch, den sie je in ihr Tiny House eingeladen hatte, begann sie zu singen. Seine Augen weiteten sich kaum merklich, und immer wieder schweiften sie gedankenverloren ab.

Nele versuchte, ihr Tiny House so zu sehen, wie er es sah.

Ihr Vater hatte sich damals für Fichtenholz entschieden, innen wie außen. Das wäre nicht ihre Wahl gewesen, aber mittlerweile liebte sie den hellen Holzton. Unter der Galerie, auf der sich ihr Schlafbereich befand, war die kleine Küche und die Toiletten-Dusch-Kombination eingebaut. Auf der anderen Seite stand das bequeme Sofa, gleich in der Nähe der Tür, und bildete eine supergemütliche Wohnecke. Fast alles war in harmonischen Farben gehalten, viel Beige und Sandfarben dominierte den Raum. Die grünen Pflanzen, die sie normalerweise beherbergte, bildeten einen hübschen Kontrast. Sie brauchte dringend wieder Grünzeug.

Nele hoffte, Mattes gefiel ihr musikalischer Vortrag. Heute Morgen hatte sie gedacht, es würde ihr schwerer fallen, nach so langer Zeit, in der sie nicht gespielt hatte, doch mit den ersten Klängen war es das gleiche vertraute, warme Gefühl wie immer gewesen. Und so hatte sich auch die erste Nacht im Tiny House angefühlt. Nele liebte ihr kleines Zuhause von ganzem Herzen, und sie fragte sich unweigerlich, ob es ihm gefiel oder ob er sich eingeengt fühlte. Das war nicht für jeden was, so kleine Räumlichkeiten.

Aber Mattes saß ganz entspannt da, hatte sich an die Wand gelehnt und den Tee an sich genommen.

Zeit für das zweite Lied, was sie sich ausgesucht hatte.

Bei seinem Anruf hatte er gesagt, dass er nicht verstand, wie die Welt sich einfach weiterdrehen konnte. Das hatte sie berührt.

Nun wollte sie für ihn innehalten.

Eigentlich besaß Nele nicht die Stimmfarbe für *Haltet die Welt an*, doch sie hatte es mehrfach geübt, und im Grunde ging es ja nur um die Wirkung. Und diese erzielte das Lied.

Mattes' Gesicht versteinerte sich, bevor es mit jeder Minute weicher wurde. Bevor er die Emotionen zuließ, die das in ihm auslöste.

Musik zu machen war nicht immer ein Teil ihres Lebens gewesen. Nach dem Tod ihrer Eltern hatte es ihr geholfen, Gefühle auszudrücken, für die sie keine Worte fand. Bis Marcel ihr Leben übernommen hatte.

In dem Jahr nach der Trennung hatte sie das gemeinsame Musizieren mit den Geschwistern wieder aufgenommen. Beeke und sie hatten oft beim Hausputz oder bei der Gartenarbeit gesungen, bei den Treffen mit den Freunden fragte eigentlich immer jemand, ob sie nicht was spielen wollten.

Und aus irgendeinem Grund hatte es sich so entwickelt,

dass sie die Lieder aussuchte, weil sie ein gutes Gespür für die Stimmungen der Menschen um sich herum hatte.

Nele ging nahtlos in das letzte Lied über. Das hatte sie gewählt, um die Stimmung zwischen ihnen wieder in eine optimistische Richtung zu lenken.

Kiss me von Dermot Kennedy war die Erinnerung daran, den Moment zu genießen und festzuhalten. Sich jeden Augenblick zu eigen zu machen, voller Liebe zu sein, egal, was man erlebt hatte.

Es war ein Liebeslied. Es war eine Aufforderung, und es war eine Einladung.

Mit den letzten Tönen kam Mattes auf sie zu und streckte ihr seine Hand entgegen. Sie ergriff sie, und sanft zog er sie zu sich. Lange sah er sie an, bevor er leise sagte: »So etwas hat noch nie jemand für mich getan.«

Nele wusste nicht, was sie darauf erwidern sollte. Etwas verunsichert lächelte sie, dann nahm sie ihr Handy, und mit einem Knopfdruck war der Raum erneut von Musik erfüllt. Sie schlang die Arme um Mattes und schmiegte sich an ihn. Gleichzeitig begannen sie sich zu bewegen, tanzten in diesem Gefühlskokon, miteinander, zueinander. Nele schloss die Augen, atmete seinen Geruch ein, genoss seine feste Umarmung und das, was dieser Moment in ihr auslöste.

Es gab nichts zu sagen. Doch das galt nur für sie, nicht für Mattes.

»Ich liebe dich«, flüsterte er an ihrem Hals. Der warme Schauer, der ihr über Nacken und Rücken kribbelte, machte ihr bewusst, dass es nur eine Antwort darauf geben würde.

Vielleicht war es unvernünftig.

Vielleicht schürte es Hoffnung.

Aber vielleicht war es auch schlicht die Wahrheit.

»Ich liebe dich auch«, entgegnete sie sanft.

Er legte seine Hand an ihren Kopf und bettete ihn an seiner Brust, hielt sie fest. Bei allem, was sie für ihn tun wollte, wie viel Halt sie ihm in diesem Moment geben wollte, war doch ihr einziger Gedanke, dass sie sich noch nie so geborgen und sicher gefühlt hatte.

Der Abend hatte etwas in Nele verändert. Als würde sie inneren Widerstand aufgeben, als hätten diese drei Worte, die er gesagt und sie erwidert hatte, ihre Beziehung in einen Eimer Sicherheit getunkt.

Sie hatten auf dem Sofa kuschelnd geredet, über die Arbeit, den Tod, Patienten. Mattes erzählte ihr, wie aufwühlend der Tag für ihn gewesen war, und wie traurig sich die Tochter seiner Patientin am Telefon angehört hatte.

Und dann hatte er etwas getan, was sie dazu veranlasst hatte, ihn für die Nacht einzuladen: Er wollte sich verabschieden.

Dass er nicht davon ausging, bei ihr schlafen zu dürfen, dass er ihren Raum immer noch so sehr respektierte, hatte ihr bestätigt, was sie so doll spürte. Sie liebte ihn. Und warum sollte der Mann, dem sie ihr Herz schenkte, nicht bei ihr übernachten? Also fragte sie ihn, ob er bleiben wollte, und die Überraschung in seinem Gesicht hatte sie zum Schmunzeln gebracht.

Nun war er an diesem Morgen schon seit einer Weile fort, wollte zu Hause duschen und sich umziehen, bevor ihn weitere fünf Tage Arbeit erwarteten, obwohl er genauso viele bereits hinter sich hatte. Dafür würde er am Wochenende frei haben, damit sie ihr Geburtstagswochenende zusammen verbringen konnten.

Tatsächlich hatte Mattes eine Überraschung angekündigt und nicht mal unter schweren Kitzelattacken preisgegeben, was in ihm vorging.

»Ich glaube, ich hatte bis gestern irgendwie ein Problem damit, ihm zu vertrauen«, sagte Nele zu Beeke, als sie mit ihr und Mayla am Vormittag einen langen Strandspaziergang unternahm.

Eine Woche war Nele nun auf Norderney, eine Woche, in der so viel passiert war, dass sie wie im Flug vergangen war.

Das Wetter hatte sich überraschenderweise gehalten. Noch immer lag eine zarte Schicht Zuckerschnee auf den Oberflächen. Nur das Meer ließ sich davon nicht beeindrucken und brandete in weißen Schaumwellen auf den Sand.

Mayla gluckste im Tragetuch vor sich hin, und Nele und Bee hatten die Schwesternzweisamkeit genutzt, sich alles von der Seele zu reden. Beeke erzählte davon, wie pflegeleicht ihr Kind war, dass sie mehr Zeit mit Wiebke und ihrem kleinen Sohn verbrachte, der nur ein paar Monate älter als Mayla war. Dass sich ihr Leben auf einmal so sehr verändert hatte, gefühlt war sie von jetzt auf gleich Ehefrau und Mutter geworden. Wie sehr sie es liebte, dass die Familie sich vergrößerte.

Derweil hatte Nele ganz andere Dinge zu besprechen, und sie bemerken mal wieder, wie unterschiedlich ihre Lebenswege waren: Neles harte und doch so bereichernde Zeit mit Rosalie. Die Affären, die nichts zu bedeuten hatten. Die Therapie, ihre Sportstunden und letztlich – was da mit Mattes lief.

»Inwiefern hast du ihm nicht vertraut? Du hast doch eben gesagt, du hast recht schnell mit ihm geschlafen«, warf Beeke ein.

Nele nickte. »Das meine ich nicht. Ich glaube, ich bin es emotional mit angezogener Handbremse angegangen, weil ich dachte, er macht sich zu große Hoffnungen, dass ich wegen ihm all meine Pläne aufgebe. Aber dass er mich liebt, obwohl ich ihm keine Garantie geben kann, hat sich besonders angefühlt.«

»Ich weiß, was du meinst«, erwiderte ihre Schwester und schielte auf ihre Tochter, die mittlerweile eingeschlafen war. »Hast du je eine Fernbeziehung in Betracht gezogen?«

»Norderney und Freiburg? Wie soll das klappen?«

Beeke deutete auf die Dünen, in denen sich ein schmaler Weg ins Wohngebiet schlängelte, und sie schlugen diese Richtung ein. »Es wäre anstrengend. Aber es gibt viele Beziehungskonzepte. Vielleicht könnte er seinen Job so einrichten, dass er mehrere Tage am Stück frei hat. Du könntest immer mal ein paar Wochen nach Hause kommen, wenn du … äh. Das ist jetzt pietätlos. Also, ich meine, wenn deine Patienten gestorben sind.« Bee grinste unsicher.

Nele hingegen grübelte. »Darüber habe ich noch nie nachgedacht. Wir würden uns nur selten sehen. Aber …«

»Aber du brauchst Freiraum, und er doch auch? Sein Job, die Familie. Im Frühling wird er wieder mehr Motorrad fahren wollen. Ich erinnere mich daran, dass er mal erzählt hat, wie viel Geld er allein für die Fähre den Sommer über ausgegeben hat.« Beeke sah zu ihr herüber. »Alles ist doch besser, als es wieder zu beenden, oder?«

Nele zuckte mit den Schultern. »Das kann ich dir nicht sagen. Ja, ich meine, klar. Ein Versuch wäre es wert. Aber als ich unten war, hätte ich mir das nicht vorstellen können. Da war ich heilfroh, alle Verantwortung abstreifen zu können. Die für Rosalie und ein Stück weit auch für Caro reichte mir. Und nachdem Tantouk auch in den Schwarzwald gezogen ist, war es einerseits wirklich cool, dass sie da war, aber andererseits auch wieder nicht. Ich war schon froh, Abstand von der Familie zu haben.«

»Hat Tantouk einen auf Tantouk gemacht?«

»Anfangs.« Nele lachte auf. »Hatte sich dann aber recht schnell erledigt, weil ich direkt was dazu gesagt hatte. Ich wollte keine Ersatzmutter. Ihr das zu sagen, war schwer, weil ich sie von Herzen liebe und ihr dankbar bin, wie sehr sie für mich da war die letzten Jahre. Aber wenn jemand flügge werden will, ist eine Aufsichtsperson da echt nicht hilfreich.«

»Das verstehe ich gut. Wir waren echt schockiert, als sie uns gesagt hat, dass sie von Norderney weg will. Sie hat es verdient, auch nur auf sich zu achten. Ich glaube, wir haben manches Mal vergessen, dass sie auch Menschen verloren hat, als unsere Eltern gestorben sind. Aber weißt du, dass ich mich echt über dich und Mattes freue? Also, dass sich aus eurer Brieffreundschaft so viel mehr entwickelt hat. Wir hatten schon auf Raiks Hochzeit das Gefühl, da knistert die Luft«, gestand Beeke und zwinkerte.

»Wer, wir? Das Zwillings-Wir oder das Ehepaar-Wir?«, neckte Nele ihre Schwester. Denn es war eine Eigenart der Zwillinge, immer von »wir« zu sprechen, weil sie so viele Meinungen und Gefühle teilten. Mehr als einmal waren sie dafür aufgezogen worden.

»Das Ehepaar-Wir!« Beeke knuffte sie. »Das Zwillings-Wir hatte auf der Hochzeit nur Augen für die Ehefrau und die zuckersüße Tochter in ihrem winzigen Anzug.«

»O ja. War Yara nicht niedlich?«

Raiks kleine Tochter hatte bei den Vorbereitungen zur Hochzeit darauf bestanden, so auszusehen wie Papa, also hatte Raik ihr kurzerhand seinen Anzug in klein bestellt. Die beiden im Partnerlook waren der absolute Hingucker gewesen, von Svea in ihrem farblich passenden, eleganten und rückenfreien Jumpsuit ganz zu schweigen.

»Heiraten fühlt sich nicht nach etwas an, was ich in naher Zukunft wollen würde«, warf Nele kritisch ein.

»Musst du doch auch nicht. Genieß es, so lange es geht. Und wenn ihr irgendwann getrennt sein müsst, weil du woanders arbeitest – und fürs Protokoll, das fänd ich uncool – dann werdet ihr herausfinden, womit ihr euch wohlfühlt.«

»Das klingt bei dir so einfach.« Nele runzelte die Stirn.

Konnte es wirklich so leicht sein?

Denn trotz allem Glück, was sie empfand, hatte sich das Fernweh nicht wieder verabschiedet, sondern summte leise in ihr herum. Nele ahnte, dass der Tag kommen würde, an dem sie eine Entscheidung treffen musste, doch noch schob sie es beiseite. Ein paar Wochen hatte das alles noch Zeit.

Mattes

»Darf ich dich was zu deinem letzten Brief fragen?«

Nach einem Arbeitstag, an dem Mattes das Gefühl hatte, regelrecht durch die Stunden zu schweben, hatte er Nele erneut in ihrem Tiny House besucht. Sie hatten seine mitgebrachte Pizza gegessen und kuschelten nun auf ihrem Sofa.

Er mochte Neles Häuschen. So was hatte er zuvor noch nie gesehen. Natürlich wusste er um die Möglichkeiten, auf diese reduzierte Art zu wohnen, war aber noch nie in einem Tiny House gewesen, geschweige denn, dass er darin geschlafen hätte. Und obwohl er seine eigene kleine Wohnung liebte, war er anfangs der Meinung gewesen, dass ihm so ein winziges Gartenhaus zu wenig Platz bieten würde, aber dem war nicht so.

Abgesehen davon, dass Nele und ihr Vater es sehr gemütlich eingerichtet hatten, war das Tiny House größer, als es von außen den Anschein machte. Der wenige Platz war optimal aufgeteilt worden, sodass man gar nicht das Gefühl hatte, sich räumlich so sehr einschränken zu müssen. Eine kleine Kochecke, ein Bad, ein großes Bett und eine Wohnecke. Das Häuschen hatte alles, was es brauchte.

Nur ein Pflänzchen hatte gefehlt. Nele hatte ihm erzählt, dass sie normalerweise viele Grünpflanzen besaß, also hatte er ihr heute – zusätzlich zur Pizza – eine Monstera mitgebracht. Den Ableger hatte er selbst aus einer seiner Mutterpflanzen gezogen. Die Monstera brauchte nicht so viel Licht und war optimal für Neles Zuhause. Und die Freude in Neles Augen war das mehr als wert gewesen.

Allerdings war ihm aufgefallen, dass sie über ihren Brief

noch nicht gesprochen hatten. Tatsächlich war ihm das die letzten Tage gar nicht in den Sinn gekommen. Doch nun brach eine neue Phase ihrer Beziehung an: Die *wirkliche* Beziehung. Der Alltag.

Donnerstag waren sie zusammengekommen und hatten viel Zeit miteinander verbracht. Gestern dann … Der Arbeitstag war hart gewesen, Lisbeths Tod hatte ihn schwer getroffen. Aber das gehörte zum Leben. Daher war es umso wichtiger, jede Minute zu genießen. Sich kennenzulernen, alles anzusprechen.

»Klar. Was möchtest du wissen?«

Gedankenverloren strich er über ihre Schulter. Nele lag an ihn gelehnt, hatte eine Decke über sie ausgebreitet und ein paar Kerzen entzündet. So nah beieinander genossen sie die Stille und die Ruhe. Das war auch neu für ihn: kein Fernsehen, keine Serie nebenher. Einfach zusammensitzen und abschalten.

»Die Sache mit deinem Ex. Ich hab drüber nachgedacht, aber so ganz verstehe ich das nicht. Du hast geschrieben, dass er dir nicht gutgetan hat, deine Geschwister involviert waren, und obwohl du dich getrennt hast, das auch ein Grund war, warum du weggezogen bist.«

Nele setzte sich auf. Sie zog ihre Beine in den Schneidersitz und spielte mit dem Saum der Decke. »Das stimmt.«

»Ich würde gern mehr darüber wissen, wenn du erzählen magst.«

Sie zog die Nase kraus und überlegte. Schließlich nickte sie. »Ich kannte Marcel schon eine Weile, bevor wir zusammengekommen sind. Der Tod meiner Eltern war für uns Geschwister eine schwierige Zeit. Wir waren uns zwar nah, und doch trauerte irgendwie jeder für sich. Marcel war für mich da, als die anderen es nicht waren – oder ich es nicht einfordern konnte. Er hat … auf mich aufgepasst.« Sie lächelte, doch diesmal war es ein erschöpftes, trauriges Lächeln.

»Wenn ich das heute eine Frau sagen höre, schrillen sämtliche Alarmglocken in mir. Aber damals war ich verwundet. Nicht nur durch die Trauer, sondern auch durch das, was die Beziehungen davor mit mir gemacht haben. Er kam zum rechten Moment, um mich vollkommen für sich einzunehmen.« Sie nestelte an der Decke. »Die ersten Wochen waren schön. Aber er mochte meine Geschwister nicht, irgendwie hat er keinen Draht zu den Zwillingen gefunden. Raik hält sich ja meistens aus allem raus, aber ganz am Anfang sagte er mal, er habe das Gefühl, dass Marcel versuche, mich der Familie zu entziehen. Hätte ich gewusst, wie recht er hat, wäre es vielleicht nie so weit gekommen.«

»Ich fände es schwierig, wenn ich mit deinen Geschwistern nicht klarkäme. Du bist so eng mit ihnen verbunden. Mochten sie ihn denn?«

Nele wog den Kopf hin und her. »Sie waren zuerst unvoreingenommen, das sind sie ja immer. Aber es hat sich keine freundschaftliche Beziehung entwickelt.«

»Verstehe. Und was bedeutet, er wollte dich ›der Familie entziehen‹?«

Sie rückte noch etwas näher zu ihm, und er legte eine Hand auf ihr Knie, signalisierte, dass er für sie da war. Egal, was sie nun erzählen würde.

»Es fing damit an, dass ich ihn anrufen sollte, wenn ich auf der Arbeit oder zu Hause angekommen war. Dass ich die Kamera dabei anmache, mich zwischendurch melde und erzähle, was ich so mache. Weißt du, ich bin schon recht fokussiert auf meine Beziehung«, sie lächelte verlegen, griff nach seiner Hand, und er verschränkte seine Finger mit ihren, »aber die Nummer eins in meinem Leben will doch ich sein. In der Zeit mit ihm wurde er die Nummer eins. Nach einer ganzen Weile war er mein Lebensmittelpunkt.« Sie seufzte leise. Das Thema schien ihr noch immer nicht leicht über die Lippen zu gehen. »Über Weihnachten hatte er uns einen Flug nach Bali gebucht. Das wäre sein Traum, sagte er. Das hat mir echt zu schaffen gemacht. Weihnachten ist in unserer Familie sehr wichtig. Als ich es meinen Geschwistern erzählte, gab es eine unschöne Diskussion.« Nele ließ den Blick schweifen, er verlor sich irgendwo hinter Mattes' Schulter. Als ob sie sich wieder im Sturm dieser Gefühle befand. »Bevor Raik das Zimmer und den Streit verließ, erinnerte er mich an etwas. An ein Versprechen, das wir uns gegeben haben, als unsere Eltern gestorben sind: Wir achten aufeinander, wir verlieren uns nicht aus den Augen. Seinen verletzten Gesichtsausdruck habe ich nie vergessen. Am nächsten Tag habe ich Mina um Hilfe gebeten, du weißt ja, dass sie Therapeutin ist. Sie hat mir übersetzt, was da für ein Kampf zwischen Marcel und meinen Geschwistern stattgefunden hat. Ein Kampf um mich. Er wollte mich für sich, und sie wollten, dass ich ich selbst bleiben kann.«

»Und sie haben gewonnen. Du hast gewonnen«, ergänzte Mattes mit belegter Stimme. Er wusste nicht, was er für eine Geschichte erwartet hatte, aber diese mit Sicherheit nicht.

Nele nickte, und zum ersten Mal entspannten sich ihre Gesichtszüge. »Das hab ich wohl. Die Zeit im Schwarzwald habe ich gut genutzt. Ich habe eine Therapie gemacht, fern von der vertrauten Umgebung. Mich auf die Arbeit und den Sport zu konzentrieren hat mir geholfen, meine Gelassenheit wiederzufinden. Aber deshalb höre ich sehr genau auf meine innere Stimme. Sie gibt die Richtung an.«

Mattes lächelte. »Danke, dass du mir das alles erzählt hast. Jetzt verstehe ich besser, warum du Angst hast, eine Beziehung einzugehen.«

»Es ist nicht direkt Angst«, sagte sie leise, und er sah die zarte Röte an ihrem Hals. »Es fühlt sich eher an, als würde ich neu lernen müssen, meine Instinkte wahrzunehmen und ihnen wieder zu vertrauen. So gut sich das mit uns anfühlt, habe ich doch Angst, dass ich mich irre, es in einem Desaster endet und wir beide verletzt werden. Das will ich nicht.«

»Das weiß ich.« Er beugte sich vor und küsste sie sanft. »Aber wir haben uns bewusst darauf eingelassen. Bereust du es?«

Ihr heftiges Kopfschütteln beruhigte ihn sofort. Kurz war die Sorge hochgeflackert, dass sie doch nicht mit ihm zusammen sein wollte.

»Nein, das tue ich nicht. Ich fühle mich wohl mit dir. Es fühlt sich alles so einfach an, dass ich fast das Gefühl bekomme, es wird nicht mal ein Drama, wenn ich doch weggehe. Dabei wäre das für uns beide nicht einfach.« Mit besorgtem Blick sah sie ihn an.

Fakt war: Sie hatte recht. Er konnte nicht leugnen, dass eine Trennung schwer für ihn wäre. Aber würde sie wirklich im neuen Jahr die Insel verlassen, würde er damit zurechtkommen. Vielleicht ließen sich ja andere Lösungen finden. Dafür brauchte es Zuversicht.

»Nenn mich einen hoffnungslosen Romantiker, aber ich glaube fest daran, dass echte Gefühle alles regeln. Liebe mag nicht die Lösung sein, aber sie ist ein guter Richtungsweiser. Du hast eben von deinen Instinkten gesprochen, und ich bin, ehrlich gesagt, erleichtert, dass du ein gutes Gefühl hast. Das hab ich nämlich auch. Aber ich bin nicht naiv, ich weiß, dass wir an einen Punkt kommen können, an dem wir unterschiedliche Dinge wollen.« Sie nickte zustimmend zu seinen Worten. »Das ist aber in jeder Beziehung so. Nicht alles lässt sich vorausplanen. Das Einzige, was für mich wichtig ist, ist Ehrlichkeit. Wir können über alles reden.« Er zog ihre Hand an seinen Mund und hauchte einen Kuss darauf. »Aber kann ich irgendwas tun – oder soll ich irgendwas niemals tun – was dir helfen würde, mir zu vertrauen?«

»Ich vertraue dir. Sonst wäre ich nicht hier«, entgegnete sie und suchte seinen Blick. Sie beugte sich zu ihm, legte ihre

Hand an seine Wange und zwang ihn dadurch, sie anzuschauen. Direkt wurde ihm flau im Magen. »Mattes, ich meine ernst, was im Brief steht und was ich gestern sagte. Ich habe tiefe Gefühle für dich, und die Zeit, die wir gemeinsam haben, will ich mit dir genießen. Zweifle nicht, okay?«

Mattes lächelte. Dann küsste er sie.

Als er zwei Tage später zur Arbeit kam, erwartete ihn eine gute Nachricht: Am Vorabend hatte die Tochter von Lisbeth ihren Besuch für den heutigen Tag angekündigt.

Nun würde er sie also kennenlernen, die Familie, über die Lisbeth in der letzten Woche immer seltener gesprochen hatte. Stattdessen hatte das Sterben und der Tod ihre Gedanken beherrscht. Mehr als einmal hatte Mattes das Gefühl gehabt, sie hatte gespürt, dass es zu Ende ging, und ihren Frieden damit gemacht. Und in der Tat: In dem Moment, in dem sie nicht mehr atmete, hatte sie so friedlich gelächelt, als würde Gott sie höchstpersönlich in den Himmel geleiten, und wer weiß, vielleicht tat er das sogar.

Trotzdem war Mattes traurig. Er hatte Lisbeth sehr gemocht, weil sie charmant, lustig und klug gewesen war, und das Zeugnis davon hielt er womöglich in seinen Händen.

Es hatte ihn vollkommen überrascht, dass sie ihm ihr Tagebuch geschenkt hatte. Er holte es aus dem Schrank, in dem er es verstaut hatte. Noch hatte sich nicht geklärt, ob er es behalten dürfte oder es der Familie mitgeben musste.

Das Notizbuch war mit einem Riemen verschnürt, es knatschte leicht und roch nach dem Leder, in das es eingebunden war. Mattes hatte es noch nicht geöffnet, denn er war auch nicht sicher, ob ihm das wirklich zustand.

An jenem letzten Morgen hatte er Lisbeth geholfen, sich im Bett aufzusetzen, hatte das Kopfteil hochgestellt, damit sie ihn ansehen und vor allem etwas trinken konnte. Da hatte sie ihn gebeten, in die Schublade am Nachtschrank zu greifen und ihr Tagebuch herauszunehmen.

Vermutlich würde er ihre Worte nie vergessen.

»Mattes, schau mal. Du weißt ja, dass ich immer Tagebuch geschrieben habe, und ich möchte es dir geben. Nein, lass mich ausreden. Es ist mein letztes Büchlein. Die anderen sind bei meiner Tochter Doris.«

Er lächelte, denn das war die Frau, mit der er telefoniert hatte, um ihr vom Tod ihrer Mutter zu berichten. »Ich habe immer Tagebuch geschrieben«, wiederholte sie, »denn mir gefiel die Vorstellung, dass meine Kinder mein Leben und meine Entscheidungen nachvollziehen können, wenn sie lesen, was ich alles erlebt habe. Immerhin habe ich einen Krieg mitgemacht, eine Landesspaltung und eine Wiedervereinigung.« Sie seufzte. »In deinen Händen ist mein Tagebuch gut aufgehoben. Du bist so viel mehr für mich als nur ein Betreuer. Du bist und warst mein Freund, und du warst immer besorgt, dass ich hier nicht eingehe wie eine Primel. Ich danke dir für all diese Mühen. Vielleicht ... vielleicht findest du darin etwas, was dir für dein eigenes Leben hilft. Vergiss nie, dass die Liebe das höchste Gut auf der Welt ist. Aber wenn die Liebe wegwill, lass sie gehen, hörst du? Halt sie nicht fest. Sie taugt nur, wenn sie freiwillig in deinem Leben ist. Jage deinen Träumen nach, aber nicht dem Unmöglichen. Glaub mir, min Jung.«

Kurz danach war es still im Zimmer geworden.

Mattes fuhr sich über die Augen.

»Du hast ihr alles gegeben, was sie gebraucht hat«, erklang eine leise Stimme neben ihm.

Olivia stand an der Kaffeemaschine und lächelte ihn an. Er hatte gar nicht mitbekommen, dass sie das Besprechungszimmer betreten hatte. Die Gedanken an das letzte Gespräch hatten ihn vollkommen abgelenkt.

Er erwiderte das Lächeln seiner Arbeitskollegin. Mit ihr

zusammen hatte er Lisbeth zurechtgemacht, sie gewaschen und umgekleidet. Das Fenster geöffnet, damit ihre Seele hinausfliegen konnte, begleitet von Lisbeths Lieblingsmusik – Frank Sinatra –, und eine Kerze aufgestellt. Und er hatte um Zeit gebeten, sich zu verabschieden, bevor er die Angehörigen benachrichtigen wollte.

My Way hatte ihm die Tränen in die Augen getrieben. Er war wahrlich kein sentimentaler Mensch, aber wie musste es sich anfühlen? Allein zu sterben, nur im Beisein eines Menschen, der dafür bezahlt wurde. Egal, ob Mattes gerne bei ihr gewesen war – es war sein Job gewesen.

Tief atmete er durch. Normalerweise konnte er mit dem Tod der Menschen, die er betreute, gut umgehen, aber Lisbeths ging ihm viel zu nahe.

»Ich weiß«, erwiderte er und drehte sich zu Olivia. Traurig sah er seine Kollegin an. »Und doch vermisse ich sie.«

»Ich weiß«, sagte nun sie, und sie grinsten sich an. »Lisbeth war eine ganz besondere Frau, und sie war nicht allein, als sie eingeschlafen ist, und das ist alles, was zählt.« Sacht strich sie ihm über den Arm, bevor sie an ihm vorbeiging, und eine Akte auf den Tisch legte. »Du machst das nachher, oder?«

»Ja, gerne.«

»Willst du es ihr geben?« Olivia deutete auf das Tagebuch. Er hatte seiner Kollegin direkt gesagt, dass er es bekommen hatte. Sie hatten es dokumentiert, waren aber nicht sicher, wie sie mit so einem persönlichen Geschenk umgehen sollten.

»Es fühlt sich nicht richtig an, diese Entscheidung allein zu treffen. Natürlich war es Lisbeths Wunsch, aber es ist so privat. Ich möchte es zumindest mit der Tochter besprechen. Und wenn sie es haben will, dann gebe ich es ihr.«

Doch Mattes' Sorge war unbegründet.

Doris Mengler, Lisbeths Tochter, war eine warmherzige Frau in den Sechzigern, die voller Liebe über ihre Mutter sprach. »Wenn Mutsch Ihnen das Tagebuch geschenkt hat, dann soll das so sein«, sagte sie, als sie kam, um die restlichen Angelegenheiten zu klären und die Sachen ihrer Mutter abzuholen.

»Ich wollte es nicht ohne Ihr Einverständnis behalten«, gestand Mattes, doch sie schüttelte vehement den Kopf.

»Das ist sehr umsichtig, aber Mutsch war immer schon sehr eigensinnig. Das mit Norderney war ihr Wunsch, wussten Sie das? Sie hatte sich in den Kopf gesetzt, ihren Lebensabend am Meer zu verbringen. Hier hat sie meinen Vater kennengelernt. Wir haben gesagt: ›Mutsch, da können wir dich aber nicht oft besuchen kommen!‹, und sie hat nur abgewunken und gemeint, dass das schon in Ordnung wäre. Sie wäre froh um ein bisschen Ruhe. Vermutlich war ihr nicht klar, dass sie, wenn sie länger hier ist, ihre Meinung vielleicht ändern würde.« Frau Mengler zuckte mit den Schultern. »Was sollte ich da sagen? Ich konnte ihr das ja nicht vorschreiben. Wir sind alle berufstätig und wohnen nicht um die Ecke. Ich habe sie oft angerufen, aber das ersetzt natürlich keine Besuche. Wissen Sie, meine ältere Schwester ist zwischenzeitlich verstorben, aber auch sie war damals der Meinung, dass wir Mutsch ihren Willen lassen müssen. Wenn meine Mutter also wollte, dass Sie das letzte Tagebuch haben und lesen: Meinen Segen haben Sie.« Sie zwinkerte ihm zu. »Vielleicht bleiben wir in Kontakt und Sie leihen es mir einmal.«

Er lachte und nickte. »Das können wir auf jeden Fall so machen. Danke, wirklich. Das bedeutet mir viel. Lisbeth war ein ganz besonderer Mensch. Sie war sehr beliebt hier im Haus. In der letzten Zeit hat sie sich etwas einsam gefühlt, allerdings hat sich das tatsächlich erst seit ein paar Wochen aufgebaut. Ich glaube, sie hat es geahnt. Dass es vorbeigeht, meine ich.« Er wusste nicht, ob er das aussprechen sollte, und doch war es ihm wichtig, dass Doris Mengler diese letzten Gefühle ihrer Mutter kannte.

»Hat sie Ihnen je von meiner Schwester erzählt, von Sabine?«

Mattes schüttelte den Kopf. »Sie hat immer nur ›meine Tochter‹ gesagt, ich wusste nie, wen sie meinte. Sie meinte mal, das spiele keine Rolle.« Er lächelte, als Doris amüsiert das Gesicht verzog.

»Ja, das klingt nach Mutsch. Meine Schwester ist gestorben, sie war krank. Und wenige Tage vor ihrem Tod hat Mutsch angefangen, Vorbereitungen zu treffen. Sie hat Sabines Lieblingsbettwäsche aufgezogen, ihren leckersten Kuchen gebacken. Wie pietätlos ich das fand.« Doris trank einen Schluck des Kaffees, den Mattes ihr angeboten hatte. Für einen Moment verlor sich ihr Blick, doch ihre Mundwinkel waren nach oben gebogen. »Aber sie meinte nur: ›Ich habe so eine Ahnung.‹ Sabines Abschied war ganz zauberhaft, bei aller Trauer. Meine Schwester war dankbar, dass Mutsch ihr so viele unausgesprochene Wünsche noch einmal erfüllt hat, weil sie einfach ein Gespür für so was hatte. Aber nicht nur beim Tod!« Sie lachte auf. »Als ich meinen ersten Mann kennengelernt habe, hat sie geschnaubt und abgewunken. Hätte ich mal auf sie gehört.«

»Faszinierend. Hat es sich wirklich so oft bewahrheitet, was sie gespürt hat?« Er fand das enorm spannend.

»Ja, sehr oft. Bei meinem zweiten Mann habe ich sie gefragt, was sie denkt, bevor es zwischen uns ernst wurde. Sie hat ihre Meinung gesagt, ich habe auf sie gehört – und es nie bereut.« Doris lächelte. »Wie auch immer, Herr Felling. Bitte behalten Sie das Tagebuch.«

»Ich danke Ihnen, auch dafür, was Sie über Ihre Mutter erzählt haben. Sie hat mir auch so einen Gedanken mitgeteilt, was meine Freundin betrifft, und ich bin gespannt, ob sie recht behält.«

Doris Mengler trank ihren Kaffee aus und erhob sich. »Ich bin sicher, das tut sie. Erzählen Sie es mir gerne, wenn Sie wollen. Es wäre sehr schön, das zu wissen. Und haben Sie vielen Dank für Ihre Fürsorge. Meine Mutter hat Sie und Ihre Kolleginnen sehr gemocht.«

Mattes war gerührt und verabschiedete sie mit einem dicken Kloß im Hals. Noch eine Weile stand er nachdenklich in der Tür und sah ihr nach, denn nun kannte er beide Seiten der Beziehung zwischen Mutter und Tochter. Wie immer war es wichtig, die Zwischentöne wahrzunehmen. Vielleicht wäre es für Lisbeth anders gewesen, wenn sie ihre Meinung revidiert hätte, wenn sie den Wunsch offen ausgesprochen hätte, dass ihre Tochter sie noch einmal besuchte. Aber so war es nicht gekommen, doch beide hatten ihren Frieden damit.

Er bewunderte Doris Mengler dafür, dass sie ihre Mutter so ernst genommen hatte. Und mehr als alles wünschte er sich, dass am Ende seines Lebens auch ein Kind so liebevoll über ihn sprechen würde wie Doris Mengler über ihre Mutter.

Aber er war kein naiver Mensch. Eine Familie war keine Garantie für Gesellschaft oder Unterstützung, doch er würde alles dafür tun, die besten Voraussetzungen zu schaffen, um am Ende seiner Zeit nicht allein zu sein.

Doch er hatte keine Ahnung, ob er sich dafür in die richtige Frau verliebt hatte.

Mattes brachte seine Schicht recht schweigsam zu Ende und war nach der Übergabe mit den Kolleginnen der Spätschicht an den Strand gegangen. Normalerweise brauchte er eine Mütze Schlaf, wenn er so früh zu arbeiten begann, doch heute war er unruhig.

Lisbeths Worte gingen ihm nicht aus dem Kopf, und er dachte über Freiheit nach, über Familie und die Bedeutung, die sie für ihn hatte. Und ihm wurde klar, dass er auch falsche Prioritäten setzte. Denn statt sich jetzt schon Gedanken darüber zu machen, was seine Beziehung mit Nele für seine Zukunft bedeutete, obwohl sie erst kurz zusammen waren und es gar nicht sicher war, wie es im neuen Jahr weiterging, sollte er sich lieber um seine Familie kümmern. Denn die würde auch noch da sein, wenn das mit Nele schiefging.

Das Wetter war fantastisch an diesem Tag. Die Sonne schien, es war bitterkalt, doch das Meer warf sanfte Wellen zu seinen Füßen. Warm eingepackt konnte Mattes seine Insel endlich mal wieder richtig genießen. Also lief er an der Wasserkante entlang, bis er an der *Oase* ankam, bog zwischen den beiden Strandabschnitten zur Inselmitte ab und stapfte durch den hohen Sand.

Eigentlich wären Nele und er verabredet gewesen, aber er hatte ihr kurzfristig abgesagt. Denn zum einen waren da Lisbeths Sätze in seinem Kopf – und er spürte instinktiv, dass er Nele nicht einengen sollte –, zum anderen wollte er auch nicht mit Zeitdruck bei seiner Schwester aufschlagen. Denn das war sein Ziel.

Es war Wochen her, dass er Josina und ihre Frau Lenya gesehen hatte. Eins der Dinge, bei denen er fast ein bisschen neidisch auf Neles Geschwister blickte. Aber heute hatte er begriffen, was er selbst dafür tun konnte, dass Menschen zueinanderfanden und sich einander annäherten. Wenn Lisbeths Tod etwas Gutes hatte, dann diese Erkenntnis. Seine Familie war ihm wichtig, und ja, vielleicht war sie nicht an intensivem Kontakt interessiert, aber so lange er das gar nicht genau wusste, sondern nur vermutete, wollte er sich nicht vorwerfen müssen, sich nicht bemüht zu haben.

Und in dem Moment, in dem er seine Schwester vor ihrem weihnachtlich geschmückten Kiosk antraf, aus dem es nach Zimt und warmen Plätzchen duftete, bemerkte er ein erfreutes Aufblitzen in ihren Augen, als sie ihn sah.

»Mein kleiner Bruder besucht mich«, sagte sie, und die Art, wie sie dabei lächelte, bescherte ihm zum ersten Mal ein warmes Gefühl von Liebe und Fürsorge für sie in seinem Bauch.

Er erwiderte ihr Lächeln, während sie die Kiste mit der Weihnachtsdeko abstellte.

»Hallo, Josi.«

Sie trat auf ihn zu – und umarmte ihn.

Neles Brief, vor Raiks Hochzeit

Lieber Mattes,

wenn du diesen Brief bekommst, bin ich vermutlich schon auf dem Weg nach Norderney. Die letzten Male war die Post ganz schön langsam.

Endlich ist es so weit: Wir sehen uns wieder.

Ich bin tatsächlich ein bisschen nervös, denn nun sind wir uns durch die Briefe so nahegekommen, dass es bestimmt komisch wird. Versprichst du mir, dass es nicht komisch wird? Nimm mich einfach in den Arm und mach einen lustigen Spruch, dann bricht es das Eis direkt. Sonst werde ich sicher verlegen herumstottern.

Jedenfalls freue ich mich auch, dass du auf der Hochzeit mein Tischnachbar bist. Svea hat das gleich eingefädelt, als sie erfahren hat, dass wir uns schreiben, und ich finde das sehr süß von ihr. So werden wir Zeit haben, miteinander zu sprechen.

Dass du dir an dem Wochenende freigenommen hast, ist total lieb von dir. Ich habe meiner Familie schon gesagt, dass ich den Montag mit dir verbringe. Bleibt es dabei, dass wir aufs Wasser gehen? Hast du dir einen Neoprenanzug fürs Surfen geliehen oder willst du es erst einmal ohne versuchen? Ich hoffe, du hast dir keinen gekauft?! Erst einmal müssen wir ja eh die Basics durchsprechen.

Ich freue mich wahnsinnig aufs Meer. Es ist doch was anderes, hier auf einem See zu surfen als zu Hause auf der Nordsee.

Aber weißt du was? Ich habe meinen letzten Trainerschein bekommen. Ich darf nun offiziell Reha-Sport anbieten, ist das nicht großartig? Danke noch mal, dass du mir gut zugeredet hast, die Ausbildungen zu machen. Anfangs habe ich wirklich nicht daran geglaubt, dass ich es schaffe, aber es hat auf einmal so viel Spaß gemacht, wieder Sport als Ausgleich zu haben. Auch das habe ich vermisst. Ich freue mich schon darauf, mit meinen Patientinnen und Patienten Sport zu machen und sie zu mehr Bewegung anzuleiten.

Caro meinte, dass Rosalie ein bisschen besorgt ist, dass ich nicht wiederkomme, wenn ich erst einmal zu Hause war. Sie ist so glücklich darüber, dass ich da bin. Offensichtlich hat sie sich die Pflege in diesem Stadium der Krankheit anders vorgestellt und ist erstaunt, dass wir so viel unternehmen und ich mir ›so viel Mühe mit ihr gebe‹. Dabei ist es keine Mühe. Ich meine, natürlich, klar, es ist immer anstrengend, weil sie an manchen Tagen sehr schwach ist. Aber ich denke mir dann: Wie anstrengend muss es erst für sie sein? Ich bin froh, dass ich ihr eine Unterstützung sein kann. Heute Abend werde ich sie anrufen. Ich will sie nicht im Ungewissen lassen, denn ich komme auf jeden Fall zurück. Ich hoffe nur, dass sie die Tage ohne mich gut übersteht.

Ich freue mich auf dich, Mattes.
Nele

Nele

Über eine Woche war Nele bereits wieder auf Norderney, als sie das erste Mal in größerer Runde zusammensaßen.

Nachdem sie eine Willkommensnachricht in den gemeinsamen Freundes-Chat geschrieben hatte, hatten die Einladungen nicht lange auf sich warten lassen. So hatte sie bereits Mina besucht, mit der sie ein tiefes Vertrauensverhältnis verband. Sie waren zusammen im Schwimmbad gewesen, hatten über die letzten Monate gesprochen, gelesen und geschwiegen. Danach waren sie essen gegangen und hatten beschlossen, sich von nun an öfter zu sehen. Mina war eher im Alter ihrer Geschwister, aber das störte Nele nicht. Überhaupt waren alle ihre Freunde älter, sie und Mattes waren die Jüngsten in der Runde. Im Schwarzwald hatte sie viel darüber nachgedacht. Dort war sie die Ältere gewesen. Letztlich hatte sie festgestellt, dass ihr das alles egal war. Es kam nur darauf an, wie man sich verstand. Und Mina war ihr während ihrer Trennungsphase eine wichtige Unterstützung gewesen.

An diesem Nachmittag jedoch waren sie alle bei Wiebke und Micha eingeladen.

»So ändern sich die Zeiten«, flachste Nele, während sie mit Baby Mayla auf dem Arm im Wohnzimmer hin und her spazierte. »Früher haben wir abends gefeiert, gesungen und getrunken, heute treffen wir uns tagsüber, damit eure Kids pünktlich ins Bett kommen.«

»Bin nicht sicher, ob das heute einen Unterschied machen würde«, erwiderte Wiebke und beäugte ihre ältere Tochter Magda, die sich eben von Mattes und Joon die Treppe hinauf in ihr Zimmer jagen ließ. »Bei Besuch dreht sie mittlerweile echt auf.« Der kleine Henrik hingegen schlief tief und fest in einem Laufstall. Ihn schien die Lautstärke seiner Schwester nicht zu stören.

»Wir wollten sie nicht wieder zur Oma abschieben.« Micha grinste, zuckte aber kurz, als von oben ein lauter Krach ertönte.

»Joon übertreibt's immer ein bisschen mit dem Rumtoben«, murmelte Wiebke.

»Ich bin durchaus froh, dass er Mayla noch verschont.« Beeke kicherte und nahm einen Schluck von ihrem alkoholfreien Cocktail. Wiebke und Micha hatten ein kleines Buffet aufgebaut und eine Bar mit Getränken vorbereitet. Die Clique war zwar nicht vollständig, aber später würden noch Mina und Tobi dazukommen und Mattes' Bruder Timo und seine Schwägerin Annika. In diesem Moment vermisste Nele ihre Brüder schmerzhaft.

»Wie groß er ist«, murmelte Nele und näherte sich leise dem Laufstall, der in einer Ecke des Wohnzimmers stand.

»Zehn Monate ist er schon da«, sagte Wiebke und trat neben sie. Lächelnd betrachtete sie ihren Sohn. »Henrik hat unser Leben vervollständigt. Verrückt, das zu sagen. Und er ist, dem Himmel sei Dank, das Gegenstück zu Magda Wirbelwind. Ich habe selten so ein entspanntes Kind gesehen. Ich hole mir noch einen Apfelpunsch, magst du auch noch?«

»Gerne.« Gemeinsam gingen sie in die Küche, während Beeke in ein Gespräch mit Micha vertieft war. Wiebke rührte in dem großen Topf herum, in dem der Punsch angesetzt war, und holte Tassen heraus, während Nele sich setzte und Mayla schaukelte. Die Kleine beäugte alles mit schläfrigen Augen.

»Also? Seit wann bist du wieder auf Norderney?«

»Seit letzten Montag«, antwortete Nele und lächelte sie entschuldigend an. »Tut mir leid, dass ich nicht früher vorbeigekommen bin.«

»Quatschkopf«, kommentierte Wiebke in ihrer gewohnt

direkten Art und setzte sich an den Tisch, die zwei wunderbar duftenden Tassen abstellend. »Du bist mir doch nichts schuldig. Ich freue mich, dass du zurück bist, wir haben dich wirklich vermisst. Erzähl, wie geht es dir?«

»Gut!« Und wie sie es aussprach und das breite Grinsen auf ihrem Gesicht spürte, wusste Nele, dass es die Wahrheit war. Es ging ihr wirklich gut.

In knappen Worten berichtete sie Wiebke vom Schwarzwald, von Rosalie und Caro, von der Arbeit und dem Geld, das sie geerbt hatte. Von dem Gefühl von Einsamkeit und Haltlosigkeit, was sich durch das Nachhausekommen, durch das Tiny House und letztlich auch durch Mattes in eine wohlige Gelassenheit gewandelt hatte.

»Mattes also.« Wiebke lächelte. »Wir dachten uns schon so was.«

»Ich wollte Micha noch fragen, ob's Wetten dazu gab.« Nele hob die Augenbrauen, als die Freundin den Kopf schüttelte.

»Nein, das mit den Wetten ist dünnes Eis geworden.«

»Oh. Was ist passiert?«

Wiebke warf einen Blick Richtung Wohnzimmer, und erstaunt schaute Nele auch direkt dorthin, denn dort befand sich lediglich ihre Schwester. Die anderen waren immer noch mit Magda im oberen Stockwerk.

»Bee?«, fragte sie sicherheitshalber nach.

»Zu Beginn der Schwangerschaft ging es ihr nicht so gut. Sie hatte viel mit Übelkeit zu kämpfen, und Micha kam auf die Idee, daraufhin über das Geschlecht des Kindes zu spekulieren. Bei Svea und Raik hat er schon hart übertrieben, als er Wetten zu Hochzeit und Schwangerschaft ansetzte. Da gab's dann mal eine Ansage deines Bruders, der das wenig witzig fand. Letzten Winter hatte Micha so 'ne Stress-Phase im Job gehabt und sich an irgendwas festbeißen müssen, und das waren dann die Wetten. Immerhin wurde er zum ersten Mal

Onkel.« Wiebke wackelte mit den Augenbrauen und grinste dann. »Den Einlauf hatte er verdient, ehrlich. Bei einem Brunch wurde dann anschließend über diese Wett-Geschichte abgestimmt, und die meisten hatten keinen Bock mehr drauf.«

»Ach.« Nele zog die Nase kraus. So viel veränderte sich. »Und was hatte das mit Stress im Job zu tun?«

»Micha ist extrem unglücklich.«

»Und das hat er dann irgendwie … kompensieren müssen?«

»Anscheinend. Aber es ist überwunden. Er hat viel mit Mina geredet, er geht jetzt wieder zum Sport und sucht einen neuen Job. Und wie du siehst, gibt's keine Nachwirkungen.« Sie deutete aufs Wohnzimmer.

»Bee ist nicht nachtragend«, bestätigte Nele.

Wiebke lachte auf. »Zu Joons Glück! Also, nein, keine Wette zu dir und Mattes. Wir haben mal kurz drüber gesprochen und fanden das alle ganz süß, wie ihr auf der Hochzeit miteinander umgegangen seid. Und ich muss sagen: Ich habe dich lange nicht so entspannt gesehen.« Kurz drückte sie Neles Hand.

Die Worte der langjährigen Freundin rührten Nele. Fast hatte sie ein schlechtes Gewissen, dass sie in der Ferne so an ihren Menschen gezweifelt hatte. »Weißt du, ich habe im Schwarzwald lange über meine Freundschaften nachgedacht. Im Grunde seid ihr alle aus dem Umfeld der Zwillinge und nur deshalb auch in meinem. Ich hab eigene Menschen vermisst. Aber jetzt bin ich froh, hier zu sein. Es ist alles so vertraut.« Sie machte eine ausladende Handbewegung durch die Küche, in die soeben ihre Schwester trat.

»Ich hoffe, ich störe nicht«, sagte diese.

Nele schüttelte den Kopf. »Natürlich nicht.«

»Wo hast du meinen Mann gelassen?«, fragte Wiebke.

Beeke setzte sich neben sie. »Wickelt Henrik. Er ist eben wach geworden, und ich dachte, ich schaue mal nach euch.«

»Wir reden gerade über Freundschaft«, nahm Wiebke den Faden wieder auf. »Ehrlich gesagt, ich habe mich über die Jahre in vielen Rollen gesehen. Neben Bee war ich sicher Raiks beste Freundin, dadurch auch eng mit euch.« Wiebke deutete auf sie beide. »Ihr wart mir näher als mein eigener Bruder, ganz besonders, als er dann weggegangen ist. Aber seit er zurück ist, ist alles so einfach geworden, und ich finde, trotz der ganzen Veränderungen haben wir einen guten Weg gefunden, eng in Verbindung zu bleiben. Es ist nicht wichtig, sich jeden Tag auszutauschen, aber wir sind füreinander da. Und du gehörst da auch zu.« Warm lächelte sie Nele an. »Und was Mattes betrifft … Er ist hilfsbereit, redet nicht zu viel, säuft nicht, macht keinen Stress, ist freundlich und liebevoll. Mit meinen Kindern kann er genauso gut wie mit meiner Großmutter. Ich glaube, er ist ein Guter. Dass ihr zusammen seid, freut mich sehr. Er passt zu uns.«

Beeke nickte zustimmend. »Zudem auch immer mal Menschen weggehen, wie du oder Rieke und Enno. Mir gibt es seit Jahren sehr viel Sicherheit, dass unser Freundeskreis wächst, dass hier Menschen sind, auf die ich mich abgesehen von den Geschwistern verlassen kann.«

Bevor Nele darauf antworten konnte, klingelte es an der Tür. Mayla, die auf ihrem Schoss eben eingeschlummert war, erwachte mit lautem Gebrüll, und von oben ertönte Henrik wie ein Echo, untermalt von Magdas lautem Gepolter die Treppe herunter, um als Erstes an der Tür zu sein.

»Holla, die Waldfee«, murmelte Nele, als Wiebke und Beeke unisono aufstöhnten.

»Willkommen im Leben mit Kindern.«

Es wurde ein lustiger Nachmittag, und nach den ganzen Monaten, in denen sie wenige Menschen um sich herum gehabt hatte, war Nele melancholisch, während sie mit Mattes nach Hause lief.

Das Wetter hatte sich gehalten: Es regnete nicht mehr, es war kalt, aber sonnig. Norderney zeigte sich von seiner besten Winterseite, und mehr als einmal spürte Nele den Drang, wieder mehr rauszugehen.

»Ich hätte nicht gedacht, dass es so anstrengend sein würde. Die ganzen Leute, die Geräuschkulisse, die verschiedenen Bedürfnisse der Kinder. Wow«, gestand sie Mattes.

»Ungewohnt, oder?«, fragte er.

»Total. Aber auch irgendwie schön. Ich hab's vermisst und gleichzeitig auch nicht. Das fühlt sich seltsam an.« Tatsächlich gab es sehr viele widersprüchliche Gefühle in ihr, und das machte sie nicht gerade glücklich. Sie mochte es, klar zu sein, zu wissen, was sie wollte. Dass die Insel immer noch zwiespältige Emotionen in ihr auslöste, irritierte sie.

»Das kann ich mir vorstellen. Wenn das vertraute Leben mit Neuem konkurriert, ist es sicher schwer, zu erkennen, welches Gefühl vorrangig da ist. Aber sie dürfen nebeneinanderstehen.«

»Ich weiß, und zu einem erfüllten Leben gehört es für mich auch, dass ich verschiedene Erfahrungen mache. Es ist nur so spannend, wie sich alles verändert. Als ich weggegangen bin, haben wir noch nächtelang gefeiert. Jetzt sind da auf einmal Kinder«, warf sie ein.

Mattes nickte zustimmend. »Wir umschiffen dieses Thema ganz gut, finde ich. Und wir müssen auch nicht darüber sprechen, wie wir uns unser Leben vorstellen. Aber ganz ehrlich: Ich fand, dass es ein toller Nachmittag war. Mich haben die Kinder nicht gestört, im Gegenteil. Es bestätigt mich immer nur in meinem Wunsch, irgendwann eine eigene Familie zu haben. Allerdings«, er blieb stehen und hielt sie an der Hand fest, sodass sie sich zu ihm drehen musste, »sage ich das nicht, um dich unter Druck zu setzen. Bitte denke das nicht. Aber ich möchte Kinder haben.«

Nele musterte ihn. Keinerlei Erwartung stand in seinen

Augen geschrieben, es war tatsächlich nur eine Information, also beschloss sie, sie auch als diese einzuordnen. Sie müsste ihm nicht antworten. Keine Verbindlichkeit oder gar Zukunftsplanung zusagen. Trotzdem machten seine Worte was mit ihr. »Kinder möchte ich auch«, bestätigte sie und sah ihn lächeln. »Aber erst in ein paar Jahren. Vorher … Ich weiß nicht, ich hab so viel Fernweh in mir. Ich möchte noch Sachen erleben, Orte sehen, mich austesten.«

Nun spiegelte er ihre Geste und suchte in ihrem Blick nach etwas. »Austesten?«

Langsam nickte sie. »In meinem Kopf sind so viele Ideen und Vorstellungen einer Nele, die ich gerne sein würde. Ich habe da noch nicht den richtigen Weg gefunden. Oft hab ich das Gefühl, ich kann nicht Ich selbst sein, wenn ich auf Norderney festhänge. Dann wieder glaube ich, dass ich nur zu Hause die Frau bin, die ich sein möchte.«

Er drückte ihre Hand und lenkte sie sanft, weiterzugehen. Da Wiebke und Micha ebenfalls in der Nordhelmsiedlung wohnten, hatte sie Mattes vorab eingeladen, im Tiny House zu übernachten. Durch seine Arbeit hatten sie die letzten zwei Nächte getrennt verbracht, doch sie sehnte sich nach seiner Nähe. Allerdings musste er am nächsten Tag früh raus. Auch deshalb war es ganz praktisch gewesen, dass das Treffen mit den Freunden am Abend bereits zu Ende war.

»Ich werde dir nicht im Weg stehen«, sagte er nun leise. »Aber wenn du dich ausprobieren möchtest, frage ich mich natürlich, wo mein Platz dabei ist.«

»Oh!« So hatte sie das gar nicht gemeint. Dachte er etwa … »Ich meinte damit nicht andere Männer«, versuchte sie ihn zu beruhigen, und tatsächlich war da Erleichterung in seiner Mimik. Fest umschlang sie seine Finger mit ihren. »Nein, darin will ich mich nicht austesten. Keine Sorge.« Sie grinste ihn an. »Hab nicht vor, dich auszutauschen.«

Er lachte leise. »Na, da bin ich doch ein wenig beruhigt.«

»Es geht eher um die Frage, wo ich leben will – am Meer oder in der Stadt. Will ich weiterhin Sterbebegleitung machen oder einen anderen Job? Bleibe ich im Tiny House oder brauche ich eine richtige Wohnung? Was soll letztlich der Sinn meines Lebens sein?«

»Puh«, machte Mattes. »Das sind ganz schön tiefgründige Themen.«

Nele nickte. »Willkommen in meinem Leben.«

»Ich bin gerne in deinem Leben. Und wenn ich dich unterstützen kann, nur zu. Sag mir, was du brauchst, und ich stelle Norderney auf den Kopf.«

»Versprochen.« Sie blieb stehen, und diesmal war sie es, die ihn an sich zog und zu einem Kuss aufforderte. »Aber für das, was ich jetzt brauche, musst du nicht die Insel verwüsten.«

»Nein?« Mattes entzog ihr sein Gesicht, was sie zu einem empörten Laut veranlasste. Ein diabolisches Grinsen erschien auf seinem Gesicht. »Du musst schon deutlicher werden.«

»Muss ich das?«, schmollte sie, doch dann ließ sie ihre Hand wandern. Mit großen Augen sah er sich erschrocken um und zog ihre Finger zu sich hoch.

»Lass uns reingehen«, knurrte er.

Und das taten sie.

»Mein Chef wollte mich für Sonntag einplanen«, erzählte Mattes ihr, als sie später in ihrem Bett saßen und gemeinsam Spekulatius-Eis löffelten. Sie hatten nur die Lichterketten und die kleine Lampe am Sofa angemacht, es war still im Tiny House. Draußen jedoch pfiff der Wind durch die Hecken, was für eine heimelige, gemütliche, intime Atmosphäre sorgte.

Nele fühlte sich wohl.

»Hat er vergessen, dass du frei hast?«, fragte sie.

Am Wochenende hatten sie beide Geburtstag, weshalb Mattes sich freigenommen hatte. Er hatte eine Überraschung geplant, auch wenn er ihr noch immer nicht verraten wollte, was er vorhatte.

»Nein, es war ihm schlicht egal«, erwiderte er und verzog das Gesicht. »Aber ich hab gesagt, dass ich nicht auf der Insel bin. Er hat eine Weile diskutiert, aber dann ist eine Kollegin dazwischengegangen und hat gesagt, dass sie länger macht und er eine Aushilfe anrufen soll.«

»Oh, das fand er sicher nicht so toll«, warf sie ein. Ihr Eindruck von Mattes' Chef war nach allem, was er so erzählte, nicht der beste.

Er zuckte mit den Schultern. »Ich hatte schon bessere Vorgesetzte. Aber ich bin auch selbst schuld, weißt du. Es gab eine Zeit, gerade am Anfang, da hab ich viele Überstunden gemacht. Holger hat mir deutlich gezeigt, dass ich nicht seine Lieblingsoption für die freie Stelle war, und ich hab versucht, es ihm durch viel Einsatz recht zu machen. Als ich dann Weihnachten gemerkt habe, dass er das ausnutzt, hab ich damit aufgehört. Er hat mich die kompletten Feiertage arbeiten lassen. Die Kolleginnen sagten, dass sie das normalerweise im Team absprechen, sodass alle mindestens einen Tag frei haben, aber er hat darauf beharrt. Seitdem krieche ich ihm nicht mehr in den Hintern.«

Nele leckte ihren Löffel ab. »Ergibt auch keinen Sinn, wenn nicht wertgeschätzt wird, was man leistet. Hast du mittlerweile mal in das Tagebuch deiner Patientin reingelesen?«

»Nein.« Mattes schüttelte den Kopf. »Aber die Tochter hat mich gestern noch mal angerufen, nachdem sie bei mir war. Sie war bei Hinnerk und hat eine Seebestattung in Auftrag gegeben.« Hinnerk Jensen kümmerte sich in vierter Generation um Sterbefälle auf Norderney. Die Familie kannten alle Norderneyer, sie waren ähnlich bekannt wie die Fellings, denen Mattes angehörte, oder die Petersens, in die Beeke eingeheiratet hatte. »Unser Gespräch habe sie nicht losgelassen, meinte sie«, fuhr Mattes fort, »und ich freue mich echt darüber. Ich glaube, das hätte Lisbeth gut gefallen. *Tolest in't See begraven*«, murmelte er.

Überrascht warf Nele den Kopf herum und musterte Mattes mit großen Augen. Er wollte sich eben einen Löffel Eis in den Mund stecken, doch ihre Reaktion ließ ihn innehalten.

»Was?«

»Du sprichst platt?«

Er lachte leise. »Ein bisschen. Ist der Einfluss meiner Schwester. Kennst du das, wenn man mit Menschen zusammen ist, die anders reden, dat 'n eets nababbelt?«

Nele verdrehte die Augen. »Rosalie und Caro haben mich immer ausgelacht, wenn ich ihre Begriffe und Aussprachen nachgequatscht habe. Es klingt anscheinend echt fies, wenn eine Norddeutsche badisch zu reden versucht.«

»Josi hat mich auch ein wenig verzweifelt angesehen, weil mein Plattdeutsch wohl zu wünschen übrig lässt.«

»Du hast noch gar nicht erzählt, wie es bei deiner Schwester war. Hat sie sich gefreut, dass du vorbeigekommen bist?« Nele erinnerte sich, dass er ihr eine Sprachnachricht geschickt hatte, als er gestern nach der Arbeit zu seiner Schwester und ihrer Frau spaziert war.

Betrübt blickte Mattes in die Eispackung. »Leer«, meinte er und krabbelte aus dem Bett. »Löffel!«, forderte er ihren und sie reichte ihn rüber, amüsiert darüber, dass er ihren Wohnraum so ordentlich hielt. Sie beobachtete ihn, wie er nackt die Treppe hinunterging, sich dabei bücken musste, um nicht an der Decke anzustoßen, und dann unter der Galerie in der Küche verschwand. Nele musste lächeln. Sie hatte ihr Tiny House immer als heiliges Refugium betrachtet, aber es gefiel ihr ausnehmend gut, Mattes bei sich zu haben.

Als er wieder neben ihr saß, schmiegte er seine Füße an ihre.

Leise quiekte sie auf. »Du bist eiskalt!«

»Dann wärme mich mal lieber.« Er kuschelte sich unter

die Decke und zog sie eng an sich. »Josi hat sich überraschend doll gefreut. Ich war erst zweimal allein bei ihr, seit ich wieder auf Norderney lebe. Das war mir vorher gar nicht bewusst.«

»Oh, hat sie das erwähnt?« Nele hauchte einen Kuss auf Mattes' Arm, auf dem sie nun lag.

»Hat sie. Sie dachte, dass ich kein Interesse habe und in die Kerbe unseres Vaters einschlage. Wegen Lenya, weißt du. Er ist da ja immer noch ein bisschen komisch.«

Erstaunt murrte Nele: »Du bist der toleranteste Mensch, den ich kenne. Schade, dass dein Papa nicht so ist.«

»Ja, bei aller Liebe und aller Offenheit, damit tut er sich schwer.«

»Das lässt er sie spüren?«, fragte Nele und dachte an den Bürgermeister von Norderney, der auf der Hochzeit seines ältesten Sohnes so liebevolle Worte gefunden hatte.

»Er bemüht sich, es nicht zu tun. Aber wir sind eine gläubige Familie, und da fällt es ihm schon schwer, eine lesbische Beziehung anzuerkennen. Josi sagte, sie und Lenya sind okay damit, solange er sie nicht anders behandelt, und das tut er nicht. Er ist immer nur … Ich weiß gar nicht, wie ich das beschreiben soll … unangenehm berührt?«

»Das ist schade«, kommentierte Nele. »Aber es klingt danach, dass ihr einen schönen Nachmittag hattet, wenn sie sich über deinen Besuch gefreut hat und ihr gut reden konntet.«

»Oh ja«, antwortete Mattes, und sie hörte die Freude in seiner Stimme. »Wir haben viel gequatscht und zusammen gekocht. Als Lenya zu Hause war, haben wir noch gemeinsam gegessen. Ich habe mich echt gefragt, warum wir das nicht schon früher gemacht haben. Aber es ist so einfach, Missverständnisse aufzubauen, wenn man nicht miteinander redet. Wir dachten gegenseitig, dass wir kein Interesse aneinander haben. Jetzt wissen wir, dass es anders ist, und das fühlt sich echt gut an. Ich habe ihr regelmäßige Geschwistertreffen vorgeschlagen, und sie war ganz angetan von der Idee.«

»Wo du die nur herhast«, zog Nele ihn auf und genoss sein warmes Lachen an ihrem Nacken.

»Ja, weiß auch nicht.« Sanft begann er, ihren Hals zu liebkosen, und drängte mit seinem Körper an ihren. Wie immer war ab diesem Moment kein klarer Gedanke mehr möglich, und Nele verlor sich in den Zärtlichkeiten und geflüsterten Worten ihres Liebsten.

Ansichtskarte vom Schauinsland

Lieber Mats,

auf den Wipfeln der Tannen und Berge ist weißer Schnee zu sehen, doch bei dem Blick in weite Ferne ahne ich den Frühling. Der Schauinsland ist über 1200 Meter hoch, die Fahrt mit der Gondel dauert etwa 20 Minuten, aber Rosalie und ich haben es unglaublich genossen. Ich kann kaum in Worte fassen, was diese Weite mit mir macht. Selten habe ich so viel Freiheit gespürt. Kennst du das?

Ich denke an dich.
Nele.

PS: Leider war es windiger als erwartet. Ich habe meinen Schal verloren 😔

Mattes

Niemals hätte er gedacht, dass er es schaffen würde, Nele nicht zu verraten, was er sich zu ihrem Geburtstagswochenende ausgedacht hatte.

Manchmal war er noch verunsichert und konnte seine Freundin nicht gut einschätzen, also hatte er sich Rat und Absicherung bei Beeke geholt. Vom ersten Augenblick war sie von seinen Plänen begeistert gewesen. Allerdings hatte sie auch etwas gesagt, was Mattes seitdem verfolgte: Dass sie hoffte, dass es Neles Fernweh nicht zusätzlich anfeuerte, wenn er so einen tollen Ausflug mit ihr machte.

Darüber hatte er eine Weile nachdenken müssen und Nele beobachtet: Allein, mit ihrer kleinen Nichte, mit den gemeinsamen Freunden. Er bildete sich ein, sie – was das betraf – gut einschätzen zu können, und meinte, einen Zwiespalt in ihr zu spüren.

Ein Wochenende auswärts konnte ihr Fernweh in der Tat verstärken. Es konnte aber auch sein, dass sie Norderney weiterhin als den Ort einordnete, an dem sie leben wollte.

Er würde das Risiko eingehen müssen.

Nele hatte am Samstag Geburtstag, er am Sonntag, und er freute sich auf so viel Zeit zusammen.

Am Freitagabend überredete er sie zu einem sehr späten Spaziergang. Obwohl es eiskalt draußen war, immerhin zeigte der Kalender Mitte November, genossen sie die nächtliche Stadt. Viele Fenster waren bereits weihnachtlich geschmückt, und die Stille legte sich auf sein Herz.

So viele perfekte und wunderschöne Momente hatten sie

in dieser ersten gemeinsamen Zeit erlebt. Momente, die er für immer festhalten wollte.

Pünktlich um Mitternacht standen sie an der Promenade unter einer Laterne und beobachteten das Meer bei seinem Gezeitenspiel. Es war ruhiger als sonst, nicht so aufbrausend wie so oft zu dieser Jahreszeit. Fast sanft plätscherte es zum Ufer und zurück, schien unentschlossen, ob es bleiben oder zurückweichen sollte.

Seit Mattes wieder auf Norderney lebte, war es undenkbar für ihn, nicht jeden Tag das Meer zu sehen und zu riechen. Ihm reichte es nicht, zu wissen, dass es da war. Am meisten mochte er es, wenn es wild war, wenn es tobte, weshalb der Herbst seine liebste Jahreszeit war – was die Natur betraf. Ansonsten bevorzugte er Frühling und Sommer, wenn er sein Bike herausholen und damit die Welt erkunden konnte. Er war schon Küstenstraßen überall auf der Welt entlanggefahren, hatte die Amalfitana in Italien ebenso bestaunt wie die Atlantikstraße in Norwegen. Fernweh war ihm kein fremdes Gefühl, doch ihn zog es immer wieder zurück in den Heimathafen. Einige Jahre war es Bremen gewesen, doch seit er wieder auf Norderney lebte, wusste er, dass diese Insel sein wahres Zuhause war. Sein Herzensort.

Und das hoffte er auch bei Nele.

Warm umschlossen seine Hände ihr Gesicht. »Happy Birthday to you«, begann er zu singen, und es klang schrecklich schief. Er musste lachen, weil Nele zu kichern begann, und hörte direkt wieder auf mit dem Ständchen. »Okay, okay, Message angekommen!« Er grinste sie an. »Alles Liebe zum Geburtstag, meine Schöne. Ich wünsche dir das beste und wundervollste Jahr deines Lebens!«

»Ach, Mats«, murmelte sie verlegen und schloss die Augen, als er sie sanft küsste.

»Ich werde dir jeden Wunsch erfüllen, heute Nacht und

den Rest unserer gemeinsamen Zeit«, flüsterte er an ihrem Mund und spürte ihre kalte Haut an seinen Lippen.

Eng umschlungen lauschten sie dem Rauschen des Meeres und erst, als ihnen richtig fies kalt wurde, rannten sie Hand in Hand zu Mattes' Wohnung, durch die sanft beleuchteten Straßen, die mit den vielen Weihnachtslichtern der Geschäfte und Häuser einen ganz besonderen Charme ausstrahlten.

Der Rest ihrer gemeinsamen Zeit.

Wie lange das wohl sein würde?

»Weißt du noch, was ich dir letztes Jahr zu deinem Geburtstag geschickt habe?«

Eingekuschelt in warme Decken saßen sie auf seinem Bett. Erst in der Wohnung hatten sie gemerkt, wie durchgefroren sie eigentlich waren. Langsam neigte sich ihr Tag dem Ende zu. Morgen früh würden sie die Fähre nehmen. Mehr hatte Mattes ihr nicht verraten, und das auch nur, weil Nele schließlich Kleidung für zwei Tage brauchte.

»Na klar«, beantwortete sie seine Frage. »Den Schal, den ich verloren habe, als ich mit Rosalie auf dem *Schauinsland* war.«

Er nickte. »Ich hoffe, er hat dir wirklich so gut gefallen, wie du geschrieben hast, denn …« Mattes zog ein Kistchen unter dem Bett hervor und reichte es ihr. »Verzeih mir meine Einfallslosigkeit.«

Nele lachte leise auf. Als sie den Deckel anhob, sah sie ihn berührt an, ließ den blau-grauen Stoff zwischen ihre Finger gleiten. »Das ist nicht einfallslos. Das ist eine wirklich schöne Idee«, sagte sie und lehnte sich an ihn.

»Ich hab das Foto noch vor Augen, was du mir einmal geschickt hast. Er stand dir so gut. Als du dann schriebst, dass du ihn verloren hast, habe ich ihn direkt noch einmal gekauft.«

»Du meinst, er liegt schon eine Weile unter deinem Bett?«

Mattes hob einen Finger. »Ja! Und du hast ihn nicht gefunden! Was mir beweist, dass du nicht herumschnüffelst. Das ist cool!«

Sie knuffte ihn. »Ich hab viel zu viel Angst davor, was ich außer Wollmäuse finden würde.«

»So wie du suchst, würdest du eh nicht viel entdecken«, antwortete er und hielt auf ihren irritierten Blick hin ihre Hand fest, die unbewusst schon wieder auf dem Deckel der Geschenkbox lag. Erst verstand sie wohl nicht, warum er nicht wollte, dass sie den Karton zumachte, doch dann sickerte offenbar die Erkenntnis durch, dass der Schal möglicherweise nicht das einzige Geschenk war. Sie schaute etwas genauer hin.

Und tatsächlich fand sie den Briefumschlag auf dem Boden der Box. Das eigentliche Geschenk. Das risikobehaftetere. Aber auch da war Beeke zuversichtlich gewesen, dass es Nele gefallen würde.

»Da ist ja noch was«, kommentierte sie sinnfrei, und er nickte.

»Überraschung. Ich hoffe, ich habe auch damit deinen Geschmack getroffen.«

»Lass mich raten: Du hast mir ein Gedicht geschrieben!« Nele wirkte auf einmal nervös.

»Das erspare ich dir lieber. Mach auf.« Er lächelte sie an und deutete auf den Umschlag.

Sie nahm ihn heraus, öffnete ihn und machte große Augen. »Oh, wow.« Nele drehte die beiden Tickets herum, um zu lesen, worum es ging. »Mattes!«, rief sie aus. »Dermot Kennedy in Edinburgh?! Das ist … Wie toll ist das denn?«

Mattes freute sich über ihre Reaktion. »Ach komm! Das Singen, dein Fernweh, das war doch naheliegend. Schön, dass es dir gefällt. Und falls du jemanden suchst, der dich begleitet …« Er wackelte mit den Augenbrauen.

Das Konzert würde im Sommer stattfinden. Das war weit geplant, das wusste er, dennoch …

Ohne aufs Datum zu schauen, nickte sie heftig. »Natürlich kommst du mit und niemand sonst.«

Sein Herz klopfte wild. Nele legte das Geschenk zur Seite und kroch in seine Arme. »Danke, du Wunderbarer.« Sie küsste ihn zärtlich, und immer noch löste das unsagbare Gefühle in ihm aus.

Er war dieser Frau mit Haut und Haaren verfallen.

Greetsiel befand sich im Winterschlaf. Obwohl sich das kleine, zauberhafte Fischerdorf in strahlendem Sonnenschein und Eiseskälte präsentierte, waren kaum Menschen unterwegs.

»Ich war noch nie hier«, stellte Nele fest, als sie Hand in Hand durch die Altstadt spazierten. Mattes hatte sie zum Frühstück in ein kleines Café eingeladen, und nun bewunderten sie die wunderschönen Fassaden der alten Häuser.

»Gefällt es dir?«

»Ja, sehr!« Ihre Augen leuchteten, und wie zur Bestätigung drückte sie sanft seine Hand. »Im Sommer ist es bestimmt voll.«

»So habe ich es schon erlebt«, bestätigte er. »Es gibt viel in der Krummhörn, was die Menschen anzieht, und in der Hochsaison kann man hier keinen Fuß vor den anderen setzen. Aber ich mag den Ort sehr.«

»Es ist entzückend«, sagte Nele, und er fing ihren amüsierten Blick auf.

»Was?«

»Manchmal kann ich den Mann, den ich sehe, nicht mit dem Mann zusammenbringen, der du bist.«

Er hob die Augenbrauen. »Wie meinst du das denn?«

»Wie viel lieber hättest du diese Tour mit dem Motorrad gemacht?«, stellte sie eine unerwartete Gegenfrage. Sofort dachte er an sein Bike, was in der Garage seiner Eltern auf den Frühling wartete.

»Tausendmal lieber«, gab er zu. »Mir gefällt es nicht sonderlich, im Winter nicht fahren zu können.«

»Das dachte ich mir.« Einen Moment blieben sie am Hafen stehen und ließen den Blick schweifen. Es war so ein friedliches Bild, wie gelassen einige der angebundenen Boote an den Stegen schwankten.

Mattes freute sich, dass sie Glück mit dem Wetter hatten. Doch mit den nächsten Schritten lenkte er Nele Richtung Parkplatz. Sie hatten heute noch mehr vor. Greetsiel war nur das erste Zwischenziel gewesen.

»Wir haben nie darüber geschrieben, weil ich das gar nicht so auf dem Schirm hatte. Aber seit wir zusammen sind, fällt mir dieser gefühlte Widerspruch an dir auf. Rein äußerlich bist du der typische Biker: Trägst nur Schwarz, hast erzählt, dass du gern mal harte Musik hörst, die Tätowierungen … und doch bist du der gefühlvollste, romantischste und empathischste Mann, den ich kenne.«

»Und das widerspricht sich?« Mattes grinste sie an.

»Schon ein bisschen.« Nele zuckte mit den Schultern. »Ich dachte immer, dass so was«, sie wedelte an ihm auf und ab, »auch irgendwie ein Statement ist, und frage mich, was deins ist.«

»Hm.« Darüber musste er nachdenken.

War sein Aussehen ein Statement?

»In der Schule warst du nicht so«, fügte Nele noch hinzu.

»Charakterlich habe ich mich nicht viel verändert«, widersprach er. »Du hast mich nur nicht gut genug kennengelernt.«

»Okay, das stimmt. Ich erinnere mich aber, dass Rieke …« Sie hielt inne, offenbar war ihr der Gedanke gekommen, dass er nicht gern darüber reden würde. »Falsches Thema?«

Er dachte an seine erste große Liebe. Rieke und er, das war ewig her. Ein anderes Leben.

»Woran erinnerst du dich?« Mattes lächelte Nele an, um zu signalisieren, dass das Thema in Ordnung war, und öffnete die Autotür für sie.

In Friesland waren die Orte nicht weit voneinander entfernt, sie würden also nicht arg viel Zeit im Auto verbringen. Abgesehen davon konnte man sich beim Fahren hervorragend unterhalten – wenn er nur nicht immer die Ausfahrten verpasste, weil sie ihn so ablenkte!

Nele sprach weiter, als er den Wagen aus der Stadt gelenkt hatte. »Rieke hat in der Schule mal erzählt, dass du super romantisch bist und sie auf Händen trägst.«

»Das stimmt.« Mattes nickte. »Ich hätte alles für sie getan. Nur leider fand sie das zu langweilig.«

»Was?« Überrascht drehte sich Nele zu ihm. »Zu langweilig?«

»Erinnerst du dich, dass Enno die coolen Jungs um sich geschart hatte? Mirko, Hauke und so? Sie hat immer öfter einen Blick dorthin geworfen und mich angemacht, weil ich mich von denen ferngehalten habe. Aber ich wollte keinen Ärger.«

»Und Enno hat eine Menge Ärger gemacht.« Nele lachte leise. »Daran erinnere ich mich. Hat er nicht zum Abschluss die Toiletten und Lehrerzimmer abgesperrt?«

»Das war ja noch harmlos. Aber sie haben ja auch die ganzen Regale ausgeräumt und die persönlichen Sachen der Lehrer in einen großen Container geworfen, weißt du noch? Nach der Aktion hat Rieke Schluss gemacht. Sie fand's cool. Ihr Zeugnis war nicht so prall, sie war sauer auf die Lehrer und hat deswegen Stress mit ihren Eltern gehabt. Enno hat ihr einen Weg geboten, ihrer Wut Luft zu machen, während ich eher der Vernünftige war, der für die Nachprüfungen mit ihr lernen wollte.«

»Verstehe. Also bist du nach Bremen gegangen und dort

zum Bad Boy geworden, damit dich keine Frau mehr langweilig findet?« Nele klang amüsiert.

Er lachte, verschränkte seine Finger mit ihren und legte sie locker auf seinem Bein ab. »Weißt du, ein netter Kerl zu sein, der alles für sein Mädchen tut, ist nicht so einfach, wenn das Mädchen genau das zu langweilig, zu spießig und zu öde findet. Wir hatten ständig Streit, weil ich keinen Alkohol getrunken habe, weil ich sie pünktlich nach Hause brachte, weil ich nicht am Strand mit ihr schlafen wollte – all die Dinge, die sie cool und rebellisch fand, gingen mir nur auf die Nerven. Ich habe den Sinn dahinter nicht gesehen. Alles, was ich wollte, war, mir eine Zukunft aufzubauen. Was zu werden, einen Job zu finden, der mir Spaß macht und die finanzielle Grundlage für eine Familie legt. Als sie dann nach der Abschlussfeier mit Enno rumgemacht hat, haben wir heftig gestritten, und sie hat Schluss gemacht.«

»Das wusste ich alles nicht. Aber du hättest das ja eh nicht verziehen, oder? Fremdgehen? War das für dich fremdgehen?«

»Natürlich war es das. Wenn ich eine Beziehung habe, knutsche ich nicht herum. Also nein, ich hätte es nicht verziehen. Deswegen bin ich dann recht spontan nach Bremen gezogen, obwohl ich eigentlich auf der Insel leben wollte. Ich brauchte einfach Abstand von den ganzen Leuten. In Bremen hab ich zuerst in einer WG gelebt. Die zwei Jungs waren Biker, und so hat es sich ergeben. Nachdem ich eine Weile immer am Fenster hang und ihnen hinterhergeguckt habe, wenn sie mit ihren Bikes abgezogen sind, haben sie mich mal mitgenommen. Danach ging es recht schnell. Ich hab den Führerschein gemacht und hart auf meine erste Maschine gespart. Wir haben dann öfter in so einer Biker-Kneipe rumgehangen, und da habe ich dann auch einige Leute kennengelernt, die tiefer in der Szene drin waren.« Ein Lächeln eroberte Mattes' Gesicht, als er an seine alten Kumpels dachte. »Meine Leute waren harmlos«, beantwortete er Neles unausgesprochene Frage, als er ihren Blick sah. »Ich würde lügen, hätte es nicht Verbindungen zum Milieu gegeben, aber damit hatten wir nichts zu tun. Wir sind gern zusammen gefahren, haben Zeit miteinander verbracht. Von ihnen hab ich so viel über Motorräder gelernt. Keiner von denen hat seine Maschine für eine Reparatur abgegeben, sie fanden es wichtig, sich auszukennen und alles möglichst selbst zu machen. Das fand ich cool und hab mich da gerne in die Lehre begeben, sozusagen. 'ne Kutte habe ich nicht«, ergänzte er und musste lachen, weil er an Neles Gesichtsausdruck sah, dass er ins Schwarze getroffen hatte. »Aber die Szene trägt halt Schwarz und von dem her, ja, vielleicht ist es wirklich ein Statement. Ich halte mich gern an Regeln, ich respektiere Grenzen. Bin freundlich zu jedem und behandle mein Mädchen gut. Wahrscheinlich will ich irgendwie betonen, dass ich trotz allem kein Spießer bin.«

»Ich kenne es halt nur aus den Medien«, gab sie zu. »Man denkt immer, die Jungs, die sich schwarz kleiden und stark tätowiert sind, sind hart und brutal.«

Er nickte. »Das ist manchmal hilfreich, wenn du Ärger bekommst und dich dein Gegenüber direkt einordnet. Aber ich hab noch nie so viel Loyalität und Respekt erlebt wie bei den Jungs. Familie und Beziehungen sind alles, was zählt. Die meisten wollen nur in Ruhe ihr Leben leben, genug Geld haben und ihr Bike fahren.«

»Findest du, dass du ein Spießer bist?«

Mittlerweile hatten sie Leer erreicht, und Mattes steuerte den Parkplatz an, den er sich herausgesucht hatte. Das Wetter hielt sich, und das machte sich bemerkbar, denn hier war schon deutlich mehr los.

Mattes schüttelte den Kopf. »Kommt drauf an, wen du fragst. Ich finde es nicht schlimm, dass ich meine Prinzipien habe, im Gegenteil.« Er parkte ein, machte den Motor aus und drehte sich zu Nele. »Mein Leben ist so, wie ich es mir wünsche. Ich habe viel erlebt und weiß dadurch, was ich will und was nicht. Ein ruhiges Familienleben auf Norderney hat nichts mit Spießertum zu tun, finde ich. Ich hoffe, ich bin trotzdem offen genug für meine Mitmenschen.«

»Ein ruhiges Familienleben auf Norderney«, wiederholte sie leise und musterte ihn. Was sie darüber dachte, konnte er nicht erkennen, und für einen Moment baute sich Sorge in ihm auf. Doch bevor er nachfragen konnte, lenkte sie ihn mit ihrer nächsten Frage ab. »Warum sind wir in Leer, Mats?«

»Weil«, er stupste sie auf die Nase, »es hier den besten Griechen der Welt gibt und ich dort mit dir essen gehen will. Immerhin hat mein Mädchen Geburtstag und soll einen schönen, abwechslungsreichen Tag erleben.«

Als sie ausgestiegen waren, umarmte Nele ihn. »Dein Mädchen findet dich nicht langweilig.«

Er lachte leise. »Na, da bin ich ja froh.«

Am frühen Abend kamen sie in Schillig an. Nach dem wie erwartet großartigen Mittagessen in Leer und einem Spaziergang durch die Altstadt waren sie zum Jadebusen weitergefahren, hatten Kaffee und Kuchen in Varel genossen und waren am Dangaster Strand spazieren gegangen.

Mattes hatte ihr noch mehr von Bremen erzählt. Von den Touren, die er mit den Jungs gefahren war, von den Orten, die er gesehen hatte. Doch je farbenfroher er erzählt hatte, desto stiller war Nele geworden. Das Fernweh hatte regelrechte Flecken auf ihr Gesicht geworfen, und für einen Moment kam ihm sein Versuch, sie ein bisschen in die Welt zu entführen, und wenn es nur eine Autofahrt durch Friesland war, jämmerlich vor.

Was, wenn ihr das alles nicht reichen würde?

Wenn sie ihn vielleicht nicht langweilig, aber auch nicht ausreichend interessant finden würde?

Er verdrängte den Gedanken an die Entscheidung, die sie

irgendwann treffen würde, denn mit jedem Tag, den sie zusammen waren, wurden seine Gefühle so viel stärker, sodass er nur hoffen konnte, dass das für Nele auch so war.

Dass sie sich auf Norderney nach einem Job umgucken würde.

Dass sie ihn nicht im Januar verlassen würde.

Mattes wusste, dass diese Hoffnung eine trügerische war, und er würde sie niemals Nele gegenüber aussprechen.

Aber sie war in ihm.

In Schillig hatte er ein Hotelzimmer mit Meerblick gebucht. Es war nicht nur ein nettes Zimmer, sondern eine große Suite mit Wellness-Badewanne und einem Ausblick, der seinesgleichen suchte. Er sah die Freude in Neles Gesicht, und das war alles, was zählte.

Aufs Abendessen verzichteten sie, viel zu satt waren sie noch von dem ganzen Essen des Tages. Sie gingen an einem fast menschenleeren Strand spazieren und erkundeten den Ort. Später saßen sie mit Snacks vor dem Fenster ihres Zimmers und sahen aufs Meer hinaus, redeten über Gott und die Welt, und als pünktlich um acht die eigentliche Geburtstagsüberraschung auf Neles Handy anrief, ignorierte er seine aufkommenden Kopfschmerzen.

Bisher hatten sich die Geschwister den Tag über lediglich mit kurzen WhatsApp-Nachrichten gemeldet, und Nele hatte das zwar irritiert, aber nicht sonderlich besorgt zur Kenntnis genommen. Dass Beeke nun anrief, freute sie sichtlich, und als Mattes ihr vorschlug, doch im Nebenzimmer in Ruhe zu telefonieren, schöpfte sie keinen Verdacht.

Kaum dass sie nebenan war, nahm er sein Tablet und öffnete einen Raum bei Zoom. Nach und nach kamen die anderen dazu: Raik und Svea loggten sich von den Malediven aus ein, Klaas und Daniel kamen aus Oldenburg in den Call. Mina, Joon, Tessa, Wiebke und Micha waren zu Hause und die wohl größte Überraschung – Neles Tante Anouk – schaffte es nach einigen technischen Problemen auch dazu. Als alle da waren, gab Joon Beeke das verabredete Zeichen, und kurz danach kam Nele irritiert aus dem Schlafzimmer.

»Beeke hat einfach aufgele-«

»HAPPY BIRTHDAY!« schallte es da auch schon aus dem Tablet, was auf dem Tisch stand, und alle winkten wild in die Kamera. Dann sangen sie Nele ein Ständchen, die wie vom Donner gerührt mitten im Zimmer stand und auf den Bildschirm starrte.

Mattes lächelte und ging zu ihr. Sanft küsste er sie auf die Stirn, sein Herz überschäumend vor Liebe für diese Frau, bevor er sie zum Tisch und den Stuhl davorschob.

Aus den Augenwinkeln sah er ein paar erstaunte Gesichter, offensichtlich hatten wohl nicht alle Geschwister gewusst, dass ihre Schwester und er … nun ja … ein Paar waren. Doch das sollte ihm egal sein.

Heute Abend ging es nur um den kleinen Hobbit vor ihm, der sein Herz immer und immer wieder zum Schmelzen brachte.

Nele schlug die Hände vors Gesicht, und als sie sie wieder herunternahm, sah sie zutiefst berührt aus. Fassungslos ließ sie sich auf den Sitz fallen und schaute auf das Tablet. »Ihr seid alle da!«, sagte sie, und die anderen lachten.

»Denkst du, wir lassen uns deinen Geburtstag entgehen? Alles Liebe, kleine Schwester«, rief Klaas und schickte Handküsse.

»Tut mir leid, dass ich aufgelegt habe, aber das war Teil des Plans«, gestand Beeke zerknirscht, die nun eng neben Joon saß.

»Herzlichen Glückwunsch, Nele, alles Gute!«

Nele warf Mattes einen schnellen Blick zu und griff dankbar nach seiner Hand. In ihren Augen schimmerte es, und er wusste, diese Überraschung war gelungen.

»Lasst uns anstoßen!«, sagte Joon und hob ein Wasserglas.

»Mist«, murmelte Mattes und sprang auf. Das hatte er in der ganzen Aufregung total vergessen. »Moment, Moment, das Geburtstagskind hat nichts zu trinken.«

Schnell nahm er Gläser vom Tisch und holte die Flasche einer französischen Mandarinenlimonade aus seinem Gepäck, von der er wusste, dass Nele sie liebte.

»Auf Nele!«, rief er, als er endlich bereit war und Nele ein Glas zum Anstoßen in der Hand hielt. »Danke, dass du dieses Abenteuer mit mir gewagt hast!«

»Meinst du uns oder dieses Wochenende?«, spöttelte sie liebevoll.

»Beides!« Er grinste, dann zog er sie zu sich und küsste sie.

»Auf Nele«, riefen die anderen, und virtuell läuteten sie damit eine Geburtstagsfeier der anderen Art ein.

Mattes

In seinen Geburtstag feierten sie nicht hinein.

Spät am Abend hatten die Kopfschmerzen einen dumpfen Schleier auf sein Gemüt gelegt. Den Gesprächen im Video-Call konnte er nur noch bedingt folgen und so zog er sich ins Schlafzimmer zurück.

Die Stille und die Weichheit des Bettes schmiegten sich um seine Sinne und ließen ihn wieder zu Atem kommen. Er kuschelte sich unter die Bettdecke und lauschte den leisen Stimmen aus dem Nebenraum, die nicht mehr als schemenhaft waren. Es machte ihn glücklich, dass er Nele eine Freude gemacht hatte. Sie war vollkommen überwältigt gewesen, als die Geschwister ihr erzählt hatten, wie es zu dem Gruppen-Call gekommen war. Selbst ihre Tante, die er erst heute kennengelernt hatte, war bester Laune gewesen. Und er gönnte Nele die Zeit mit den Geschwistern, den Hauch von familiärer Nähe, wenn sie schon an diesem Tag nicht beisammen sein konnten.

Er hingegen genoss den Moment auf seine Weise, die Ruhe, das Alleinsein. Mattes musste nicht dabei sein, um zu spüren, wie gut es Nele ging und wie sehr ihr die Geschwister fehlten.

Als sie zu ihm ins Bett schlüpfte, war er schon fast eingeschlafen. Sie schmiegte sich vorsichtig an ihn, und weil er viel zu müde war, für Reden oder Sex, zog er sie lediglich näher.

»Geht es dir gut?«, murmelte er leise, und er spürte ihr Nicken an seiner Schulter.

»Das war eine wunderschöne Überraschung. Danke dafür.« Sie küsste ihn auf die Wange, danach schwieg sie. Nach einer kleinen Weile rutschte sie von ihm weg, hielt aber seine Hand fest in ihrer.

Kurze Zeit später war sie eingeschlafen. Und er dachte nicht mehr an seinen Geburtstag.

Aber Nele dachte daran. Mit einem leise gesungenen, deutlich besser klingendem *Happy Birthday* weckte sie ihn.

Mattes hielt die Augen geschlossen, genoss ihre Wärme, ihre zärtliche Stimme und die Haare, die ihn kitzelten. Mit den ersten kleinen Küssen, die sie auf seinem Gesicht verteilte, streckte er die Hand nach ihr aus und zog sie in seine Arme. Nele flüsterte ihm kleine Liebkosungen zu, und er musste sie einfach ansehen. Liebevoll blinzelte er sie an.

»Danke«, flüsterte er und ließ dem Wort einen innigen Kuss folgen. Nele schob sich auf ihn, und dann waren alle Gedanken erst einmal unter minutenlangen Zärtlichkeiten verschwunden.

Sie liebten sich innig, langsam und intensiv.

Deswegen mochte Mattes Sex nur, wenn er mit dem Herzen dabei war, aber auch darüber hinaus empfand er Nele als etwas Besonderes. Noch nie hatte er das Gefühl gehabt, dass eine Frau, ein weiblicher Körper, so gut mit seinem harmonierte. Sie verstanden einander blind, mochten die gleiche Art Berührungen, und es bedurfte lediglich eines Blickkontakts, um die Stimmung des anderen zu erkennen und sich darauf einzulassen.

Und heute war diese Stimmung liebevoll, kuschelig und intensiv.

Danach sprachen sie nicht viel. Sie lagen ineinander verschlungen auf dem Bett und sahen aufs Meer, was ruhig da lag, als hätte es nichts zu tun. Die Sonne schien und der blaue Himmel log ihnen ein Sommergefühl vor, doch sie wussten, die einzige Wärme befand sich zwischen ihnen, in diesem Zimmer.

Mattes hauchte einen Kuss auf Neles Nacken und registrierte mit einem Lächeln ihr Erschaudern. Auch das war etwas Besonderes: Sie reagierten heftig und sofort aufeinander.

Nele beugte sich zur Bettseite hinüber und presste dadurch ihr Becken an seins, und ja, er reagierte in der Tat heftig und sofort. Ein leises Aufstöhnen konnte er nicht unterdrücken. Doch als sie ihm sacht mit einem Briefumschlag, den sie auf einmal in der Hand hielt, auf den Kopf klapste, zuckte er zusammen.

»Wie äußerst liebevoll«, murrte er.

Sie lachte leise. »Deine Aufmerksamkeit befindet sich zu weit unten. Tut mir leid, dass ich es nicht hübscher eingepackt habe.«

Er nahm den Umschlag und löste sich von ihr. Unisono setzten sie sich auf, und Nele zog die Decke über sie.

»Ich nehme an, das ist mein Geburtstagsgeschenk? Wenn du mir Tickets für einen Flug nach Edinburgh schenkst, wäre das ja recht praktisch.«

Nele gluckste. »Nein. Aber ich bin fasziniert, wie sehr sich unsere Ideen ähneln.«

Mattes zog die Augenbrauen hoch, während er den Umschlag öffnete und ein Papier entfaltete. »Ein Gutschein.«

»Ja, aber mach dir keine Hoffnung. Er ist nicht für den Abwasch.«

Er grinste und las sich durch, was sie ihm schenkte. Einen Moment konnte er gar nicht reagieren. Dann blickte er zu ihr. »Ist das dein Ernst?«

Nur wenige Autos befanden sich auf der Fähre. Das war einer der Vorteile, im Winter überzusetzen. Aufgrund von Sturmwarnungen war die Überfahrt jedoch für ein paar Stunden fraglich gewesen. Mattes hätte nichts dagegen gehabt, den Ausflug gezwungenermaßen zu verlängern.

Es war ein traumhaft schönes Wochenende gewesen.

Während sie auf die Abfahrt warteten, telefonierte Nele mit Beeke.

Er dachte an das Geschenk, was sie ihm gemacht hatte, und fragte sich, ob sie wirklich dabei sein würde. Ein Wochenende in Erfurt zur Motorradmesse im Frühjahr – weil sie wusste, dass er in diesem Jahr dort gewesen war und es ihm gut gefallen hatte. Ihr dort seine alten Freunde vorstellen zu können, das würde ihm gefallen.

Den Morgen hatten sie im Hotelzimmer verbracht. Nele hatte Zeit im Bett für einen guten Geburtstagsanfang gehalten – und wer war er, da zu widersprechen?

In einem sehr innigen Moment hatte sie ihm anvertraut, dass sie glücklich war. Dass sie sich leicht fühlte, voller Zauber und Magie, so wie es sein sollte, wenn man frisch verliebt war und Zeit mit dem Menschen verbrachte, für den das Herz schlug. Und dass sie sich bei ihm sicher fühlte.

Das hatte ihn am meisten berührt. Denn er wusste, das war nicht selbstverständlich für sie.

Nach einem ausgiebigen Frühstück waren sie an der Küste durch die verschiedenen Sielorte zurück nach Norddeich gefahren. Der Hafen in Carolinensiel war genauso Ziel wie das Wasserschloss Dornum gewesen. Zu Mittag aßen sie wieder in Greetsiel, und nun standen sie auf der Fähre.

Als Nele auflegte, blickte er zu ihr. »Alles geklärt?«

»Ja. Bee hat für acht einen Tisch reserviert.«

Schon bei der Planung des Wochenendes hatte Mattes gewusst, dass er den Sonntagabend nicht mit Nele verbringen würde. Sowohl seine Familie als auch ihre hatten gemeinsame Essen geplant, und weil sie beide niemanden vor den Kopf stoßen wollten, hatten sie es dabei belassen: Er würde zu Josina fahren, und Nele würde mit ihren Schwestern essen gehen.

Mattes freute sich auf den Abend. Seit seinem Besuch bei Josi hatten sie mehr Kontakt, schrieben sich zwischendurch, und er hatte hochmotiviert eine Familien-WhatsApp-Gruppe eröffnet, vollkommen irritiert, dass ihm nicht früher aufgefallen war, dass sie so etwas noch nicht hatten. In diesem Chat hatten sie auch seinen Geburtstagsabend geplant. Zugegeben, Papa war eher zurückhaltend gewesen, aber Mama und Anni hatten lange mit Lenya diskutiert, welches Essen gekocht werden sollte.

»Das war ein wunderschönes Wochenende, Mats«, sagte Nele in diesem Moment. Sie hatte sich im Sitz zusammengerollt und den Kopf auf die Lehne gelegt.

»Ja, das war es.« Er strich über ihre Wange und beugte sich zu ihr, um sie zärtlich zu küssen. »Ich genieße jede Sekunde mit dir.«

»Danke, dass es so leicht und unkompliziert ist. Ich fühle mich wirklich wohl.« Sie strahlte ihn an, und er konnte gar nicht übersehen, welche Gefühle sie hatte.

Sein Herz beschleunigte sich. »Du machst mich glücklich«, sagte er. »Ich liebe dich.« Sacht strich er über ihre Wange, fuhr die Linie ihrer Wange nach, schob eine Haarsträhne zur Seite. Nele schloss die Augen, ihre Lippen verzogen sich zu einem Lächeln. Als sie sie wieder öffnete, raubte ihm die Wucht ihres Blicks den Atem.

»Ich liebe dich auch.«

Sein Herz stolperte, ein tiefes Kribbeln breitete sich von seinem Bauch in alle Körperregionen aus. Nele streckte ihre Hand aus und fuhr in seinen Nacken, zog ihn näher, und der Kuss, den sie ihm schenkte, katapultierte ihn in ungeahnte Glückshöhen.

Der Anruf kam just in dem Moment, als die Fähre anlegte. Zuerst klang es wie ein normaler Geburtstagsanruf, zumindest schloss Mattes das aus Neles Reaktionen. Sie bedankte sich bei Caro für die nachträglichen Glückwünsche. Doch bei der Art, wie Nele sich aufsetzte, konzentrierter wirkte und dann einen kurzen Blick zu ihm warf, stieg ein ungutes Gefühl in ihm auf.

Sie beendete den Anruf und schwieg eine Weile, und erst nachdem er den Wagen vor ihrer Haustür ausgemacht hatte, traute er sich zu fragen.

»Alles in Ordnung?«

Nele fuhr sich über die Stirn, dann nickte sie. »Das war Caro.«

»Das habe ich mitbekommen.« Er griff nach Neles Hand.

»Ich muss gleich noch mal zurückrufen, aber ... sie hat mir erzählt, dass Freunde von ihrer Mutter Hilfe bräuchten. Es wäre ein Job für zwei, drei Wochen. Krankheitsvertretung.«

Mattes hob die Augenbrauen. »Okay?«

Sie zog die Nase kraus. »Anscheinend gibt es noch keinen Termin, Caro wollte eben noch mal nachfragen. Kommt jetzt nur echt unerwartet.«

»Das ist aber doch ein überschaubarer Zeitraum«, sagte er. Nichts, was sich nicht aushalten ließ.

Statt einer Antwort stieg Nele aus und ging zum Kofferraum, um ihre Tasche rauszunehmen. Seufzend folgte er ihr.

»Ich sag dir Bescheid, wenn ich mehr weiß, ja? Muss erst noch mal mit Caro sprechen.« Mit dem Kopf lehnte sie sich an ihn, und er hauchte einen Kuss auf ihr Haar. Dann zog er sie an sich.

»Mach das. Und genieß den Abend mit deinen Schwestern.«

Sie hob den Kopf, lächelte ihn an, doch es fühlte sich meilenweit weg an. Offensichtlich war Nele in Gedanken bei dem Anruf und den möglichen Konsequenzen.

Ein ungutes Gefühl zupfte an ihm.

»Danke für das wunderschöne Wochenende, Mats.«

Mit einem Mal war sie wieder ganz bei ihm, hatte die Wolken des Anrufs für einen Moment verdrängt. Und ihr Lächeln haute seinem Magengrummeln auf die Finger.

Sie konnten sich kaum voneinander lösen, doch dann kam Neles kleine Schwester nach Hause, und schweren Herzens verabschiedeten sie sich. Mit dem Versprechen, Nele würde sich melden, wenn es Neuigkeiten und Details geben würde.

Nele

»Wir reden gleich, ich muss nur kurz noch telefonieren, ja?«, wimmelte Nele ihre Schwester ab. Tessa zog eine Schnute, doch Nele lief zum Tiny House hinaus und hatte dabei schon längst Caros Nummer gewählt. Es war ihr wie ein Messer durch den Körper gefahren, als ihre Freundin in einem Nebensatz erwähnt hatte, dass sie ihre Hilfe in Freiburg brauchen könnten.

Das Ehepaar, um das es ging, waren Nachbarn von Rosalie gewesen. Moni hatte immer wieder Rosalies Lieblingskuchen gebacken und Heiner ihren Garten mitversorgt. Schon seit vielen Jahren litt er an einer Lungenkrankheit, doch er kam damit relativ gut zurecht, zumal er in seiner Ehefrau auch eine wunderbare Unterstützung hatte. Doch laut Caro gab es da wohl nun ein Problem.

»Sorry, ich konnte eben nicht richtig sprechen«, sagte Nele, kaum dass Caro ihren Videoanruf angenommen hatte.

Ihre Freundin winkte ab. »Eigentlich wollte ich dir auch nur gratulieren. Bei deiner virtuellen Geburtstagsparty konnte ich leider nicht dabei sein, das war super schade.«

»Ach!«, rief Nele aus. »Dich hatte er auch gefragt?«

»Na ja«, sagte Caro lachend. »Eher deine Tante im Auftrag deiner Schwester, aber letztlich wohl auf Mattes' Bitte. Da hast du aber einen tollen Kerl an der Angel. Ist es mit ihm so, wie du es dir aufgrund der Briefe erhofft hast?«

Bisher hatten sie nur hin und wieder Nachrichten geschrieben, doch die vertraute Stimme ihrer Freundin und die liebevolle Fürsorge ließen Nele aufgeregt alles erzählen. Wie Mattes sie willkommen geheißen hatte. Wie leer das Haus gewesen war. Wie wenig sie sich zu Hause gefühlt hatte. Wie sehr sie ihre Brüder vermisst und sich verliebt hatte und sich doch nicht so richtig fest binden wollte.

Caro hörte zu, ohne Fragen zu stellen, und als Nele am Ende schwieg, tat Caro es auch. Erst nach einer Weile kam ein leises »Hm« aus dem Telefon.

»Mehr als ›hm‹ darf dir schon einfallen.«

»Ja, tut es ja auch, ich denke nur nach.« Auf einmal sah Caro sehr zögerlich aus. »Es geht dir gut auf Norderney, so viel steht fest. Mit Mattes, mit deinen Schwestern. Nur ein Job fehlt dir zu deinem Glück oder sehe ich das falsch?«

Nele seufzte. »Nein, das siehst du richtig. Und das Fernweh lässt sich auch manchmal schwer aushalten. Dann würde ich am liebsten die nächste Fähre nehmen und irgendwo hin verschwinden.«

»Denkst du, noch mal herzukommen, könnte dir helfen, dir klarer zu werden? Ich mein, das hast du ja jetzt sehr lange ausprobiert und am Ende warst du ungeduldig, wieder nach Hause zu fahren. Jetzt bist du dort und es zieht dich wieder weg?«

»Hm«, machte nun Nele. »Ich würde nicht sagen, dass es mich wegzieht, ich würde sofort hier bleiben, wenn ich eine Arbeit hätte. Das Fernweh lässt sich mit Sicherheit auch anders beruhigen. Aber ohne Job zu sein macht mich extrem unruhig.«

»Das verstehe ich.«

»Also, was hat Moni gesagt?«

»Ich soll dich ganz lieb grüßen, und sie bedankt sich, dass du es in Erwägung ziehst. Es ist so: Sie muss sich einer Augen-OP unterziehen und braucht für diese Zeit jemanden, der Heiner betreut. Die Abstände seiner Schübe sind wohl kürzer geworden, sie hat Angst, dass genau in der Zeit, in der sie sich erholen muss, etwas passiert.«

»Verstehe. Und da haben sie an mich gedacht?«

»Ja, aber du klangst so glücklich eben, da wollte ich dir das gar nicht wirklich sagen.« Caro presste kurz die Lippen aufeinander, und Nele hatte das unbestimmte Gefühl, dass da noch mehr war. Etwas, was die Freundin ihr verschwieg.

»Einen Termin für die OP hat sie noch nicht?«

»Nein, sie sagte, den könntet ihr absprechen, damit du Weihnachten zu Hause sein kannst. Die Ärzte rieten ihr dazu, es noch vorher zu erledigen, weil danach bis Januar erst mal Pause für elektive Operationen ist.«

»Verstehe«, murmelte Nele. »Du kannst mir ja mal ihre Nummer schicken, dann ruf ich sie morgen an und bespreche das mit ihr.«

»Das mache ich!«, sagte Caro. Ihr Blick schweifte immer wieder zur Seite, sodass Nele nun doch nachfragte.

»Was ist da noch, Caro? Ich sehe es dir doch an.«

Zögerlich antwortete ihre Freundin. »Du weißt ja, wie gut vernetzt ich mittlerweile bin. Und, also, puh. Freunde von mir haben sich neu gegründet, eine mobile Pflege. Sie stellen ihr Team recht breit gefächert auf, suchen derzeit aber jemanden mit Ausbildung in der Palliativmedizin.«

»Oh, das würde ja passen«, antwortete Nele, die in diesem Bereich mittlerweile auch schon einiges an Berufserfahrung aufweisen konnte.

»Hm, ja.« Caro nickte. »Ich kenne sie lange, das ist ’ne coole Truppe. Aber … sie suchen ab Januar – in München.«

Nele riss die Augen auf. »München? Und so bald schon?«

»Ja. Je nachdem, wie es bei Heiner läuft, könntest du direkt von hier nach München, aber Weihnachten möchtest du sicher bei deiner Familie sein. Allerdings ist Alex, einer der Typen, demnächst auch in Freiburg. Du könntest ihn treffen, wenn du kommst.«

Die Gedanken wirbelten durch Neles Kopf. Eben hatte sie noch ein wunderschönes Wochenende mit ihrem neuen

Freund verbracht, sie gewöhnte sich langsam an alles, an ihn, an die Insel, fühlte sich endlich etwas angekommen.

Und nun diese tollen Job-Angebote.

»Darüber muss ich nachdenken, Caro. Das überfordert mich gerade.«

»Na klar. Ich will dir auch nicht reinreden, das musst du selbst wissen. Ist immerhin ’ne große Sache. Ich schick dir die Infos per Mail, dann kannst du dir den Webauftritt von denen mal ansehen.«

Nachdem sie aufgelegt hatten, blieb Nele noch eine Weile auf ihrem Sofa sitzen. Neben ihr lag ein Pulli von Mattes, den er wohl vergessen hatte. Lächelnd nahm sie ihn, atmete den vertrauten Geruch ein.

Das würde eine verdammt schwere Entscheidung werden.

»Ich habe zugesagt«, erzählte sie Mattes zwei Tage später, als sie beim Frühstück in einem Strandcafé saßen.

Was Nele sehr mochte, war die Gelassenheit, mit der Mattes und sie ihre Beziehung führten. Weder schrieben sie einander den ganzen Tag Nachrichten, noch trafen sie sich jeden Tag. Doch wenn sie sich sahen, waren ihre Begegnungen liebevoll, wertschätzend und glückbringend.

Nele fühlte sich wohl damit, denn es gab ihr das Gefühl, frei zu sein in ihren Entscheidungen, Raum zu haben für ihre Gedanken, Gefühle und Menschen.

Caros Anruf hatte sie allerdings ordentlich durcheinandergebracht. Nach einem langen Telefonat mit Moni und Heiner und einem Gespräch mit ihren Schwestern hatte Nele zugesagt, für die Zeit von Monis Operation und Rehabilitation nach Freiburg zu kommen. Ihrer Tante hatte sie das auch schon angekündigt, und Tantouk hatte sie wie erwartet eingeladen, bei ihr zu wohnen. Nun wurde es Zeit, mit Mattes darüber zu sprechen.

»Das dachte ich mir schon.« Er lächelte und wählte sich

ein Croissant aus dem reichhaltig gefüllten Korb aus. »Wann musst du runter?«

»Ich fahre am fünften Dezember. Moni hat am Nikolaustag ihre Operation. Die Ärzte haben ihr gesagt, dass sie höchstens zwei Wochen Einschränkungen haben wird. Das heißt, ich bin sehr wahrscheinlich an Weihnachten zu Hause.«

»Das wäre schön. Ich habe beide Feiertage frei«, erzählte er, und Nele hob erstaunt den Kopf.

»Und das bei deinem grummeligen Chef? Wie kommt's?«

»Die Kolleginnen haben sich den Dienstplan vom letzten Jahr angeschaut, um zu planen, und da fiel ihnen auf, dass ich das ganze letzte Weihnachtsfest arbeiten musste. Weil Olivia eh Geld braucht und ihr Mann und ihre Kinder bei den Großeltern auf dem Festland sind, hat sie sich angeboten, mehr Schichten zu machen. Sie steht nicht sonderlich auf Weihnachten. Ich hab an Heiligabend die Spätschicht und danach frei.«

»Das ist großartig. Freut mich sehr für dich.« Nele drückte seine Hand. »Weißt du schon, was ihr macht?«

»Ehrlich gesagt, haben wir gar kein richtiges Ritual, weil ich selten an Weihnachten auf der Insel war. Ich habe mir schon überlegt, ob wir das dieses Jahr ändern könnten. Hast du Ideen?«

»Wo seid ihr denn? Bei deinen Eltern?«

Mattes zuckte mit den Schultern. »Ich glaube, wir sind einen Tag bei ihnen und einmal bei Josi. Vielleicht hätte Anni auch Lust, es auszurichten.«

»Warum fragst du nicht erst einmal in eurem Chat, ob die anderen auf etwas Bestimmtes Lust haben? Anni ist schwanger, es kann gut sein, dass sie wenig Interesse an dem Aufwand hat«, warf Nele ein.

Mit seinem Croissant in der Hand deutete er auf sie. »Verdammt guter Einwand, Hobbit.« Er stopfte sich den Rest des Gebäcks in den Mund und wischte sich die Hände an der Serviette ab, bevor er sein Handy aus der Tasche zog. Kurz überlegte er, bevor er tippte.

Nele wurde das Herz schwer. Wenn sie so zusammen waren, es leicht und locker zwischen ihnen war, dann schwappte ihr das Herz über vor Glück. Sie wollte das nicht aufs Spiel setzen, und sie wollte Mattes nicht verlieren.

Doch sie wusste, dass sich bald alles zwischen ihnen ändern könnte. Caro hatte ihr nicht nur die Telefonnummer von Moni geschickt, sie hatte auch Alex, ihren Freund mit dem mobilen Pflegeservice, und sie per Mail vernetzt. Nach einer netten Begrüßungsmail seinerseits hatte Nele in einem Anflug von motiviertem Enthusiasmus ihre Unterlagen hingeschickt, im festen Glauben, dass sie in der Zeit in Freiburg lediglich ein Vorstellungsgespräch haben würde.

Alex war jedoch so begeistert gewesen, dass er sie gestern angerufen und ihr ein grandioses Angebot gemacht hatte – und Nele hatte es vage angenommen. Alles an diesem Job schien perfekt. Die Arbeitszeiten, das Team und letztlich der Verdienst. Sogar bei der Wohnungssuche würden sie helfen. Eigentlich hatte es keinen Grund gegeben, nicht sofort zuzusagen, aber Nele mochte derartige Überfälle nicht. Impulsiv traf sie nicht immer gute Entscheidungen. Sie hatte es nur mit Mühe geschafft, Alex klarzumachen, dass sie ihn wirklich erst persönlich treffen musste, bevor sie sich festlegte.

Und deshalb erzählte sie Mattes nichts davon, wollte ihre gemeinsame Zeit nicht mit unnötigen Sorgen beeinträchtigen. Denn sie war wählerisch, sie würde nicht den erstbesten Job annehmen. Und wer wusste schon, was für ein Typ das war. Bisher klang das alles viel zu gut, aber sie verließ sich da lieber auf ihr Bauchgefühl beim Treffen.

Würde sie Moni und Heiner nicht kennen, hätte sie auch nicht direkt zugesagt.

Kein Wunder also, dass Mattes die Tatsache, dass sie für zwei Wochen weggehen würde, so leichtnahm. Denn dass sich in dieser Zeit entscheiden würde, wie es danach weiterginge, das wusste er nicht.

Nele wollte nicht die Pferde scheu machen. Diese Entscheidung würde sie nur mit sich selbst ausmachen, sich von niemandem in ihre Instinkte und ihr Bauchgefühl reinreden lassen. Mattes' Liebe, ihre Schwestern, die sie bestimmt nur ungern wieder ziehen lassen würden, und nicht zuletzt Klaas und Raik – Nele würde vielleicht nicht wieder gehen können, wenn sie mit der Gefühlswelt ihrer Lieblingsmenschen konfrontiert war.

Da war es einfacher, noch eine Weile zu schweigen.

»Geht los«, sagte Mattes in diesem Moment und legte grinsend das Handy weg. »Diskussion in der Familie angestoßen.«

Sie lachte leise. »Sehr gut. Aber vergiss mich nicht an den Feiertagen.«

»Würde ich nie. Aber du hast doch sicher drei Tage Programm, oder?«

»Wir planen erst, wenn meine Brüder wieder da sind. Sie kommen einen Tag vor dem Brunch, da ist erst mal genug Trubel. Aber danach wollten wir uns Zeit nehmen. Du kommst doch auch zum Brunch, oder?«

Mattes beugte sich zu ihr und küsste sie sanft. »Hab jeden ersten Sonntag im Monat Spätschicht oder frei. Ich bin doch kein Anfänger, Hobbit.«

Mattes

Zwei Wochen später war Mattes immer noch im völligen Einklang mit sich selbst. Sein Leben hatte sich weniger verändert, als er angenommen hatte. Vor Nele war er der Meinung gewesen, eine neue Freundin würde alles auf den Kopf stellen, doch das tat es nicht.

Die Beziehung mit Nele fügte sich hervorragend in seinen bestehenden Rhythmus ein. Es wäre fast perfekt, wenn nicht unterschwellig, unter all dem Glück, was er fühlte, die Angst waberte, dass nach Silvester alles vorbei sein konnte. Der Jahreswechsel hing wie ein Damoklesschwert über ihm, doch an den meisten Tagen schaffte er es, nicht hochzuschauen.

Es waren die Momente, die er allein war, in denen das Thema in seinen Kopf drängte, und es brauchte irgendeine Beschäftigung – oder Schlaf –, um es wieder zu vertreiben. Mattes hielt optimistisch an seinem Glauben fest, dass eine Weile Liebe besser war als gar keine.

Denn so gelassen er sich gegeben hatte, als Nele mit den Neuigkeiten herausgerückt war: Die Tatsache, dass sie wieder im Schwarzwald arbeiten würde, machte ihm Sorgen. Was, wenn sie dort glücklicher war? Wenn sie einen anschließenden Job fand?

Bei einem ihrer ersten Dates hatte sie ihm erzählt, dass sie nicht nach einer neuen Arbeit suchen wollte, weil sie bis zum Jahresende auf Norderney und bei ihrer Familie bleiben wollte. Erst danach wollte sie anfangen zu suchen. Das beruhigte ihn jetzt nur noch geringfügig, denn es schien, durch ihren Kurzaufenthalt in *der anderen Welt* wurde die Bedrohung größer.

Mattes schalt sich, wenn er in diese Gedanken abdriftete. Ihm war durchaus bewusst, dass er keinen Anspruch auf Nele hatte, auf ihre Liebe oder gar eine gewisse Verantwortung ihrerseits. Er bemühte sich, ihr nie das Gefühl zu geben, dass sie ihm gegenüber verpflichtet wäre.

Wenn sie woanders leben wollte, sollte sie das tun.

Dann würden sie eine Lösung finden, wie auch immer diese aussähe. Sie hatte ihm versprochen, ihn in diesen Prozess einzubinden, ihn nicht im Unklaren zu lassen, damit er vorbereitet war.

Also versuchte er sich in Gelassenheit zu üben. Sie sahen sich alle zwei Tage, manchmal öfter. Gingen ins Kino, wanderten bei Wintersturm zum alten Wrack und saßen zusammen in den Kokons, um an einem der sonnigen Tage die Aussicht zu genießen. Wenn sie bei ihm übernachteten, versuchten sie, frühmorgens mit Beeke schwimmen zu gehen, und scheiterten an der Eiseskälte der Nordsee, während Neles Schwester deutlich unerschrockener (oder geübter) war.

Die Feiertagsplanungen mit seiner Familie machten Fortschritte, auch weil Mattes das Gefühl hatte, ein Seil zwischen den einzelnen Parteien zu spannen. Er besuchte seine Schwester regelmäßig und machte Lenya mit Annis Cousine Svea bekannt, die außergewöhnliche Kleidung nähte. Im Gegensatz dazu brachte er Anni ein paar Snacks von Josi mit, als diese hörte, dass Timos Frau durch die Schwangerschaft Probleme mit dem Essen hatte. Timo und er halfen Josi bei Reparaturarbeiten am Kiosk, während Lenya mit seiner Mutter aufs Festland fuhr, um Weihnachtsbesorgungen zu machen.

Zum ersten Mal hatte er wirklich das Gefühl, eine Familie zu haben, die gern Zeit miteinander verbrachte, und dafür war Entgegenkommen von allen Seiten nötig.

Für Weihnachten bedeutete das, dass er mit seinen Eltern die Mitternachtsmesse an Heiligabend besuchen würde. Am ersten Weihnachtstag würden sie bei Josi und Lenya essen, am zweiten dann bei seinen Eltern. Sein Vater hatte darüber hinaus zwei Termine als Bürgermeister.

Mattes hoffte, Nele an einem der Abende sehen zu können.

Sein größtes Problem in diesen Tagen war vermutlich, dass er mit seinen Geschenken nicht vorankam. Ihm gingen so langsam die Ideen aus.

Was die Arbeit betraf, so hatte Mattes das Gefühl, dass sich ein Sturm zusammenbraute. Sein Chef war schlecht gelaunt und traf unüberlegte Entscheidungen. So hatte das komplette Team angeregt, Ole, einem der Bewohner, nahezulegen, sich nach einem anderen Pflegeheim umzuschauen, denn die Situation mit ihm war nicht mehr tragbar. Ole war launisch und aggressiv geworden, und die ausstehende Demenzdiagnose würde den Einrichtungsleiter hoffentlich überzeugen. Denn für demenzkranke Menschen waren sie nicht ausgelegt, weder vom Personalschlüssel noch von den Therapieangeboten. Die Menschen, die bei ihnen lebten, waren bei ihrem Einzug gesundheitlich in einem anderen Pflegestatus. Die meisten waren wohlhabende Senioren und Seniorinnen, die ihren Lebensabend in einer schönen Umgebung und einem gut versorgten Haus verbringen, dabei aber vollkommen selbstbestimmt leben wollten. Und Ole würde nicht mehr lange selbstbestimmt leben können.

Holger Porz wollte ihm jedoch nicht kündigen und weigerte sich auch, das Gespräch mit den Angehörigen zu suchen. Solange ein Bewohner das nötige Geld aufbrachte und keine größeren Schwierigkeiten machte, gab es keine Notwendigkeit, etwas zu ändern.

Und dagegen konnten sie nichts machen.

Immer öfter ertappte sich Mattes bei dem Gedanken, dass diese Arbeitsstelle nicht das war, was er den Rest seines Lebens machen wollte. Natürlich brauchten die alten Leute ihn und seine Kolleginnen, aber wirklich sinnvoll fühlte sich seine

Arbeit nicht an. Seit Lisbeths Tod dachte er viel darüber nach, ob er nicht noch mehr machen könnte. Ob er nicht besser helfen könnte. Dann wiederum erlangte er einen Fortschritt bei einer seiner Bewohnerinnen und fühlte das Glück seiner Tätigkeit. Er war unentschlossen, aber vielleicht äußerte sich hier nur das ungewohnte Gefühl eines beständigen Lebens, ohne Dramen, ohne Unsicherheiten oder Chaos.

Lisbeths Tagebuch hatte er noch immer nicht angerührt. Mittlerweile hatte er es mit nach Hause genommen, doch er traute sich nicht, hineinzusehen. Bisher fehlte die richtige Stimmung dafür. Ihre Tochter Doris hatte ihn per Mail zu der Seebestattung ihrer Mutter eingeladen, und es freute ihn, dass er sich so noch einmal von Lisbeth verabschieden konnte.

Doch nun lag erst einmal das Wochenende vor der Tür. Dem langen Arbeitssamstag folgte ein freier Sonntag, denn es war erster Sonntag im Monat – Brunch-Tag bei den Zwillingen.

Gestern waren sowohl Raik und Svea als auch Klaas und Daniel aus dem Urlaub gekommen, und weil heute auch noch Anna Geburtstag hatte, die Mutter von Joons Kumpel Eric, würde es eine große Feier geben. Nele hatte erzählt, dass sie ungefähr zwanzig bis fünfundzwanzig Gäste erwarteten – das war selbst für das Radtke-Haus eine ordentliche Menge Menschen.

Am meisten freute Mattes sich auf Eric, denn bei den kurzen Begegnungen, die sie miteinander hatten, hatte er sich mit dem rothaarigen Schotten extrem gut verstanden. Eric lebte zwar in Berlin, kam aber regelmäßig auf die Insel, um seine Mutter zu besuchen. Mattes würde ihn durchaus einen Freund nennen, denn sie waren die ganze Zeit in Kontakt geblieben.

Allerdings konnte er es auch kaum abwarten, Nele endlich wieder in den Arm zu nehmen, denn sie hatten sich zuletzt vor drei Tagen gesehen. Durch seine lange Schicht, die Vorbereitungen der Party und das Wiedersehen mit ihren Brüdern war keine Zeit füreinander gewesen.

Als er bei den Radtkes klingelte – im Gegensatz zum Sommer, wo man einfach durch den Garten ins Haus ging –, öffnete Raik die Tür. Aus dem Haus klangen Musik und Stimmengewirr, und lautes Bellen untermalte die Geräuschkulisse.

»Mattes, he!«, begrüßte Raik ihn, und Mattes umarmte den Bruder seiner Freundin.

»Willkommen zurück!«, sagte er und trat ins Haus. Yara, Magda und Thorben tobten im Flur an ihnen vorbei. »Wow. Hier ist ja schon ordentlich was los.«

»Verrat's keinem, aber ich schwanke zwischen ›ich hab's vermisst‹ und ›ich will wieder weg‹!« Raik lachte leise. »Schön, dass du da bist. Alles gut?«

»Ja, alles gut. Hattet ihr eine schöne Zeit?« Er hängte seine Jacke auf. Gerade wollte er die Schuhe auszuziehen, doch Raik winkte ab.

»Lass an. Hier wird's nachher eh aussehen wie Sau. Und es war ziemlich cool, ja.«

Mattes folgte ihm in den Wohnraum, vorbei am Büro, in welchem das Buffet stand, wie er aus den Augenwinkeln sah. Einige Sitzgelegenheiten waren aufgestellt worden – offenbar nutzten sie jeden verfügbaren Platz.

Nele stand vor den bodentiefen Fenstern und trug Wiebkes Sohn auf dem Arm. Der kleine Kerl lachte glucksend, weil sie ihm etwas erzählte oder vorsang. Aber ihr Anblick zog in seinem Herzen. In seiner Fantasie hatte er sie schon oft so gesehen – mit einem gemeinsamen Kind.

Schnell verdrängte Mattes das. So ein Quatsch! Es war viel zu früh, um über solche Dinge nachzudenken. Aber der Gedanke kam ihm immer öfter. Alles an Nele und ihrer Beziehung löste den Wunsch aus, an die Zukunft zu denken.

Er bahnte sich seinen Weg durch die Leute, grüßte nur

und blieb nicht stehen, denn er wollte nun unbedingt zu seiner Freundin.

Nele bemerkte ihn nicht, weshalb er ihr sanft die Hände an die Hüfte legte und »He, Hobbit« ins Ohr raunte. Direkt lehnte sie sich an ihn und drehte den Kopf zu ihm hoch. Liebevoll küsste er sie, bevor er den kleinen Henrik begrüßte.

»Hallo, kleiner Mann. Ich bin ein wenig neidisch auf dich, muss ich gestehen.« Mattes kitzelte den kleinen Jungen, der daraufhin wieder zu lachen begann. Er grinste. »Himmel, ist der niedlich.«

»Oder?« Nele lächelte. »Worauf bist du neidisch? Möchtest du auch auf den Arm?«

»In den Arm würde reichen«, gestand er und schlang seine Arme um Nele. »Hab dich vermisst.«

Sie wogen hin und her, und für einen Moment verharrten sie so.

Nele, er und das Baby.

»Warte kurz«, sagte sie.

Mattes löste seine Umarmung und sah ihr nach. Sie überreichte Henrik seinem Vater und witzelte kurz mit Micha, bevor sie zurückkam und direkt die Arme nach ihm ausstreckte. Er zog sie zu sich.

»Ich hab dich auch vermisst. Drei Tage sind viel zu viel Zeit ohne dich.«

Der zärtliche Kuss kribbelte in seinem Bauch. Doch ihnen war nicht viel Zeit zum Küssen und Kuscheln gegönnt, denn Raik rief die Gäste zusammen. Und so reihten sie sich in die Runde der anderen ein. Mattes fühlte sich wie ein akzeptierter Teil des großen Ganzen.

Er war angekommen, und dieses Leben war genau das, was er führen wollte.

Mattes' Brief, nach Raiks Hochzeit

Liebe Nele,

ich schreibe diese Zeilen, während ich der Fähre dabei zusehe, wie sie den Hafen verlässt und dich wieder mitnimmt. Hab mir ein Fischbrötchen geholt und mich an den Weststrand gesetzt. Am liebsten wäre ich mitgefahren, aber das habe ich dir ja beim Abschied eben schon gesagt. Es ist ein komisches Gefühl, dass wir uns nach diesen intensiven Tagen erst im Winter wiedersehen.

Ich wollte dir nur noch mal versichern, dass es für mich absolut in Ordnung ist, wie wir verblieben sind. So schön der gestrige Tag war, so viel Spaß wir auf der Hochzeit hatten – wir haben beide unseren Alltag. Wenn es dir recht ist, checke ich die Wochenenden mal ab, ob ich runterkommen kann. Im Schwarzwald gibt's ein paar coole Motorradstrecken, und vielleicht hättest du ja Lust, mit mir ein bisschen die Gegend anzuschauen.

Warum ich dir aber eigentlich jetzt schon schreibe, ist, dass ich mich über deine Worte sehr gefreut habe. Du sagtest eben, dass du dich darauf freust, zu sehen, wo unsere gemeinsame Reise hingeht.

Unsere gemeinsame Reise!

Ganz ehrlich, der Gedanke löst einiges in mir aus. Denn ein Wir aus dir und mir wäre mein größter Wunsch.

Wir haben es nicht in der Hand, in wen wir uns verlieben und auch nicht, ob die Träume und Wünsche zusammenpassen. Das stellt man wohl erst im Lauf der Zeit fest. Aber ich würde gern herausfinden, was das aus uns werden kann. Denn dass ich mich in dich verliebt habe, sollte dir nicht entgangen sein. Und dass du auch etwas für mich empfindest und wir das Ding mit der gemeinsamen Reise wirklich angehen können, macht mich mehr als glücklich.

Bis dahin hoffe ich aber erst einmal, du kommst gut im fernen Schwarzwald an. Ich freue mich auf deine Briefe und werde an dich denken.

Die Fähre ist nun weg, mein Fischbrötchen ist aufgegessen und ich werde nach Hause fahren. Morgen geht der Alltag wieder los. Viel Kraft dafür.

In Gedanken bin ich bei dir, Hobbit.
Dein Mats

Nele

Die Wiedersehensfreude war groß, bei ihr und auch bei ihren Brüdern. Immer wieder drückte sie einer von ihnen im Vorbeigehen, und als der Brunch im vollen Gange war, die Eingangsrede und das erste Essen hinter ihnen lagen, zog Raik sie zur Seite.

»Super schön, dass du da bist«, murmelte er und umarmte sie. Nele liebte es, ihn so glücklich zu sehen. Raiks Gesicht trug die gebräunte Entspannung eines langen Urlaubs.

»Das hast du mir doch gestern schon gesagt.« Nele erwiderte die Umarmung zu gern, sie hatte ihn wirklich vermisst.

»Ich weiß. Ich kann's aber nicht oft genug sagen. Vielleicht auch, weil ich manchmal so einen Ausdruck dort sehe«, er stupste sie auf die Nase, »und das Gefühl nicht loswerde, da schwelt was.«

Nele hob die Augenbrauen. Sie hatte sich wirklich bemüht, sich nichts anmerken zu lassen. Konnte er sie immer noch so durchschauen?

»Okay, vielleicht hab ich auch einen Anruf von Tantouk bekommen.« Raik lächelte, doch es erreichte seine Augen nicht.

»Ach, Mist. Ich wollte es euch selbst erzählen.«

»Dann stimmt es also? Sie hat sich verquatscht, und dann hab ich nicht locker gelassen.« Er hob die Schultern.

»Ich habe einen kleinen Job angenommen, ja. Am Donnerstag fahre ich.« Nele zog die Nase kraus. »Ich wollte euch den Brunch nicht verderben.«

»Wie lange wirst du denn weg sein? Tantouk meinte, es sei was Kurzes?«

»Ja, es ist nur eine Vertretung, zwei Wochen etwa. Ich hoffe, an Weihnachten wieder hier zu sein«, sagte sie, doch sein ernster Gesichtsausdruck irritierte sie. »Versprochen.«

»Ist mit ihm alles in Ordnung?« Raik deutete zu Mattes, der mit Eric und Anna in ein Gespräch vertieft war. Anna zeigte den beiden etwas auf ihrem Handy. Nele kannte Eric und seine Mum kaum, wusste aber, dass Mattes sich sehr auf die beiden gefreut hatte.

»Mit Mattes? Ja, bestens, wieso?«

»Nur so. Es überrascht mich einfach, was hier so los ist. Du bist vier Wochen zu Hause, gehst eine Beziehung ein, und nun haust du wieder ab. Das passt für mich nicht zusammen, und ich hab mich gefragt, ob es einen tieferen Grund gibt.«

Nele schüttelte den Kopf. »Nein, gibt's nicht. Es ist nicht wie damals.«

»Nein?«

»Nein. Diesmal werde ich euch wirklich vermissen.« Sie lächelte ihn an, wohlwissend, dass sie um das Gespräch nicht herumkam, was ihr schon eine Weile auf der Seele lag. Sie hatte nie mit ihren Geschwistern darüber geredet, warum sie wirklich in den Schwarzwald gezogen war.

»Hast du das beim letzten Mal nicht? Wieso nicht?«

Es fiel ihr schwer, jemanden anzuschauen, also konzentrierte sie sich darauf, das Baby zu beobachten. Mayla lag neben Beeke auf dem Sofa und strampelte vergnügt gegen die Hand ihrer Mutter, doch die hatte ihren Blick unverwandt auf Nele gerichtet.

Nachdem sie Raik gegenüber nur angedeutet hatte, dass es da wohl etwas zu besprechen gab, hatte er, als alle Gäste weg waren, die Geschwister zusammengerufen.

Die anderen – Svea, Mattes, Joon und Daniel – hatten sie allein gelassen und waren mit Yara in die Stadt gegangen, denn an diesem Wochenende war ein Adventsfest auf dem

Kurplatz. Angeblich gab es ein Kinderkarussell mit Rentieren, und Yara war nicht zu halten gewesen, als sie davon gehört hatte.

Die Geschwister waren also unter sich. Klaas saß Nele gegenüber, Tessa neben ihr, Raik gegenüber bei Beeke und Mayla.

In diesem Moment legte er sein Telefon auf den Tisch und sah zu ihr herüber. »Du hast gesagt, du würdest gern mit uns reden. Also, was beschäftigt dich?«

Nele zog die Knie an ihren Körper und suchte nach den Worten, die ihnen erklären würden, was damals in ihr vorgegangen war. »Nach vielen Gesprächen mit Mina und einer Therapeutin in Freiburg habe ich verstanden, dass Marcel nur deshalb so viel Macht über mich bekommen konnte, weil ich meinen Platz im Leben und in der Familie nicht sicher spüren konnte. Ihr wisst, wie die Zeit nach dem Tod von Mama und Papa war. Alles drehte sich um den Laden und Tessa. Das soll kein Vorwurf sein, immerhin warst du noch so klein.« Tränen stiegen ihr in die Augen, als sie einen Blick mit ihrer jüngsten Schwester tauschte. Nele drängte sie zurück, denn sie wollte nun nicht weinen. »Ich war irgendwo dazwischen, es fühlte sich an, als würde ich verloren gehen. Aber Marcel war da. Er fing mich auf. Was danach kam, habe ich nicht kommen sehen. Als es dann vorbei war – und ich bin dir immer noch dankbar für deine offenen Worte, Raik –, wart ihr so aufmerksam. So behütet hatte ich mich noch nie gefühlt zwischen euch. Und doch war es genau das, was mich eingeengt hat. Plötzlich war ich die Kleine, auf die man aufpassen musste, damit sie ihre schlimme Beziehung auch ja überwindet.«

»Ich habe nicht ein einziges Mal so gedacht«, warf Raik mit rauer Stimme ein.

»Aber du hast dich so verhalten.« Sie sah ihn an. »Erst hast du dich ständig um mich bemüht. Dann nahmen die Streitigkeiten mit Tessa zu, weil du alles regeln und für alles verantwortlich sein wolltest. Für mich war das super, denn nun war ich nicht mehr die Last auf deinen Schultern. Dann kam Klaas nach Hause. Endlich habt ihr euch zusammengerauft, Svea trat in unser Leben, und auch dein Verhältnis zu Tess wurde besser. Du hast Yara zu dir geholt, und mit einem Mal hatte mich niemand mehr im Blick. Ich war hin- und hergerissen zwischen Dankbarkeit, weil ich nicht mehr die Schwachstelle der Familie war, und Einsamkeit, weil gefühlt niemand mehr für mich ansprechbar war. Es gab nur noch den Weg, aus der Familie auszubrechen und zu gucken, wer ich ohne euch bin. Ohne das Anhängsel irgendwo zwischen den Zwillingen und dem Nesthäkchen zu sein.« Die Worte fielen ihr schwer, sie ahnte, wie gemein sich das anfühlen musste, doch es war nun einmal die Wahrheit.

Ihre Wahrheit.

Für einen Moment schloss sie die Augen. »Ohne euch zu leben hat sich frei angefühlt. Ich habe euch furchtbar vermisst, und gleichzeitig war ich echt froh, dass ihr nicht mehr alles mitbekommt und kommentiert. Dass ich machen konnte, was ich wollte, ohne einen komischen Blick zu ernten. Nur über die Kamera, aber das konnte ich danach ausblenden.«

Überrascht schaute Beeke sie an. Denn es war hauptsächlich Bee gewesen, mit der sie über Zoom gesprochen hatte. Regelmäßig hatte ihre Schwester um Video-Calls gebeten. »Wow«, sagte sie da auch schon. »Du hast nie gesagt, dass du das so empfindest. Ich wollte dich nur nicht wieder aus den Augen verlieren, denn als du gegangen bist, war das ziemlich hart für uns.«

»War es das?« Nele sah zwischen den Zwillingen hin und her. »Ihr wart beide sehr mit euch beschäftigt, und das ist auch verständlich. Aber erinnert euch bitte realistisch an den Sommer. Es gab immer irgendwie Aufregung.«

»Du bist weggegangen, weil wir mit anderen Dingen beschäftigt waren?«, hinterfragte Klaas ratlos, und Nele schüttelte den Kopf.

»Ich bin gegangen, weil ich meinen Platz in der Familie finden wollte. Dafür musste ich aber erst einmal wissen, wo ich stehe. Wer ich ohne euch bin, und was ich will.«

»Und, weißt du das nun?« Raik hatte bestimmt nicht beabsichtigt, so kritisch zu klingen, und doch verletzte die Art der Frage sie. Sie wollte nicht, dass ihr Bruder sarkastisch oder negativ ihr gegenüber war. Sie wollte, dass er sie verstand.

»Du hast vorhin gesagt, dass du nicht verstehst, was hier so los ist. Dass du auf Hochzeitsreise bist, wusste ich ja, aber dass du«, sie sah Klaas an, »auch nicht da bist, damit hab ich nicht gerechnet. Und nie hätte ich gedacht, dass ich euch so vermissen würde. Es war schrecklich, allein im Haus zu sein. Ich bin euch so dankbar, Bee, ohne dich und Joon wäre ich wahrscheinlich eingegangen vor Einsamkeit. Wieder kein Vorwurf, Tess.« Sie lächelte die Jüngste an, die sie traurig ansah.

»Es tut mir leid, dass ich so wenig Zeit hatte.«

Nele zog ihre Schwester an sich und drückte ihr einen Kuss auf die Wange. »Tess, nicht doch. Ich bin froh, wie sich dein Leben entwickelt hat, mach dir keine Gedanken. Du bist nicht dafür verantwortlich, wie es mir geht. Das seid ihr alle nicht.« Das zu betonen, war ihr wichtig.

»Nele.« Beeke wirkte bedrückt. »Du bist immer, immer, immer willkommen. Warum hast du denn nichts gesagt?«

Nach einem Moment rückte Tessa wieder ab, griff aber nach Neles Hand und verschränkte ihre Finger miteinander. Unverwandt sah ihre Schwester zu ihr, aber Nele entging nicht der berührte Ausdruck in Raiks Gesicht ob dieser Geste. Schnell konzentrierte sie sich auf Beekes Frage, bevor sie ihre Fassung vollends verlor.

Die Geschwister hatten immer zusammengehalten, aber

die Entwicklungen dieses einen Sommers hatten auch die letzten kleinen Risse geheilt.

Nele lächelte tapfer. »Ihr habt euer eigenes Leben, und so was gehört eben auch zum Erwachsenwerden. Es wurde besser, als ich wieder ins Tiny House gezogen bin, und Mattes, na ja. Wir waren schon seit der Hochzeit in so einem Schwebezustand. Es war klar, dass es sich mit den ersten Treffen entscheiden würde, was wir sind. Im Gegensatz zu letztem Jahr ist mein Weggang diesmal keine Flucht, also ja, ich weiß, was ich will und wer ich bin. Zumindest mehr als …« Sie sah die überraschten Gesichter ihrer Geschwister. »Oh, stimmt. Ihr wisst es ja noch gar nicht.«

In knappen Worten erzählte Nele ihnen die Neuigkeiten.

»Ich bewundere dich dafür, dass du das kannst. Mal eben anderthalb Jahre Sterbebegleitung, mal eben zwei Wochen Krankenbetreuung«, sagte Klaas und nickte anerkennend. »Du machst da eine tolle, wichtige Arbeit.«

»Absolut«, bestätigte Beeke. »Und wenn du an den Feiertagen daheim bist, kannst du dich endlich entspannen.«

»Ich würde Weihnachten super gerne groß feiern«, warf Raik ein. »Svea und ich haben letztens schon drüber gesprochen. Es ist so schön, alle Menschen um sich zu haben, die man liebt. Was haltet ihr davon, die anderen zu fragen, ob sie Bock haben? Vielleicht am zweiten Weihnachtstag, nachmittags bis abends? Es muss ja nicht ewig gehen, aber ein paar Stunden?«

»Darüber haben wir auch schon nachgedacht.« Klaas lachte leise. »Daniel hat Urlaub und meinte schon, er will unbedingt alle sehen.«

»Ich habe beide Nachmittage frei und hätte auch Lust dazu. Vielleicht könnte ich ja Finn einladen?«, fragte Tessa schüchtern.

»Aber natürlich. Und ich kann mir nicht vorstellen, dass

jemand keine Lust auf ein Weihnachtstreffen hätte.« Beeke grinste. »Ich werde kiloweise Plätzchen backen.«

Die Geschwister verloren sich in den Ideen und Nele in ihren Gedanken. Zwei Wochen hatte sie es geschafft, das Thema tief in sich zu verdrängen, nicht darüber nachzudenken, dass sie vielleicht bald nicht mehr mit ihnen zusammenleben würde.

Und heute traf sie die Erkenntnis mit aller Wucht.

Vielleicht log sie ihre Familie nicht an, aber die Wahrheit sagte sie auch nicht. Nun, es war zwar ihr gutes Recht, ihr Leben alleinbestimmt zu planen und diese Entscheidungen zu treffen. Aber richtig fühlte es sich trotzdem nicht an.

Sie schlief schlecht in dieser Nacht. Die Gedanken drehten ihre Runden in Neles Kopf, und mehr als einmal war sie drauf und dran gewesen, Mattes zu wecken und ihm die Wahrheit zu sagen. Doch sie brachte es nicht übers Herz.

Nach einem gemeinsamen Frühstück mit Raik, Svea und Yara spazierten Mattes und sie zusammen in die Stadt. Es war eine schöne Angewohnheit geworden, die Strecken zu Fuß zu erledigen. Nele begleitete ihn an diesem Montagmorgen nur, weil sie nichts anderes zu tun hatte. Nur noch wenige Tage, dann würde sie abreisen.

Mattes war gut gelaunt, auch wenn er keine Lust hatte, die Schicht mit seinem Chef zu verbringen. Aber er hatte den gestrigen Tag genossen und sich wohlgefühlt in diesem großen Kreis Menschen, zumindest betonte er das mehrfach.

Nachdem sie sich verabschiedet hatten, machte Nele einen langen Spaziergang am Strand, um über alles nachzudenken. An diesem Morgen strahlte die Sonne von einem wolkenlosen Himmel, die Temperatur lag knapp über null Grad, und Nele genoss es, sich vom Wind durchpusten zu lassen.

An der Promenade blieb sie einige Momente stehen und beobachtete, wie eine Fähre Richtung Festland abdrehte.

Wohin die Menschen an Bord wohl fuhren? Wo sie lebten? Worauf freuten sie sich?

Hatten sie es geliebt, auf diesem kleinen Eiland zu sein, oder sehnten sie sich wie Nele nach der großen Freiheit, von der sie selbst nicht einmal sagen konnte, was genau das für sie bedeutete? Schon immer hatte der Anblick von Schiffen und Fähren das in ihr ausgelöst, doch nach dem Gespräch mit ihren Geschwistern fragte sich Nele, was die Ursache war.

Wohin würde sie reisen, wenn sie es frei entscheiden könnte?

Nele lief weiter, die Augen auf die Wasserkante gerichtet, hob Muscheln auf, warf sie wieder ins Meer.

Zwei Frauen kamen ihr entgegen, die sie auf den ersten Blick als Schwestern identifizierte. Sie trugen die gleiche Jacke in unterschiedlichen Farben, beide hatten einen Schal um den Hals und trugen keine Mütze. Und obwohl die eine kurzes Haar und die andere schulterlanges hatte, waren sie sich in Gestik, Mimik und Gang so ähnlich, dass man ihnen die Verwandtschaft ansah.

Nele konnte nicht sagen, warum sie das schmerzte, also konzentrierte sie sich aufs Blau des Meeres, auf den Sand unter ihren Füßen und den strahlendblauen Himmel.

Der Dezember meinte es gut mit ihnen, präsentierte sich als freundlicher Vorbote der Weihnachtszeit: Es war bitterkalt, aber wunderschön. An vielen Ecken roch es nach Plätzchen, Zimt und warmem Kakao. In der Stadt waren die geschmückten Christbäume eine wahre Augenweide, und wenn die Sonne aufs Wasser glitzerte und man fast meinte, Eiskristalle erkennen zu können, schmerzte Nele das Herz vor Liebe zu ihrer Insel. Mit all ihren Sinnen wollte sie diese Schönheit einsaugen. Wollte sich eine Postkarte malen mit den Farben der Insel, dem Blau des Meeres, der weißen Gischt und diesen zarten Schneeflocken, die in diesen Wochen immer mal wieder herunterfielen, als ob sie der Romantik in Neles Herzen ein vollständiges Bild liefern wollten.

Und auf einmal schmerzte nicht nur die Liebe, sondern auch der Gedanke, das alles zu vermissen.

Mattes

Als Mattes an diesem Nachmittag den Hafen ansteuerte, sah er sein Ziel schon von Weitem. Wie die Hühner auf der Stange saßen Anna Lismore, Leni Struck und Ruth Meier auf der Rentner-Bank. Mattes musste sich ein Lachen verkneifen. Denn wie zwei Hähne hockten zwei ältere Männer daneben und gestikulierten wild um die Aufmerksamkeit der Damen.

»He«, sagte er und grinste in die Runde.

»Moin, Mattes«, begrüßte ihn Anna.

»Anna, du siehst umwerfend aus«, erwiderte er und ergriff die Hand, die sie ihm entgegenstreckte. Sie trug ein dunkles Stirnband über den offenen Haaren und einen farbig passenden Mantel. Das Schönste an ihr aber war ihr strahlendes Gesicht, was sie zur Schau trug.

»Das tut sie, und sie beschämt uns jeden Tag!«, sagte Ruth und gluckste, weil Leni ihr sacht auf den Arm klapste.

»Das stimmt doch gar nicht. Sie inspiriert dich, nicht immer nur deine Haare aufdrehen zu lassen, sondern mal etwas Neues zu probieren, damit du nicht nach alter Schachtel riechst.«

Mattes lachte leise. Er liebte das Geplänkel der Freundinnen.

Aber in der Tat: Ruth hatte einen neuen, frechen Kurzhaarschnitt.

»Das steht Ihnen sehr gut!«, machte er auch ihr ein Kompliment und weil er Sveas Oma Leni nicht außen vor lassen wollte, blickte er zu ihr.

Herausfordernd sah sie ihn an und stemmte die Hand in die Hüfte. Leni sah müde aus, tiefe Augenringe fielen ihm auf, und er fragte sich instinktiv, ob es ihr gut ging. Doch sie war auffällig wie immer gekleidet und trug eine pinkfarbene Wollmütze mit passendem Schal zu einem grauen Mantel. In der Hand hielt sie ein Paar Handschuhe.

»Was soll ich sagen? Neben Ihnen verblasst ganz Norderney«, schmeichelte er ihr, und die drei Frauen kicherten.

»Was führt dich zu uns, min Jung?«, fragte nun Fiete, Leni Strucks Freund. Er und der andere Mann hatten dem Wortgeplänkel bisher schweigend zugehört.

»Die hervorragende Gesellschaft«, antwortete er und entlockte dem grummeligen Fiete damit tatsächlich ein Lächeln. Dann zog er ein Buch aus der Tasche und reichte es Anna. »Aber um ehrlich zu sein: Ich wollte Anna das Buch ausleihen, worüber wir am Wochenende gesprochen haben.«

»Ah, du hast es nicht vergessen, das ist sehr schön. Aber woher wusstest du, dass ich hier bin?«, fragte sie und nahm es ihm ab.

»Du hast erwähnt, dass ihr nachmittags gerne hier seid. Da dachte ich, ich versuche es einfach mal. Und ich musste was für einen meiner Bewohner erledigen, da passte das grad.«

»Bewohner, hm?«, murrte Fiete.

»Ich arbeite im *Haus Lichtblick*«, erklärte er, doch der Mann winkte ab.

»Du bist ein Felling, natürlich wissen wir das.«

Mattes lächelte schwach. Natürlich. »Funktioniert das hier wirklich?« Er deutete auf das Schild über den Köpfen der älteren Leute. Denn die Bank, auf der sie saßen, war nicht irgendeine Bank. Sie war vor einiger Zeit am Hafen extra für die älteren Menschen aufgestellt worden, und das Schild bat darum, sie für diesen Zweck ab sechzehn Uhr freizuhalten. Anna hatte in einem Nebensatz davon erzählt.

Gleich nebenan stand ein Wagen mit den besten Fischbrötchen der Insel, und es gab eine Menge zu gucken: Linksseitig konnten sie das Meer sehen und die Fähren beobachten, rechts befand sich das große Hafenareal mit Blick auf den Jachthafen in etwas weiterer Entfernung.

Anna nickte. »Wenn man den Leuten das Schild zeigt, machen sie meistens Platz. Aber ich habe schon Stimmen gehört, die nicht verstehen können, warum diese Bank ausgerechnet an dieser Stelle stehen muss und nicht lieber an der Promenade.«

Mattes fuhr sich durch den Bart. »Weil hier die Busse halten?«, mutmaßte er, und die Frauen grinsten.

»Ist sicher ein guter Punkt.«

»Dein Job ist es also, für alte Leute Besorgungen zu machen?«, fragte Fiete auf einmal, und Mattes wendete sich ihm zu.

»Auch, ja. Ich bin für alles da, wozu unsere Bewohner und Bewohnerinnen Unterstützung brauchen und wollen.«

»Hm«, grummelte er. »Würdest du auch außerhalb deines Heims helfen?« Der alte Mann sah ihn an, als wolle er ihn fressen, aber seine Frage implizierte, dass er auf etwas Bestimmtes hinauswollte. Das war oft so, er kannte viele Menschen, die mit einer gewissen Angriffshaltung schwierige Themen ansprachen.

»Wenn Sie mir genauer sagen, was Sie meinen, kann ich das besser beantworten.«

»So was wie … Ausflüge machen … Segway fahren … Begleitung zu irgendwas?«

Leni runzelte die Stirn. »Da würde ich meine Enkelin fragen.«

Fiete murrte. »Ich hab aber keine.«

Ruth schlug die Hände zusammen. »Dann würde ich mir so was aus dem Kopf schlagen. Segway fahren? Was ist das überhaupt?«

»Das ist dieses komische Rad, was wir letztens gesehen haben, da wo der Mann draufstand«, mischte sich nun zum ersten Mal der ihm unbekannte Mann ein.

»Ah, Heinz! Ich erinnere mich«, meinte Ruth und nickte dem Mann zu, der sich daraufhin verlegen den Nacken rieb. Mattes verkniff sich ein Schmunzeln. »Nein, das will ich nicht machen.«

»Aber du würdest gerne Motorrad fahren«, verriet Anna und sah zu ihrer Freundin.

»Ich habe gesagt, ich wäre gern mal Motorrad gefahren!«, korrigierte Ruth sie.

»Würdest du ihm Geld dafür bezahlen, dass er mit dir eine Runde fährt?«, hinterfragte Anna.

»Das ist in meinem Alter viel zu gefährlich«, meinte Ruth nach kurzem Überlegen. »Früher hätte ich das gern gemacht. Aber jetzt bin ich zu alt.«

So ging es ein paar Minuten hin und her. Die fünf diskutierten ausgiebig, und Mattes fand es hochspannend, die verschiedenen Meinungen der älteren Leute zu hören. Zwar hatte er immer noch nicht erfahren, warum Fiete ihn das gefragt hatte, aber nichtsdestotrotz sollte er sich so langsam verabschieden, daher mischte er sich wieder ein.

»Ich helfe, wo ich kann. Wenn Sie also was brauchen oder unternehmen wollen, dann können wir darüber sprechen. Und dafür würde ich auch kein Geld nehmen, so weit kommt's noch.«

Fiete nickte lediglich, woraufhin Mattes die Geste erwiderte. Der Mann würde auf ihn zukommen, wenn er wirklich etwas machen wollte, so funktionierte das hier. Norderneyer machten für gewöhnlich nicht viele Worte.

»Für mich wird's Zeit«, sagte Mattes.

Anna stand auf, um ihn zu umarmen, wohingegen Fiete, Heinz und Ruth kurz winkend die Hand hoben. Und während sie ihn verabschiedend drückte, flüsterte sie ihm ins Ohr: »Ruf mich mal an, Mattes Felling.«

»Kennen wir uns?«, begrüßte ihn sein Bewohner Ole, als Mattes ins *Haus Lichtblick* zurückkam.

»Na klar«, antwortete er. »Ich bin Mattes. Wir haben vorhin zusammen Kuchen gegessen.«

»Ach so«, sagte Ole und nickte. »Streuselkuchen.«

Er lächelte den älteren Mann an. »Ganz genau. Der war gut, oder?«

»Der von meiner Frau ist besser. Mehr Butter«, widersprach Ole und drehte sich weg, als wolle er seine Aussage damit bekräftigen. Langsam schlurfte er zum Fenster und schaute hinaus.

So sah er zum Glück nicht, wie Mattes bedauernd den Mund verzog. Es war tragisch, wie manche Menschen einfach nicht mehr wussten, was geschah.

Zumindest war Ole freundlich an diesem Tag, das machte es einfacher.

Gerade wollte Mattes weitergehen, da rief der Mann ihn noch einmal.

»Mattes?«

Überrascht drehte er sich um, trat zu seinem Bewohner heran und musterte ihn. Sein Blick wirkte wacher als zuvor, er schien sich wiedergefunden zu haben. Die vergesslichen Momente waren noch selten, aber zu ignorieren waren sie auch nicht mehr.

»Können wir nicht mal selbst Streuselkuchen backen?«, fragte er ihn nun.

»Wissen Sie denn, wie man das macht? Weil – ich weiß das ganz sicher nicht.« Er grinste Ole an, der daraufhin auch die Mundwinkel hochzog.

»Auswendig«, kam die trockene Antwort.

»Ach, guck an!« Mattes nickte. »Ich bin sicher, dass wir das einrichten können. Was halten Sie vom Wochenende?«

»Wieso nicht jetzt?« Ole zog die Augenbrauen zusammen.

»Weil's schon gleich Abendessen gibt, du oller *Tüdelbü-*

del«, ertönte es hinter Mattes, und er machte Platz für Bertha, die nun dazukam und sich bei Ole einhakte.

»*Seggt de Kauelmaars*«, empörte dieser sich, und Mattes musste sich schwer das Lachen verkneifen. »Stimmt's?«

»Äh? Dass es gleich Abendessen gibt? Ja, da hat sie recht.« Mattes würde im Leben nicht seine Bewohnerin als Schwätzerin bezeichnen, klang es auch noch so lustig. »Aber das Angebot steht: Am Samstag können wir gern zusammen backen. Wenn es kein Streuselkuchen sein muss, könnten wir auch *Wiehnachtsgebäck* machen.« Verschwörerisch beugte er sich zu den beiden. »Damit wären wir die ersten dieses Jahr!«

Beide Gesichter vor ihm hellten sich auf, denn im letzten Jahr hatte die andere Schicht die ersten Weihnachtsplätzchen gebacken.

»*Jewoll!*«, rief Bertha aus, und auch Ole nickte zufrieden.

»Aber Streuselkuchen machen wir auch. Ich hab nämlich nicht nur das Rezept meiner Frau im Kopf«, Ole tippte sich an selbigen, »sondern auch das von …« Irritiert hielt er inne.

Mattes wartete ab, ob Ole von allein die Worte finden würde, die er suchte.

Doch Bertha war weniger geduldig. »Ja, was nu?«

Ratlos sah Ole zwischen ihnen und her. »Ich hab ihren Namen vergessen.«

Bertha patschte ihm auf den Arm. »Du hast ihr immer deinen Kuchen überlassen, weil du in sie verschossen warst, und nun willst du ihren Namen vergessen haben? Weißt nimmer? Lisbeth?«

»Ach ja. Lisbeth!«, rief Ole aus und Mattes spürte den Kloß im Hals aufsteigen. »Verschossen, pah!«, murrte der alte Mann nun, doch seine Wangen nahmen einen verdächtig farbigen Ton an. »Sie hat mir ihre Rezepte überlassen.«

»Und da war auch ein Streuselkuchen dabei?«

»Ganz genau! Hab ich doch gesagt!«, antwortete Ole und fast konnte man meinen, er wollte mit dem Fuß aufstampfen.

Doch mit Bertha an seinem Arm entschied er sich wohl eher dagegen.

»Welches der beiden Rezepte wollen wir denn machen? Wir müssten dafür ja einkaufen fahren«, fragte Mattes und hoffte, dass Ole wirklich noch ein Rezept wusste. Das wäre eine schöne Sache, in Erinnerung an eine der Frauen ihren Kuchen nachzubacken.

»Ich will mitkommen.«

Ach herrje. »Wirklich?«, hinterfragte Mattes. »Warum denn das? Gehen Sie etwa gern einkaufen?« Gespielt schüttelte er sich, als würde ihn die Vorstellung, in einen Supermarkt zu gehen, erschaudern lassen. Mit einem Bewohner einkaufen zu fahren, der so vergesslich wie Ole war, konnte recht anstrengend werden, und Mattes war nicht sicher, ob er das machen konnte.

»Nein. Aber ich will mal wieder zur Promenade, spazieren gehen!«

»Au ja«, rief Bertha aus. »Da wäre ich dabei.«

Mattes hob die Augenbrauen und betrachtete die beiden älteren Menschen vor sich. Stoisch blickten sie ihn an, waren sich offenbar nicht darüber bewusst, was ihr Wunsch bedeutete.

Aber wieso denn auch nicht? Er hatte schon ganz andere Dinge vollbracht, da war ein Ausflug an die Promenade keine große Herausforderung.

»Gut. Also, ich mache Ihnen einen Vorschlag: Ich gehe allein einkaufen und am Samstag backen wir zusammen. Dafür organisiere ich einen Ausflug für den Sonntag.« Er wackelte mit den Augenbrauen, und nun hakte sich Bertha auch bei ihm ein.

»Der olle *Tüdelbüdel* und ich sind einverstanden!« Sie zwinkerte ihm zu, denn im Gegensatz zu Ole hatte sie sehr wohl verstanden, was Mattes da tat.

Er lachte leise und erwiderte ihre Geste. Ole grinste zufrieden, und so konnte er die beiden guten Gewissens an ihrem Fensterplatz zurücklassen.

Erleichtert lief er durch den Raum und traf zu seinem Erstaunen auf seinen Chef. Offensichtlich hatte der ihn beobachtet.

»Gute Arbeit«, sagte Holger, als er neben ihm ankam. »Ich ruf die Familie von Ole an. Du hattest recht. Es geht nicht mehr.«

Mattes fragte sich, ob das Staunen an diesem Tag noch einmal aufhören würde. Erst Annas Bitte um einen Anruf, dann Ole und Bertha, nun sein Chef.

Was für ein Tag.

»Danke. Ich mag ihn, weißt du. Und die Veränderung ist immer schwer, wenn Menschen kommen und gehen. Aber ich denke, ein anderes Heim kann ihm besser helfen als wir.« Mattes war immer ehrlich zu seinem Chef, dennoch war er nun einmal sein Vorgesetzter und traf die Entscheidungen. Es gab Zeiten, da waren sie nachvollziehbarer als zu anderen.

Aber er wusste, würde er eine Einrichtung leiten – er würde es anders machen.

Nele

Prüfend sah Nele sich in ihrem Tiny House um. Ihr Koffer stand gepackt neben dem Sofa, die letzten Dinge, die sie vor der Abreise noch brauchen würde, würde sie in ihre Sporttasche einräumen. Zwei Wochen war ein überschaubarer Zeitraum. Sie brauchte nicht viel.

Ein paar Bücher hatte sie rausgelegt, da musste sie sich noch entscheiden, welche sie mitnahm. Und morgen früh würde sie noch schnell beim Bäcker die bestellten Rosinenstuten abholen, die sie Tantouk mitbringen wollte.

Sie zog die Nase kraus, denn jetzt, wo sie nichts mehr zu tun hatte, galt es Abschied zu nehmen. Mit Tessa hatte sie vorhin schon gesprochen, ihre Schwester würde sie heute nicht mehr sehen. Denn der Abend gehörte Mattes.

Nele machte einen langen Spaziergang am Strand, warm eingepackt genoss sie den eiskalten Wind, der Regentropfen mit sich brachte. Das Meer brandete stark ans Ufer, und es sah überhaupt nicht hübsch dabei aus, eher wie ein braungraues Ungetüm, was aus unerfindlichem Grund wütend war.

Beeke und sie kochten gemeinsam einen Auflauf, und während ihre Schwester danach in Ruhe duschte, kuschelte Nele mit ihrer Nichte. Sie hatte das Gefühl, dass Mayla mit jedem Tag wuchs und mehr lernte. Nele zog ihr Handy aus der Tasche und machte ein paar Selfies von sich und dem Baby.

»Ich bin sooo gespannt, wie du dich in den zwei Wochen veränderst, die ich nicht da bin«, sagte sie und kitzelte die Kleine am Bauch. Mayla quäkte fröhlich. »Du wirst mir ganz schön dolle fehlen. Und ich hoffe sehr, dass du deine Tante nicht vergisst, du kleine Süßmaus, du.« Nele lachte, weil Mayla einen protestierenden Laut von sich gab.

»Du wirst ihre Veränderungen eher sehen als wir«, erklang Beekes Stimme hinter ihr. »Wenn man sie ständig um sich hat, fallen die einem kaum auf.«

Nele prustete gegen Maylas Hand. »Du könntest mir einfach jeden Tag ein Foto schicken.« Sie grinste ihre Schwester an. »Was hältst du davon?«

Doch Beeke blickte sie ernst an. »Bin ich dir mit meinen ständigen Bitten um Video-Calls zu nahegekommen?«

Überrascht löste sich Nele von Mayla. »Nein. So hatte ich das nicht gemeint.«

»Ehrlich gesagt, weiß ich nicht so recht, wie du das gemeint hattest. Es blieb nach unserem Gespräch ein fieser Nachgeschmack zurück, und nun weiß ich gar nicht, wie wir Kontakt halten wollen. Ich will dir nicht auf die Nerven gehen.«

Spontan umarmte Nele ihre Schwester. »Bee, du gehst mir nie auf die Nerven. Es war doch eine ganz andere Situation damals.« Sie schob sie an den Schultern ein Stück zurück. »Ich wollte Abstand, um mich selbst besser kennenzulernen. Jetzt gehe ich nur einen Job machen.« Dass dabei noch viel mehr auf dem Spiel stand, erwähnte sie nicht. Es änderte nichts an der Grundaussage. Sie würde Norderney nicht wegen ihrer Familie verlassen – wenn sie gehen würde.

Erleichterung stand in Beekes Gesicht geschrieben. »Gut! Du bist mir wichtig, kleine Schwester.«

Tränen der Rührung stiegen in Neles Augen. »Du bist mir auch wichtig.«

Und hatte Nele gedacht, dass nur Beeke diese Emotionalität in ihr auslösen würde, hatte sie sich geirrt, denn Klaas und Daniel reagierten ähnlich wie Bee. Als sie bei ihnen ankam, hatten sie ihr einen kleinen Korb für unterwegs gepackt.

»Damit du uns nicht vergisst.«

Daniel stand rechts von ihr, Klaas links, beide hielten einen Arm um sie geschlungen.

»Ach, Jungs, hört auf.« Sie wollte sagen, dass sie wiederkam, aber sie brachte diese Worte nicht über die Lippen.

»Wenn du Weihnachten zurück bist, dann nehmen wir uns Zeit, ja?«, sagte Daniel und drückte ihr einen Schmatzer auf die Wange. Auch wenn er sich schwergetan hatte, nach Norderney zu ziehen, auf eine Insel, fern der Großstadt, aus der er ursprünglich kam, war er ein wichtiger Teil der Familie geworden. Vielleicht hätte sie mal mit ihm sprechen sollen, denn er konnte ihr Fernweh bestimmt mehr nachvollziehen als die anderen.

Nun, vielleicht würde sie das wirklich nachholen.

Erst einmal kam sie ja wirklich zurück und würde ein schönes, familiäres Weihnachten mit allen feiern.

Sie drückte die beiden lange, bevor sie sich mit ihrem Korb Richtung *Radlager* aufmachte.

Raik war nicht allein. Zu Neles Erstaunen saßen Svea, Mina und Tobi mit ihm im Büro.

»Oh, ich hoffe, ich störe nicht«, sagte sie, als sie zu ihnen stieß.

»Nein, gar nicht«, erwiderte Raik, der auf seinem Schreibtischstuhl vor dem Monitor saß.

»He, schön, dich zu sehen.« Mina rückte zur Seite und machte Nele Platz auf dem Sofa, was unter einer Bildergalerie stand. Viele Fotos aus Raiks Leben befanden sich dort, aber ebenso alte Bilder ihres Vaters. Ihr Bruder hatte dessen Tradition weitergeführt, an dieser Wand Erinnerungen zu sammeln.

Svea stand hinter Raiks Stuhl, Tobi scrollte auf seinem Handy. »Wir sprechen gerade über ein paar Ideen für den Laden«, erklärte ihre Schwägerin.

Überrascht hob Nele die Augenbrauen. »Fürs *Radlager?*«

Svea lächelte sie an. »Ja, für die nächste Saison. Aktionen

für Kinder, Seniorinnen und Senioren oder bestimmte Wochenenden. Wir hatten vor der Hochzeitsreise mal darüber gesprochen, was man noch machen könnte, um die Touristen zu uns zu locken. Die auswärtige Lage so fern von der Stadt macht das Geschäft schwieriger.«

»Und was habt ihr so vor?«

Raik sah zu ihr herüber. »Wir werden wohl im Sommer zur Messe nach Frankfurt fahren. Das können wir gut mit einem Besuch bei Sveas Eltern und Yaras Großeltern verbinden.« Er wechselte einen Blick mit Svea. »Es ist unabdingbar, dass wir nach neuen Bikes schauen und mit der Mode gehen.«

»Hat eigentlich überhaupt jemand auf der Insel senioren- oder behindertengerechte Fahrräder?«, fragte Nele, weil sie an Rosalie denken musste, die sich längere Zeit mit einer Art Dreirad fortbewegt hatte.

Tobi sah von seinem Handy auf. »Nicht, dass ich wüsste. Aber wir auch nicht.«

Raik hob die Augenbrauen und begann, auf der Tastatur herumzutippen. »Ach, krass«, murmelte er.

Svea klopfte ihrem Mann auf die Schulter. »Gut, der Mann ist beschäftigt, ich muss in den Laden. Nele, wir sehen uns morgen früh noch mal, ja?«

»Ich wollte mich eigentlich heute verabschieden, ich fahre recht früh«, warf sie ein.

»Was heißt ›recht früh‹?«, fragte Raik, ohne den Blick vom Monitor zu heben.

»Die Fähre geht kurz nach acht, aber ich muss noch zum Bäcker, also fahre ich gegen halb acht«, erklärte sie und verengte die Augen, weil Svea und Raik sich ansahen und kurz auflachten.

»Wir sehen uns morgen früh«, wiederholte Svea grinsend und hob winkend die Hand zu Tobi und Mina, bevor sie dann das Büro verließ.

Raik lehnte sich im Stuhl zurück. »Yara hat meistens gegen sechs genug vom Schlafen. Wir sind also sehr sicher wach.«

»Verstehe. Davon krieg ich selten was mit«, stellte sie fest.

»Wenn ich mich recht erinnere, wohnst du auch draußen im Garten«, wendete Tobi ein. »Sei froh. Unsere Nachbarn spielen mit ihrem Kleinkind jeden Morgen ein Computerspiel, und ich krieg die Krise dabei. Ich muss los, meine Schicht im Restaurant fängt gleich an. Mach's gut, Nele, bis Weihnachten«, Er steckte sein Handy weg, drückte sie, dann verschwand auch er.

»Wollen wir noch einen Kaffee zusammen trinken?«, fragte Mina leise, weil Raik nun mit Blick auf den Monitor telefonierte. Offenbar ging er seine neuen Ideen direkt an.

»Gerne!«

Sie winkte ihrem Bruder zu, und einige Minuten später saß sie mit Mina in einem Café am Strand.

Durch die nahe Lage zum Strand war es ein Hotspot und zu allen Jahreszeiten beliebt. Standen im Sommer Strandkörbe und Liegen vor dem Lokal, bestach es nun durch eine heimelige Weihnachtsatmosphäre. Überall standen Kerzen auf den Tischen mit dezenter Deko, Girlanden aus Tanne und Lichterketten machten das adventliche Ambiente perfekt, und auf der Speisenkarte standen zimtige Tees und Spekulatiuskuchen statt sommerlicher Cocktails und Eis.

»Ich bin im Winter viel lieber hier als im Sommer«, gestand Mina und sah sich um. »Es ist leerer und atmosphärischer.«

»Du bist der einzige Mensch, den ich kenne, der den Winter lieber mag als den Sommer.«

Ihre Freundin deutete auf ihr Gesicht. »Wenn du so hellhäutig und empfindlich wärst, würdest du das vielleicht auch.« Minas Gesicht war in der Tat sehr blass unter den kupferroten Haaren.

»Ja, vermutlich. Aber du siehst so wunderschön aus. Als Kind wollte ich immer rote Haare haben«, erwiderte Nele.

Mina lachte leise. »Man will immer das haben, was man nicht hat. Du kennst doch den Spruch mit dem Gras. Der trifft schon auf viele Menschen zu.«

Nele legte den Kopf schief. Sie war sich sicher, dass Mina nicht auf sie anspielte, und doch fühlte es sich so an.

»Glaubst du, dass wir auch so sind?«, fragte sie.

»Ich nur beim Essen.« Mina zwinkerte ihr zu. »Und du? Wünschst du dir, mehr zu haben, als du hast? Abgesehen von roten Haaren?«

»Ach, Mina.« Sie musste lachen, denn ihre Freundin konnte die Therapeutin in sich selten verstecken. »Ja, ich glaube, dass das oft mein Ding ist. Ich liebe die Insel, aber ich sehne mich weg.«

»Wohin?« Neugierig sah Mina sie an.

»In die Freiheit«, war Nele spontane Antwort, woraufhin sich Minas Mundwinkel ein bisschen nach oben zogen. »Was? Was ist so lustig?«

»Freiheit wirst du nirgendwo finden, wenn du sie nicht in dir hast.« Sie lachte, weil Nele aufstöhnte. »Ich weiß, das klingt wie ein Kalenderspruch, aber ich mein's ernst. Für jeden Menschen ist Freiheit etwas anderes. Für einige bedeutet es, jederzeit shoppen gehen zu können. Überall hinfahren zu dürfen. Auf Reisen zu gehen. Aber es gibt Menschen – und dazu gehöre ich –, deren Freiheit tief im Herzen liegt. Ich fühle mich frei, wenn ich so sein darf, wie ich bin.«

»Hast du keinerlei Sehnsucht, ein anderes Leben zu führen?«

Mina schüttelte den Kopf. »Nein. Hätte ich das, würde ich es tun. Deswegen reisen wir. Deswegen haben wir keine Kinder. Ich kann tun, was ich will, ich kann lieben, wie ich will. Ich bin die Frau, die ich sein möchte. Das ist für mich Freiheit.« Sie lächelte sanft. »Was ist für dich Freiheit, Nele?«

Noch lange hatte Nele über diese Frage nachgedacht. Doch sie war zu keiner Antwort gekommen, denn alles in ihr war überlagert vom nahenden Abschied.

Nicht nur von der Insel, nicht nur von den Geschwistern, sondern auch von Mattes.

Nie hätte sie gedacht, dass es ihr so schwerfallen würde, dabei waren es nur zwei lausige Wochen. Das sollte doch wohl auszuhalten sein. Aber sie hatten einen so intensiven Monat zusammen erlebt, es fiel ihr schwer. Und sie wusste, dass sich ihre Stimmung ändern würde, wenn sie erst einmal woanders lebte.

Nun stand sie deutlich zu früh vor Mattes' Haustür und traute sich nicht zu klingeln, denn auch von ihm musste sie sich verabschieden.

Morgen würde sie abreisen.

Ohne dass er wusste, was wirklich los war.

Seufzend drückte sie auf den Knopf mit seinem Namen, aber Mattes war noch nicht zu Hause.

Nele setzte sich auf die Treppe und ließ das Gespräch mit Mina durch ihren Kopf gehen, doch je mehr sie nachdachte, desto klarer wurde in ihr, dass es nur den einen Weg gab.

Freiheit war auch, selbstbestimmt zu sein. Wählen zu dürfen.

Und sie hatte ihm keine Wahl gelassen.

In dem Moment, in dem sie ihr Handy aus der Tasche zog, um ihn anzurufen, erklang seine Stimme hinter ihr.

»He, Hobbit.«

Mit einem zaghaften Lächeln drehte sie sich um. Und da stand er vor ihr, groß, mit diesen zerzausten Haaren und den wunderschönen blauen Augen, aus denen er sie so liebevoll ansah.

Ihre Blicke verhakten sich, und da überwältigten sie ihre Gefühle. Sie zog ihn an sich und reckte sich zu ihm hoch. Ohne ein weiteres Wort legte er seine Lippen auf ihre und umschlang sie. Er drückte sie gegen die Tür, küsste sie immer wieder.

Nebenher nestelte er seinen Schlüssel aus der Hosentasche und versuchte, die Tür aufzuschließen, doch das ging nun mal nicht gleichzeitig. Lachend löste sie sich von ihm, doch er protestierte, wollte sie nicht loslassen.

Sie nahm ihm den Schlüssel aus der Hand, und nur Augenblicke später fiel seine Wohnungstür hinter ihnen zu.

Mattes nahm ihr Gesicht in seine Hände. Er hatte so schöne Augen. Sie versank regelrecht darin. Diese Augen ließen sie alles vergessen, was ihr das Herz so schwer machte.

Sie wühlte ihre Hand in seine Haare und legte alles in ihren Blick, was sie empfand, und es schien ihn zu erreichen. Mattes schluckte und befeuchtete seine Lippen mit der Zungenspitze.

»Gott, Nele. Du wirst mir so fehlen.«

Ein Lächeln zupfte an ihren Mundwinkeln, weil seine Stimme so rau und so ehrlich klang. Weil sie es ihm glaubte.

Weil sie es ihm ansah.

Mattes liebte sie, so wie sie ihn liebte.

Und für einen einzigen Moment wollte sie alle Sorgen und Befürchtungen vergessen, wollte nur seine Liebe spüren, wollte ihm zeigen, wie sehr er sie berührte.

Wollte, dass er sie berührte.

Als dieser Moment sich Stunden später wieder aufklarte und ihren Verstand freigab, wurde ihr schlecht vor Angst.

Er hielt sie umschlungen, seine Hand lag auf ihrem Bauch. Sie wusste nicht, ob er eingeschlafen war oder nur vor sich hin döste.

So oder so, sie sollten reden.

Nele drehte sich zu ihm um, strich ihm über die Wange, den weichen Bart, die frechen Haarsträhnen, die ihm immer wieder ins Gesicht fielen.

»Ich muss dir was sagen, Lieblingsmats«, flüsterte sie, und schlagartig hatte sie seine volle Aufmerksamkeit.

Er öffnete die Augen. »Das klingt ernst.«

»Mhm«, machte sie und löste sich von ihm, um sich aufzusetzen. Er folgte der Bewegung, und dann fehlten ihr die Worte. Sie hätte es ihm längst sagen müssen. »Ich … als Caro anrief, da … da hat sie mir nicht nur von dem Job bei Heiner und Moni erzählt, sondern mich auch mit einem Freund von sich vernetzt, der jemanden für seinen mobilen Pflegedienst sucht. Ich … ich hab mich beworben.«

Mattes entwich ein Laut der Überraschung. »Okay?«

Das schlechte Gewissen wühlte in ihr. »Er findet mich aufgrund meiner Zusatzausbildungen interessant und hat mir den Job angeboten. Ich … werde ihn treffen, wenn ich in Freiburg bin und mir das alles noch mal anhören, und dann entscheiden.«

Mattes hob die Augenbrauen. »Dann freue ich mich, dass ich dir einen würdigen Abschied bereitet habe.«

Mattes war für gewöhnlich kein sarkastischer Mensch, seine Worte zeigten ihr, dass er verletzt war.

»Das war so nicht geplant«, murmelte sie.

Überraschenderweise lachte er leise auf. »Da geb ich dir recht.«

Sein Lachen verlieh ihr den Mut, ihm in die Augen zu schauen. »Es tut mir leid. Ich hätte es dir eher sagen müssen. Aber …«

»Warte. Seit wann weißt du das? Seit Caros Anruf?« Er runzelte die Stirn, sah kurz aus dem Fenster. »Meinst du etwa den an meinem Geburtstag?« Erst jetzt schien er zu verstehen, was genau sie gesagt hatte.

Es krampfte in ihrem Bauch. Ihr wurde bewusst, dass sie einen Fehler gemacht hatte. Sie hätte erst mit ihm reden müssen – und dann Abschied zelebrieren. Nele zog die Nase kraus und nickte.

»Wow.« Fassungslos rückte er ein Stück von ihr weg. »Nele, das ist … wow. Zwei Wochen. Du weißt das seit zwei Wochen und sagst es mir am Abend, bevor du gehst?«

»Ich … ich konnte nicht. Entschuldige.«

Er ignorierte ihren lahmen Einwand. »Wann?«, fragte er, und die Distanz in seiner Stimme ließ einen Schauer über ihren Rücken wandern.

Sie richtete sich ebenfalls auf. »Januar. In … in München.«

Das waren die wichtigen Infos. Und es nutzte ja nichts. Er musste das wissen.

Mattes wurde blass. »Wow. Das haut mich jetzt echt um.«

»Es tut mir wirklich leid. Ich hab mich nicht getraut … Ich wollte die Zeit, die wir hatten, nicht damit belasten.«

»Okay.« Er schob die Bettdecke beiseite und rutschte aus dem Bett. Zog sich an. Zögerte. Schlüpfte in den Hoodie. Rieb sich über den Bart. »Ich weiß nicht, was ich sagen soll. Dass du irgendwann anfängst, dich zu bewerben, darauf war ich vorbereitet. Dass du nun einspringst, kein Thema. Aber dass du mir zwei Wochen nicht sagst, dass du da was laufen hast und schon Pläne machst …«

»Es steht ja noch gar nichts fest. Vielleicht passen wir gar nicht zueinander.«

»Ich hätte es gern gewusst, dann hätten wir darüber reden können.«

Nele schüttelte den Kopf. »Ich wollte aber nicht reden. Ich wollte das allein entscheiden, ohne Einfluss von dir oder meiner Familie.«

»Ohne …« Er riss die Augen auf. »Gott, Nele. Du denkst, ich hätte dich beeinflusst, hier zu bleiben? Es abzulehnen? Wo ich genau weiß, wie sehr dir das zu schaffen gemacht hat, dass du keinen Job hast?« Sie wollte antworten, doch er schnitt ihr das Wort ab. »Und heißt das, deine Geschwister wissen da auch nichts von?«

Nele spürte die Hitze in ihrem Gesicht. »Nein«, gab sie leise zu. »Ich hab's niemandem gesagt.«

Wie jetzt hatte sie ihn noch nie so gesehen. So verletzt, so enttäuscht. So leer.

»Verstehe«, murmelte er. Dann fuhr er sich durch die Haare. »München? Fuck, das ist so verdammt am anderen Ende der Welt. Das sind noch mal, was? Zwei, drei Stunden länger als bis nach Freiburg?«

»Zwischen neun und elf Stunden von Norddeich aus.« Nele hatte es nachgesehen, als sie die morgige Fahrt geplant hatte. Es war unfassbar weit und nichts, was man mal eben für ein Wochenende einplanen konnte. Das war ihr in diesem Moment mehr als bewusst, denn es stand Mattes ins Gesicht geschrieben.

Sorge ergriff sie. »Mats.« Sie stand ebenfalls auf, griff nach ihrem Shirt, fühlte sich viel zu nackt und verletzlich.

Erneut schüttelte er den Kopf. »Sei mir nicht böse, aber das muss ich erst mal verdauen.«

Nele presste die Lippen zusammen. Sie raffte ihre restliche Kleidung zusammen und zog sich an. Es tat unendlich weh, ihn so zu sehen. Sie hatte es versaut. Durch ihren Egoismus und ihre verfluchte Angst. »Das verstehe ich.« Tasche, Schuhe. »Mattes, ich wollte unseren Abend nicht so … Ich melde mich, wenn ich angekommen bin, okay?« Eine letzte Umarmung, ein letzter Kuss? Ein kleines Zeichen, dass sie das irgendwie hinkriegen würden, dass nicht alles vorbei war?

Doch das kleine Wort »Nein« brachte sie aus dem Konzept. Mattes' Gesichtsausdruck war unverändert. »Das musst du nicht.«

»Was?«, flüsterte sie fassungslos.

»Nele, was hast du erwartet? Dass du so wenig Vertrauen in uns hast …« Er fuhr sich durch die Haare, schüttelte fassungslos den Kopf. »Meiner Meinung nach hatten wir ausgemacht, ehrlich zueinander zu sein, vor allem, was das Thema betrifft. Dass du mir sagst, wenn sich was verändert, damit ich mich darauf einstellen kann. Ich liebe dich. Wirklich. Aber das tut echt weh und – ich bin nicht sicher, ob wir eine Fernbeziehung hinkriegen. Du aber offensichtlich auch nicht, sonst hättest du ja was gesagt.« Traurig sah er sie an. »Wenn du an Weihnachten nach Hause kommst, können wir noch mal reden, aber ganz ehrlich? Wenn du in München lebst, sehe ich keine Chance für uns.«

Mattes

Nichts in seinem Leben war ihm so schwergefallen, als mit diesen Worten die Tür hinter Nele zuzumachen. Aber noch eine Sekunde länger, und er hätte sich ihr zu Füßen geworfen wie ein treuer Hund und mit dem Schwanz gewedelt.

Mattes schloss die Augen und versuchte, die Gefühle zu kontrollieren, die turbulent in ihm wüteten.

Die träge Müdigkeit, die er verspürt hatte, nachdem sie sich geliebt hatten, war einer erschöpften Leere gewichen.

Er schlurfte in die Küche und füllte sich Wasser ein, und mit dem Glas in der Hand stand er reglos an seinen Tisch gelehnt und ließ das Gespräch Revue passieren.

Warum hatte sie ihm nichts gesagt?

Er hatte keinen Schimmer, was in ihr vorging.

Aber er wusste, dass sie mit ihm ins Bett gegangen war, mit dem Wissen, was sie ihm danach sagen würde, und doch traute er sich nicht, die Wut zuzulassen, die sich vorsichtig bemerkbar machte. Die Wut, und vor allem die Enttäuschung.

Ihm war klar, dass er keinerlei Mitspracherecht hatte, wie sie ihr Leben gestaltete, und bei Gott, das maß er sich auch gar nicht an. Aber eine Info? Ein Teilhaben an dem, was geschah, vor allem, wenn es auch sein Leben beeinflusste?

Offenbar war das zu viel verlangt. Nele stellte ihn vor vollendete Tatsachen – nach dem Abschiedssex.

Immer und immer wieder ging er verschiedene Gespräche durch, die sie über das Thema Arbeit geführt hatten. Dass sie im Januar suchen würde, auch deutschlandweit, war ihm bewusst gewesen. Und auch, dass diese kurze Aushilfe im

Schwarzwald eine Änderung bedeuten konnte – die Gefahr hatte er gesehen.

Aber verdammt, dass sie schon seit zwei Wochen Pläne hatte, das konnte er nicht fassen. Er hatte gedacht, sie hätten mehr Zeit.

Er hatte gedacht, sie würde ihm mehr vertrauen.

Der Schmerz schob die Wut nach oben, seine Wohnung wurde zu eng, der Raum zu klein, das Gefühl zu groß. Mattes nahm seine Jacke und verließ das Haus.

Er musste raus.

Wie immer schlug er den Weg zum Strand ein. Nele war vor etwa einer halben Stunde gegangen, er würde ihr nicht begegnen. Er hatte keine Ahnung, wie er reagieren würde, würde er sie noch einmal sehen.

Es war eiskalt an diesem Abend, und wie so oft hatte das Wetter in kürzester Zeit umgeschlagen. Graue Wolken hingen genau so tief und düster über der Insel wie die Gedanken in seinem Kopf.

Doch einer war maßgeblich: Er wollte Nele nicht verlieren.

Aber gottverdammte neunhundert Kilometer. Einmal quer durchs Land. Das packte er nicht.

Als er sie vor seiner Tür hatte stehen sehen, war sein erster Impuls gewesen, sie in seine Arme zu ziehen. Ihrer offensichtlich auch, denn sie war ihm auf gleiche Weise entgegengekommen. Er hatte sein Verlangen in ihren Augen gesehen, seine Liebe in ihrer Lust gespürt. Sie waren eins gewesen, weil sie das Gleiche gewollt und sich geliebt hatten.

Denn sie wussten, es war der letzte Abend, bevor sie sich zwei Wochen vermissen würden.

Hatte er gedacht.

Er lachte auf.

Mattes war nicht naiv. Aber nie im Leben hätte er erwartet, was letztlich geschehen war.

Nichts hätte er sich sehnlicher gewünscht, als dass Nele

sich für ein gemeinsames Leben auf Norderney entschieden hätte.

Nun, er hatte gewusst, worauf er sich eingelassen hatte.

Sie hatte gewusst, dass er ihre Entscheidung akzeptieren würde.

Warum hatte sie ihm trotzdem nichts gesagt?

Als würde der Himmel seine Stimmung spiegeln, fegte ein rauer Wind über die Insel, und es dauerte nicht lange, da fielen die ersten Tropfen. Mattes zog den Schal enger und die Kapuze seiner Winterjacke hoch, doch es nutzte natürlich nichts. Binnen weniger Sekunden war er nass bis auf die Haut.

Das Fluchen half nicht viel. Mittlerweile war er in den Osten der Insel gelaufen, hier gab es nichts zum Unterstellen und keine Gelegenheit, schnell nach Hause zu kommen.

Und wie ein schlechtes Omen hatte er das Gefühl, dass es seine Situation darstellte: Er hatte sich im Nichts verfranst und war vollkommen abhängig von den Begebenheiten.

Nein. So war er nicht. Er allein entschied, wie sein Leben lief, nicht die Begebenheiten, nicht andere Menschen.

Eine Stunde später stand er unter der heißen Dusche. Hoffentlich wurde er jetzt nicht krank, das konnte er überhaupt nicht gebrauchen.

> Lieber Mattes, ich weiß, dass ich Mist gebaut habe, und es tut mir unendlich leid. Du hast recht, ich hätte es dir sagen sollen. Aber bitte gib uns nicht auf. Ich liebe dich. Dein Hobbit

Mattes hatte einen Entschluss gefasst. Er würde sich nicht aus dem Konzept bringen lassen. Liebeskummer half ihm nicht weiter.

Nele würde Norderney verlassen.

Nicht er hatte sie aufgegeben.

Sie hatte es.

Nele

Dass die Sonne aufging, war nicht mehr als eine Ahnung in den tiefhängenden Wolken, mit denen der Tag ihre Abreise einläutete.

Das Haus war still, als sie die Treppe hinunterging. Ihr Gepäck hatte sie schon am Vorabend ins Auto gepackt, als Raik und Svea mit Yara einen Abendspaziergang gemacht hatten.

Heute Morgen hatten sie zusammen gefrühstückt, und es hatte sich nach mehr angefühlt, als es war.

Nele würde doch wiederkommen.

Aber als würden sie es ahnen, hatten die Geschwister beschlossen, ihr ihre Liebe mit aller Kraft mit auf den Weg zu geben, während Mattes schwieg und auf ihre Nachricht nicht mehr geantwortet hatte.

Das fühlte sich falsch an.

Nele erlaubte ihrem Gewissen nur für einen kurzen Moment, sich zu melden.

Für mehr hatte sie keine Kraft.

Seit sie gestern Abend aus Mattes' Tür gegangen war, fühlte sich alles unwirklich an.

In Freiburg wartete man auf sie, verließ sich auf sie.

Dafür hatte sie jemand anderes Vertrauen mit Füßen getreten.

Pünktlich um Viertel nach acht lief die Fähre aus.

Erneut ließ sie Norderney hinter sich.

Doch diesmal nicht mit Freude und Aufregung.

Diesmal war ihr Herz schwer.

Mattes

Ein grauer Lichtschleier fiel durch die Vorhänge. Sie bewegten sich sanft im Wind, denn er hatte vergessen, das Fenster zu schließen.

Es war arschkalt.

Trotzdem hatte Mattes keinen Elan, aufzustehen.

Nichts und niemand wartete auf ihn.

Von einem auf den anderen Tag war sein Leben leer geworden.

Mit einem Blick auf die Uhr stellte er fest, dass es gerade Viertel nach acht war. Dunkle Stunden lagen vor ihm, bis er zur Arbeit musste.

Er zog die Decke höher, drehte sich auf die andere Seite, weg vom Fenster, was einen weiteren trüben Tag anpries.

Die zerwühlte Bettdecke, das schief liegende Kissen. Als er es näher zog, stieg ihm ein Hauch eines Dufts in die Nase, den er nicht vergessen würde.

Dann doch lieber das Fenster.

Ob sie schon unterwegs war?

Sie hatte gesagt, dass sie früh fahren würde. Ob sie schon auf dem Meer war, um ihr Zuhause hinter sich zu lassen?

Nein. Es war ja gar nicht mehr ihr Zuhause.

Nele

Eine knappe Stunde Überfahrt.

Vierzig Minuten bis Emden. Anhalten zum Tanken.

Drei Stunden später die erste Pause in Köln. Sie hatte nach Rastmöglichkeiten auf der Route geschaut und ein kleines Café gefunden, in dem sie frühstücken wollte. Ganz abenteuerlich, wenn sie schon unterwegs war.

Man musste sich die schweren Dinge schön machen.

Zwei Stunden später musste Nele dringend auf die Toilette und fuhr noch einmal ab. Als sie an einem romantisch aussehenden Hotel vorbeikam, war sie verlockt, hineinzugehen, sich auf ein Bett zu werfen und all die Ideen zu vergessen, die sie hierhergeführt hatten.

Stattdessen checkte sie erneut ihr Handy. Wie erwartet hatte sie Nachrichten von allen Geschwistern.

Aber keine von Mattes.

Mattes

Er blieb im Bett. Stand nur auf, um sich Kaffee zu machen und aufs Klo zu gehen.

Kurz vor dem Mittag ging er duschen und lief zur Arbeit. Verrichtete schweigsamer als sonst seinen Dienst, ignorierte die besorgten Blicke seiner Kolleginnen.

So vergingen die Stunden.

Keine weitere Nachricht von Nele.

Ihre erste hatte er nicht beantwortet. Was sollte er denn auch sagen?

Ihre Entschuldigung annehmen? Ihr schreiben, dass er sie vermisste?

Natürlich würde sie ihm nicht schreiben, wenn sie angekommen war. Er hatte es ihr schließlich untersagt.

Ihre Nachricht von letzter Nacht hatte er tausendmal gelesen. Er glaubte ihr, dass es ihr leidtat.

Es änderte nur nichts mehr.

Mattes hatte ernst gemeint, was er gesagt hatte. Besser ein paar schöne Wochen, als gar keine Zeit mit Nele verbracht zu haben. Nun war er enttäuscht. Mit einer Tatsache konfrontiert, über die er gern länger nachgedacht hatte.

Lisbeths Tagebuch lag auf seinem Bett.

Nele

Tantouks Freude über ihre Rückkehr war herzerwärmend. Zur Begrüßung nahm sie Nele lange in den Arm. Nach der anstrengenden Fahrt und den Eindrücken der Reise war sie einfach nur erschöpft – und hatte ihre Gefühle nicht unter Kontrolle.

Mit der liebevollen Umarmung löste sich der Druck. Verzweifelt weinte sie, fühlte sich verloren und geborgen zugleich.

Tantouks Kürbissuppe, selbst gebackenes Brot. Ein langes, offenes Gespräch über die Familie, die Strukturen der letzten Jahre, die Erwartungen an den neuen Job und letztlich auch über Mattes und das neue Jobangebot ordneten ihre Gedanken für den Anfang.

Sie schrieb in den Geschwister-Chat, dass sie gut angekommen war. Beeke schickte eine Sprachnachricht, Klaas und Tessa einen Text. Raik rief an.

An diesem Abend ging Nele früh ins Bett. Sie brauchte ihre Kraft für ihren ersten Arbeitstag.

Ein Schritt nach dem anderen.

Mattes

Spät in der Nacht wog das ledergebundene Tagebuch einer alten Dame schwer in seiner Hand. Bevor er es öffnete, dachte er an Lisbeth. An ihre Gespräche, an ihr Lächeln, an ihre Kraftlosigkeit in den letzten Tagen.

Es fühlte sich nicht richtig an, ihre intimsten Gedanken zu lesen. Andererseits hatte sie es ihm genau dafür gegeben.

Was würde ihn erwarten? Wie würde er reagieren? Was würde es mit ihm machen?

Mattes zog die Decke höher. Er hatte am Abend das Bett frisch bezogen. Das Fenster war zu, die Heizung hatte das Schlafzimmer wohlig aufgewärmt.

Entgegen seiner Befürchtung hatte er beim Aufräumen nichts gefunden, was ihn an Nele erinnerte.

Nein, das war so nicht richtig. Alles erinnerte ihn an sie.

Ihre Betthälfte. Ihre Silhouette vor dem Fenster. Die Dusche.

Er schüttelte über seine sentimentalen Gedanken den Kopf und schlug das Tagebuch auf.

Überrascht hielt er den Atem an.

Ein Bild von Lisbeth und ihrem verstorbenen Mann klebte auf der ersten Seite, und ein zusammengefaltetes Blatt Papier lag dort. Als er es vorsichtig öffnete und einen Blick auf die Unterschrift erhaschte, legte er es beiseite. Es war das eine, das Tagebuch zu lesen, welches sie ihm vermacht hatte. Aber einen Brief ihres früh verstorbenen Mannes konnte er nicht lesen.

Mattes betrachtete das Bild genauer. Es war wohl aus den

Anfangsjahren ihrer Beziehung. Sie sahen glücklich aus, lachten sich an.

Ob sie ihn sehr vermisst hatte?

Er wusste, dass ihr Mann mit Mitte sechzig verstorben war und sie nie versucht hatte, einen neuen Partner zu finden.

Nach und nach blätterte er durch das Tagebuch, schnappte einzelne Begriffe und Sätze auf und fühlte sich mehr und mehr in ein fremdes Leben hineingezogen. Vielleicht würde er es doch aufmerksam von vorne lesen.

Jetzt aber wollte er mit dem letzten Eintrag beginnen, weshalb er sich vortastete.

Immer wieder stieß er auf Zitate, die aus Zeitschriften ausgeschnitten oder kalligraphiert waren. Manche Sätze waren dadurch besonders auffällig, und es ließ sich gar nicht vermeiden, sie zu lesen.

Einer blieb haften.

Dass etwas schwer ist, muss ein Grund mehr sein, es zu tun.

Mattes lächelte. Er wusste, das war ein Zitat von Rilke, und dieser Satz charakterisierte Lisbeth. Sie hatte es schwer empfunden, allein auf Norderney zu leben, und doch hatte sie es gewagt. War ihrem Herzen gefolgt.

Er überschlug einige Seiten und klappte das Buch an der Seite auf, an der er den letzten Eintrag vermutete. Wieder wurde er überrascht. Denn hier fand sich kein Eintrag, sondern ein Brief an ihn. Datiert war er auf Anfang November.

Mein lieber Mattes,
als ich die Entscheidung traf, dieses Tagebuch dir zu geben, habe ich die letzten Einträge verfasst. Nun möchte ich das Buch mit diesem Brief an dich abschließen.
Du bist verändert aus deinem kurzen Urlaub wiedergekommen, und ich habe dir angesehen, dass etwas in deinem Leben passiert ist, was dir ein Strahlen in die Augen gezaubert hat.
Ich nehme an, es ist die junge Frau, die du magst. Die, von deren

Briefen du mir erzählt hast. Natürlich kann ich dich nicht danach fragen, das wäre sehr unhöflich, aber ich möchte dich wissen lassen, dass dir dieses Lächeln in deinem Gesicht gut steht. Du hast eine Ruhe mitgebracht, die du vorher nicht hattest. Und wenn ich dir einen Rat geben kann, nur einen einzigen, dann würde ich sagen: Halte daran fest.
Jedoch, und es ist mir wichtig, das zu betonen: Menschen bleiben nur bei uns, wenn wir ihnen die Freiheit zum Fliegen geben. Ich weiß, wovon ich spreche. Denn auch mein Otto wollte fliegen.
Du hast sehr klare Vorstellungen davon, wie du dir dein Leben wünschst. Ich erinnere mich an das Sommerfest, bei dem wir darüber gesprochen haben. Du hast geschwärmt, von einer Familie, von Kindern, einem Leben auf unserer Insel, die du so liebst wie ich. Du hast mich an mich selbst erinnert, denn so habe ich mein Leben auch gesehen. Aber wenn man einen Menschen liebt, dann muss man auch schauen, wie der das Leben sieht, und mein Otto hatte andere Pläne. Er wollte die Welt bereisen, aus diesem Grund war er Ingenieur und arbeitete überall. Er liebte die verschiedenen Länder, die Erfahrungen, die er dort machte, mit den Menschen und den verschiedenen Kulturen. Sesshaft wollte er nicht werden. Ich hingegen sehnte mich nach einem kleinen Häuschen, Nachbarinnen, mit denen ich reden konnte, und einen Garten.
Ich verrate dir ein Geheimnis: Man kann nicht immer alles haben, und schon gar nicht gleichzeitig.
Mein Otto und ich, wir haben beide unsere Träume gelebt. Einige Jahre bin ich mit ihm herumgegondelt, unsere Sabine wurde in Nigeria geboren, und Doris in Paris. Und als es mit den zwei kleinen Kindern dann recht anstrengend war, suchten wir uns ein Zuhause. Wenn du nun aber denkst, dass mein Otto dann nur noch zu Hause war, so irrst du. Nein, er ist weiter seinen Reisen nachgegangen. Und immer wieder zu mir zurückgekommen, denn ich war seine Heimat und sein Anker.
Du hast nie verstanden, warum ich meine Tochter nicht um mehr Besuche gebeten habe, doch ich bin sicher, wenn du mein Tagebuch

bis hierher gelesen hast, wirst du es besser nachvollziehen können. Ich liebe sie von ganzem Herzen. Ich habe ein gutes Gewissen, wie ich sie erzogen habe, was ich ihr versucht habe, beizubringen. Mein Kind ist ein freier Mensch. Ihrer Liebe zu mir tut das keinen Abbruch.
Du kannst das, was du liebst, nicht festhalten. Denn die Liebe ist wie ein Vögelchen, das du fütterst, damit es weiß, dass es bei dir sicher ist.
Nur wer frei ist, ist sicher, und nur wer bei sich bleiben darf, ist auf dem richtigen Weg. Dem Weg zur Zufriedenheit.
Ich möchte es nicht Glück nennen, denn Glück ist für jeden Menschen etwas anderes. Aber etwas an dir, deinem Wesen und auch, wie du dich präsentierst, sagt mir, dass du es suchst. Den Ort und den Menschen, bei dem du frei sein kannst. Der dich mit Liebe füttert und dir Sicherheit gibt. Du wirst diesen Menschen finden, wenn du verstehst, dass du dazu nur in einen Spiegel schauen musst.
Ich danke dir für den Versuch, meine Einsamkeit zu vertreiben.
Du bist ein wunderbarer Mensch. Und ich freue mich, dass du bei mir sein wirst, wenn ich diese Erde verlasse und mich auf den Weg zu meinem Schöpfer mache. In dem Wissen, dass du hier sicher und geborgen zurückbleibst.
Trauere nicht, Mattes. Ich tue es auch nicht.
Deine Lisbeth

Mattes wischte sich die Tränen weg. Ein warmes Gefühl von Geborgenheit durchflutete ihn. Womit hatte er das verdient? Die Liebe, die aus Lisbeths Zeilen sprach, den Respekt, der mitschwang, und die Dankbarkeit, die sie ausdrückte.

Dabei hatte er nur ein bisschen mehr als seine Arbeit gemacht. Doch vielleicht war es genau dieses bisschen mehr, was den Unterschied ausmachte.

Es rührte ihn, dass sie ihm angesehen hatte, wie glücklich ihn die Zeit mit Nele gemacht hatte.

Nele, die nun nicht mehr da war.

Waren die Worte von Lisbeth wahr?

Musste er sich selbst reichen, um mit Nele zusammen sein zu können?

Musste er seine Träume verfolgen, um ihr ihre zu lassen?

War so eine Zukunft möglich?

Nele

Vom ersten Moment an ging Nele in ihrer neuen Arbeit auf. Denn die Pflege eines kranken Menschen war für sie nie nur Arbeit gewesen, und in diesem Fall half es ihr, sich zu erden. Sich auf den Augenblick zu konzentrieren.

Heiner und Moni freuten sich sehr, dass Nele ihnen helfen wollte, und hießen sie wie eine alte Freundin willkommen. Sie besprachen die Einzelheiten der Pflege, die – so schätzte Moni ihre Situation ein – lediglich zehn bis vierzehn Tage nötig wäre.

Wohnen würde Nele bei Tantouk, die ein Haus am Rande von Freiburg gemietet hatte. Es war kleiner als das auf Norderney, beinhaltete aber ein Gästezimmer und ein zweites Bad. Damit – so sich Besuch ankündigte – dieser auch unterkam.

Nele war dankbar für die Möglichkeit. Natürlich hatte auch Caro ihr Zuflucht angeboten und sie hätte sogar bei Heiner und Moni bleiben können, doch sie freute sich auf die Zeit mit Tantouk und genoss deren Fürsorge, die ihr die ersten Tage so einfach wie möglich machte. Tantouk bekochte sie, lüftete ihr Zimmer, wusch ihre Wäsche.

Dass sie ihre Geschwister vermissen würde, damit hatte sie gerechnet. Aber wie sehr ihr alle anderen fehlten, überraschte sie. Deshalb hielt sie beständigen Kontakt mit Wiebke und Mina und nahm Anteil am Freundes-Chat – in dem auch Mattes war.

Zwischen ihnen herrschte jedoch weiterhin Funkstille, und das machte Nele mehr und mehr zu schaffen. Doch sie brauchte all ihre Energie, um ihre Arbeitstage zu schaffen.

Moni hatte ihre Augenoperation gut überstanden, und tatsächlich befand sich Heiner mitten in einem fiesen Krankheitsschub. Jeden Morgen, wenn sie zu ihm kam, war es eine Überraschung, wie es ihm ging. Hatten sie an dem einen Tag noch einen Spaziergang unternommen, wollte er danach nur aus dem Fenster schauen. Ein kleines Privat-Konzert an einem Abend, doch am nächsten Morgen war nur noch die Kraft für ein kurzes Vorlesen da.

Moni und sie redeten stundenlang. In Heiners Beisein erzählte die ältere Dame aus ihrem gemeinsamen Leben. Sie berichtete von den vorsichtigen Liebesanfängen, von den Träumen, die in der Nachkriegszeit geboren wurden. Dass Heiner sie so viel mehr geliebt hätte als sie ihn, dass er ihr immer wieder eine gewisse freizügige Wildheit verziehen hatte, weil die Liebe einfach groß genug war, und dass sie sich bewusst gegen Kinder entschieden hatten. Sie hatten einander immer gereicht.

Sie reichten einander heute noch.

All das löste so viel Sehnsucht nach ihren Liebsten in Nele aus, dass sie es in manchen Momenten kaum ertrug. Doch genau deshalb lächelte sie und machte weiter, weil es dem wundervollen Paar gegenüber nicht fair gewesen wäre.

»Morgen ist dein Bewerbungsgespräch?«, fragte Moni sie eines Abends, als sie zu zweit im Wohnzimmer vor dem Kamin saßen. Sie hatten die beiden Ohrensessel etwas zurückgestellt, um bequem zu liegen und den Blick auf die Flammen richten zu können. Der Raum war weihnachtlich geschmückt und es roch nach Tannenzweigen und Glühwein. In genau zwei Wochen würden sie Weihnachten feiern, und zum ersten Mal wurde Nele bewusst, wie sehr sie sich auf zu Hause freute.

»Ja«, antwortete Nele wahrheitsgemäß.

Seit fast einer Woche war sie nun in Freiburg, hatte sich gut eingewöhnt und den Termin mit Alex extra auf die Mitte ihrer Zeit im Schwarzwald gelegt. Am nächsten Tag war es nun so weit: Sie würden sich auf ein Mittagessen in einem Restaurant treffen, sich kennenlernen und die Arbeitsbedingungen besprechen.

Nele war bedingt nervös – und hatte noch immer keine Ahnung, was sie tun sollte.

»Warum bist du eher bedrückt als aufgeregt?« Moni trug eine bunte Augenklappe über dem rechten Auge, die sie in ein paar Tagen das erste Mal abnehmen durfte.

»Ich weiß es nicht. Vermutlich bin ich nicht ganz überzeugt davon, dass dieser Job das Richtige ist.«

»Das scheint so, aber es gibt ja einen Grund, warum du von deiner Insel geflohen bist.« Moni lächelte milde, als Nele sie überrascht ansah. »Ein junges, hübsches Ding wie du hat doch keinen Grund, die Heimat zu verlassen, wenn dort alles in Ordnung wäre. Aber das geht mich nichts an.«

»Schon gut«, murmelte Nele. »Es stimmt wohl … irgendwie.«

Moni gluckste. »Irgendwie. Du kannst mir gern erzählen, was los ist. Ich bin eine alte Frau, die viel gesehen hat. Vielleicht habe ich eine Meinung, die dich interessiert. Aber du musst nicht. Es ist nur … Manchmal verliert sich dein Blick ins Nichts. Dann schaust du so nachdenklich auf dein Telefon. So sieht keine Frau aus, die sich darauf freut, vielleicht bald in einer tollen Stadt mit einem neuen Job zu leben.«

»Wenn ich unaufmerksam war, tut es mir leid«, warf Nele schnell ein, weil sie nicht den Eindruck vermitteln wollte, dass sie nicht mit vollem Herzen bei ihrer Arbeit war.

»Oh nein, du bist die tollste Pflegerin, die wir uns wünschen könnten«, beschwichtigte Moni sie direkt. »Aber ich spüre, dass es dir nicht gut geht. Deshalb meine Frage.«

Nele dachte an ihr kleines Tiny House, an die früheren Musik-Sessions mit Raik. An Bee, die sich trotz Baby bemüht hatte, für sie da zu sein. Wie sehr sie ihre kleine Nichte ins Herz geschlossen hatte. Wie Klaas und Daniel sie verabschiedet hatten, das Übernachten mit Tessa im Wohnzimmer. Und sie dachte an Mattes, und der Schmerz in ihrem Inneren schien ihr die Brust zusammenzuziehen.

Ja, sie wollte wieder nach Hause, sie wollte in die liebevolle Umarmung der Familie, wollte Anteil haben an den Leben ihrer Geschwister, wollte ein Teil davon sein und bleiben. Wollte die Kinder aufwachsen sehen und nicht Klaas' Rolle als Außenseiter übernehmen. Er hatte so lange auf dem Festland gelebt, und sie hatten alle darunter gelitten.

Wie froh sie gewesen waren, als er den Weg zurückgefunden hatte.

Würde sie auch zurückfinden?

Oder wollte sie das Leben in einer Großstadt? Die vielen Optionen, die Möglichkeit, am Wochenende einfach einen Ausflug zu machen, spontan irgendwo hinzufliegen? Zehn verschiedene Geschäfte abzuklappern, wenn sie ein Geschenk oder ein neues Kleid für sich suchte?

Wenn sie neue Straßen, neue Menschen, neue Gewohnheiten kennenlernen konnte und nicht an jeder Straßenecke jemanden grüßen konnte, weil Norderney letztlich doch nur ein großes Dorf war.

»Als ich nach Rosalies Tod nach Hause gefahren bin, habe ich mich darauf gefreut, ein paar Wochen ohne Arbeit zu leben, aber dafür Zeit mit meiner Familie und meinem Freund genießen zu können.« Sie lächelte, als Moni gerührt die Hände vor der Brust zusammenlegte.

»Du bist also mit dem jungen Mann zusammengekommen, der dich auf der Hochzeit deines Bruders so verzaubert hat«, stellte die ältere Frau fest, und Nele nickte.

»Er ist ganz großartig. Liebevoll, aufmerksam. Er macht mich glücklich.«

»Und doch bist du hier«, warf Moni ein.

Nele nickte. »Sein Traum von einer Zukunft ist eine eigene

Familie. Kinder, ein Leben auf Norderney. Das hat mir Angst gemacht.«

»Möchtest du das nicht?«

»Doch, schon. Irgendwann.« Sie hob die Schultern. »Ich habe das Gefühl, dass noch so viel auf mich wartet, dass ich noch so viel sehen möchte.«

»Und er steht dir dabei im Weg?«

»Das denke ich.«

»Aber denken ist nicht wissen, Liebes. Hast du ihn gefragt, wie euer Leben aussehen könnte, wenn er noch ein bisschen auf seinen Traum warten müsste – damit du Zeit für deinen hast?«

Nele zog die Nase kraus, denn nein, das hatte sie nicht. Sie war immer davon ausgegangen, dass Mattes sich mit einer Fernbeziehung schwertun würde, dass er ihre Rastlosigkeit nicht mittragen könnte. Und beim Abschied hatte er dann auch deutlich gesagt, dass er ihnen keine Chance gab, wenn sie so weit weg lebte.

»Möchtest du in München leben, diesen tollen Job machen mit einer neuen Firma, neue Freunde suchen in einer neuen Stadt? Alles neu, neu, neu?«, fragte Moni sanft, und Nele riss die Augen auf.

Neu, neu, neu.

Das war das absolute Gegenteil von dem, was sie wollte. Sie wollte Beständigkeit, Sicherheit, ihre Familie, Liebe und Nähe. Nicht wieder von vorne anfangen, das hatte sie ja nicht einmal in Freiburg getan. Hier waren Tantouk und Caro gewesen, sie hatte die Stadt schon gekannt und ihre Patientin ebenfalls.

Vielleicht war es gar nicht wirkliches Fernweh, was sie immer mal besuchte. Vielleicht war es nur der Wunsch nach Freiheit und den Möglichkeiten.

»Darf ich dir eine Frage stellen, Liebes?« Zart legte Moni eine Hand auf ihren Arm.

»Natürlich«, erwiderte Nele und drückte kurz Monis Hand. Die ältere Frau nahm Neles Hand zwischen ihre und rieb sie sanft, eine warme, liebevolle Geste.

»Du bist in einen jungen Mann verliebt, und er ist in dich verliebt. Deine Geschwister lieben dich von ganzem Herzen, du hast Sehnsucht nach deiner Insel. Eine Arbeitsstelle sollte dich nicht so fern von allem tragen, was dir wichtig ist. Sie sollte dich herausfordern, aber dir keine Angst machen. Sie sollte dich nicht unglücklich machen. Was machst du noch hier, Liebes?«

Mattes

Es war stürmisch an diesem Freitag. Der Wind peitschte über den Strand und ließ ihn wie eine Wüste aussehen, gleichzeitig brüllte das Meer. Immer wieder schossen hohe Wellen in die Luft, und wie erwartet nutzten einige Surfer und Kiter die optimalen Bedingungen für ihre Sportart.

Mattes war unterwegs zu Leni Struck. Letzte Woche hatte er Anna angerufen, und sie hatte ihn für heute zu Leni eingeladen. Nun war es also so weit, und er erfuhr den Grund ihrer Geheimniskrämerei.

Warum er dafür zu Sveas Großmutter kommen sollte, war ihm schleierhaft, aber auch das würde er wohl gleich erfahren.

Er machte vorher noch einen kurzen Abstecher zum Bäcker, und klingelte kurze Zeit später mit einem Tablett voller süßer Köstlichkeiten bei Leni.

Sie lächelte ihn erfreut an, als sie die Tür öffnete, und streckte den Kopf heraus, um sich umzuschauen, bevor sie ihn ins Haus zog.

»Ich konnte meine Verfolger abschütteln«, frotzelte Mattes.

Sie lachte auf. »Gut gemacht! Dafür bekommst du einen originalen Strucki-Kaffee.«

Er folgte ihr in die Küche. »Ist das was Gefährliches? Ein Wahrheitsserum oder so?«

»Ach, das brauche ich bei dir nicht. Du wirst mir auch so alles verraten, was ich wissen muss!«, behauptete sie und grinste.

»Ich habe keine Geheimnisse!« Mattes stellte das Kuchentablett auf dem Tisch ab und beugte sich zu Anna, um sie zu umarmen.

»Hallo, mein lieber Mattes«, sagte sie und deutete auf einen Platz am Tisch.

Er setzte sich und sah sich um, immerhin war er noch nie hier gewesen.

Die kleine Küche bestach durch einen außergewöhnlichen Charme. Alte und moderne Elemente erweckten den Eindruck, dass Leni sich gern und viel hier aufhielt. Ein Airfryer stand neben einer uralten Kaffeemühle, ein Gasherd neben einem amerikanischen Kühlschrank. Was zusammengewürfelt aussah, wirkte auf ihn charakteristisch. Bunte Wände und Grünpflanzen rundeten das Ganze ab.

Diese Küche passte zu Leni.

Heute war sie verhältnismäßig unauffällig gekleidet. Sie trug einen schwarzen Hosenanzug und das Haar offen. Große schwarze Ohrringe rundeten das Outfit ab.

Er hatte keine Ahnung, wie alt sie war, aber sie wurde lebensfroh älter, so viel stand fest.

Anna hingegen hatte ihr langes Haar zu einem Zopf geflochten und trug ein einfaches, rosafarbenes Shirt.

»Wie geht es dir, Mattes?«, fragte Leni, als sie einander gegenübersaßen, Kaffee tranken und Kuchen aßen.

»Ach, das passt schon«, sagte er. »Mein Leben ist nicht sehr aufregend.«

Die beiden Frauen tauschten einen Blick.

»Nun«, begann Anna.

»Unseres auch nicht«, stellte Leni Struck in ihrer trockenen Art fest. »Und wir haben uns gefragt, ob du uns helfen würdest, das zu ändern.«

Mattes lachte leise auf, aber mehr vor Überraschung. Was kam denn jetzt? »Das klingt unanständig, aber ich gehe davon aus, dass ihr das nicht so meint.«

Leni gluckste, und Anna wurde doch tatsächlich ein bisschen rot. »Wir wollten es nicht vor den anderen sagen. Sie würden es uns nur ausreden, oder im schlimmsten Fall mitkommen wollen.«

Er hob die Augenbrauen. »Mitkommen?«

»Du weißt, dass meine Enkeltochter vor etwa anderthalb Jahren nach Norderney gezogen ist«, begann Leni, legte ihre Hände auf den Tisch und faltete sie ineinander. »Dass Svea auch geblieben ist, damit ist einer meiner größten Wünsche in Erfüllung gegangen. Denn durch sie habe ich auch wieder Kontakt mit Reena, meiner Tochter.«

Mattes nickte. Davon hatte er gehört.

Sie lächelte und fuhr fort: »Ich habe schon lange den Wunsch, noch einmal zu verreisen. Früher haben wir das gern gemacht, mein Mann und ich. Gott hab ihn selig. Aber lange Zeit wollte ich nicht wegfahren, weil ich ja die Ferienwohnung und den Laden habe. Seit Svea da ist, erlaube ich mir wieder, zu träumen. Jetzt ist das Kind verheiratet. Sie wird also auf Norderney bleiben, und ich würde ihr jederzeit mein Haus, die Ferienwohnung und mein Geschäft anvertrauen. Und so lange sie kein Baby hat, braucht sie mich nicht.« Leni schnaubte. »Sie wird mich auch danach nicht brauchen, ich weiß. Lass mir die Illusion.«

Anna kicherte und strich Leni in einer vertrauten Geste kurz über den Arm. »Loslassen ist immer schwer.«

Mattes staunte. »Und nun wollen Sie Ihre erträumte Reise nachholen?«

Die alte Dame nickte, nahm eine lange Haarsträhne in die Hand und ließ ihre Finger gedankenverloren durchgleiten. Dann ruckte ihr Kopf zu ihm, und sie nickte bestimmend. »Ja, das will ich. Wir möchten dich bitten, eine seniorinnengerechte Weltreise zu planen.«

»Wow!« Die Lehne des Holzstuhls knarzte, als er sich zurückfallen ließ. »Ladys, das haut mich nun um.«

Anna und Leni grinsten. Letztere stand auf und holte eine

Flasche Schnaps aus dem Schrank. »Du auch?«, fragte sie Mattes, während sie drei Stumpen eingoss.

»Ausnahmsweise.« Er nickte ihr zu, während er sein Handy herausholte und die Suchfunktion benutzte.

»Wir wissen, welche Angebote es gibt«, sagte Anna zu ihm. »Falls du danach schaust. Aber wir vertrauen den Leuten nicht. Auf Norderney gibt's keinen Reiseanbieter, der das macht, und bei denen vom Festland muss man alles online machen. Wir würden dich für deine Mühe selbstverständlich bezahlen.«

Mattes runzelte die Stirn. »Nein, darum geht es mir nicht. Wieso sollte ich denn Geld dafür nehmen?«

»Weil deine Zeit etwas wert ist?« Leni stellte ihm das kleine Glas hin, aus dem ihm ein scharfer Kräutergeruch in die Nase stach.

»Wenn ich das mache, dann weil ich diese Idee ganz großartig finde. Aber dazu brauche ich mehr Infos – und was zum Mitschreiben. Dann informiere ich mich, und dann sehen wir weiter. Ich bin kein Fachmann für Reisen.« Er sah zwischen den beiden Frauen hin und her.

»Nein, aber für ältere Leute.« Anna lächelte, hob ihr Glas, und sie stießen an.

Nele

Alexander Fichtel war ein rothaariger, sympathischer Mann Mitte vierzig, der sich vor einigen Jahren neu orientiert hatte und nun seine Berufung zum Lebensinhalt machte. Wie Nele hatte er als Altenpfleger angefangen und war nach und nach im Gesundheitswesen immer unglücklicher geworden, bis er beschlossen hatte, sich mit einem Kollegen und einer Kollegin selbstständig zu machen. Ihr mobiler Pflegedienst hatte in München schnell an Klientel gewonnen.

»Wir wachsen schneller, als wir arbeiten können«, sagte er lachend, als Nele und er in einem italienischen Restaurant beim Nachtisch angekommen waren. »Deshalb suchen wir auch mehr Personal.«

»Ich kann mir vorstellen, dass es aufregend ist, wenn die eigene Firma groß wird. Mein Bruder betreibt einen Fahrradladen und hat in den letzten zwei Jahren einige Änderungen vorgenommen. Das war jedes Mal mit schlaflosen Nächten und viel Adrenalin verbunden«, erzählte Nele.

Dass sie die meisten Entwicklungen im *Radlager* nicht persönlich mitbekommen hatte, erwähnte sie nicht.

»Verzeih die Frage, aber welche Upgrades kann ein Fahrradladen machen? Geht es da nicht nur um den Verleih an Touristen?« Entschuldigend hob er die Hände. »Keine Wertung, nur reines Unwissen eines Menschen, der noch nie auf einer Insel war.«

Nele lachte leise. »Du warst noch nie auf einer Insel? Warum nicht?«

Alex zuckte die Schultern. »Uns zieht es immer mehr in die Berge. Meine Frau und ich sind beide hier aufgewachsen.

Wie dir das Meer sind uns die Alpen in die Wiege gelegt worden.«

»Und du vermisst nie das, was du gerade nicht hast oder kennst?«

»Nein.« Irritiert sah er sie an. »Ist das der Grund, warum du im Schwarzwald arbeitest?«

»Hm, ja«, gab sie zu und zog die Nase kraus. »Ich liebe die Insel, aber ich habe das Gefühl, es gibt noch so viel mehr zu entdecken.«

»Ich glaube, so geht es vielen. Uns jedoch nicht. Unsere Kinder gehen hier zur Schule, die Familien sind um München herum. Wir verreisen mal ganz gern, aber im Grunde meines Herzens bin ich froh, wenn ich durch meine Straßen fahre und meine alten Leute versorgen kann. Mehr brauch ich nicht.«

Seine Worte rührten etwas in Nele an. Sie hatte so viele verschiedene Meinungen zu diesem Thema gehört, dass sie ihre eigene Stimme immer deutlicher wahrnahm. Hatte sie vor Kurzem noch Angst gehabt, ihre Liebsten würden sie beeinflussen, so entwickelte es sich nun genau anders. Immer mehr Widerstand und Zustimmung regte sich in ihr. Ihre Meinung war klar und deutlich in ihrem Herzen zu vernehmen, und es war nur fair, sie Alexander auch mitzuteilen.

»Alex, das klingt alles so toll, wirklich«, begann sie und suchte seinen Blick.

»Aber du lehnst mein Angebot trotzdem ab«, vervollständigte er ihren Satz. »Ich sehe es dir an.«

Überrascht blinzelte sie. »Was siehst du mir an?«

»Je mehr ich von München schwärme, desto distanzierter wirst du. Körpersprache, Haltung, dein Blick. Du willst einen Job, aber nicht so weit von zu Hause weg, nicht in den Bergen.«

Ertappt nickte Nele. »Ich würde diesen Job mit Kusshand nehmen, wenn du ihn mir im Norden Deutschlands anbieten würdest. Aber die Entfernung – ich fühle es immer weniger. Das hast du richtig erkannt.«

»Es ist gut, wenn du weißt, wo du hingehörst. Solltest du es dir je anders überlegen, ruf mich an. Du würdest gut in unser Team passen.«

Die Erleichterung der Entscheidung flutete Nele.

Ihr wurde erst in diesem Moment wirklich bewusst, wie schwer die Last gewesen war, wie hoch der Druck, dabei war es ein selbst gemachtes Problem gewesen.

Sie war sich klar darüber gewesen, dass sie nur noch ihren Instinkten trauen wollte, und doch hatte sie sich fehlleiten lassen. Hatte ignoriert, wie glücklich sie auf Norderney war. Hatte sich hinter ihrer Angst versteckt, eine falsche Entscheidung zu treffen, wenn diese Entscheidung für einen Mann ausfiel.

Aber jetzt, mit dem Wissen, dass sie wieder nach Norderney fahren würde, dass sie mit Mattes zusammensein und in Ruhe überlegen konnte, wie es weiterging, kribbelte es in ihr.

Nele würde nach Hause fahren. Diesmal wirklich.

»Du strahlst heute ja so. Hattest du einen schönen Tag?« Heiner tätschelte ihre Hand.

Nele schob sie sacht zur Seite, immerhin wollte sie ihm gerade eine Spritze verabreichen. »Nun halt still!«, schimpfte sie liebevoll mit ihm.

»Aber ich würde lieber wissen, warum du so gute Laune hast, als mich von dir pieken zu lassen.« Er verzog das Gesicht, weil sie sich nicht beirren ließ und ihm das notwendige Medikament verabreichte. »Immerhin muss es ja einen Grund haben, warum du so grinst. Sag schon, wie heißt der Glückliche?«

Nele lächelte. Sie verstaute das Spritzenzubehör in dem Eimer, der auf dem Tisch neben dem Bett stand, und warf die Verpackungstütchen in den Müll. »Raik, und er ist mein Bruder«, antwortete sie.

»Dein Bruder, also. Und ich dachte, es wäre aufregender. Guck mal, es schneit wieder.«

Wie Heiner sah sie aus dem Fenster. Boden und Bäume waren bereits von einer dichten Schneeschicht bedeckt. Weich und flauschig sah es aus, und weil das Fenster zum Garten hinausging, auch nahezu unberührt. Nur im hinteren Teil, unter dem Baum, schienen Tierspuren im Schnee zu sein.

»Ich bin ganz froh, wenn mein Leben nicht so aufregend ist«, sagte sie.

»Und doch nimmst du eine Arbeit am anderen Ende von Deutschland an. Übrigens war ich noch nie auf deiner Insel«, antwortete Heiner. »Erzählst du mir davon? Und warum dein Bruder dich so glücklich macht?«

Nele zog den gemütlichen Sessel, der an der Wand stand, ans Bett heran und setzte sich hinein.

»Ich glaube, dass mein ältester Bruder mir der wichtigste Mensch auf der Welt ist. Und als ich vorhin von meinem Vorstellungsgespräch kam, habe ich ihn angerufen. Ich habe ihm gesagt, dass ich nächste Woche nach Hause komme.«

»Verstehe. Und darüber hat er sich gefreut, nehme ich an.«

Sie nickte. »Ja. Vor allem, weil ich ihm von dem Jobangebot vorher nichts erzählt habe.«

»Was macht dein Bruder beruflich auf deiner Insel?«

»Er hat den Fahrradverleih unseres Vaters übernommen.«

»Hach. Das muss schwierig sein, darauf angewiesen zu sein, dass Leute auf die Insel kommen und Räder ausleihen.«

»Man muss das wollen«, bestätigte sie. »Das ist der Preis für das Leben auf einer Insel. Es hat Vor- und Nachteile, weißt du.«

»Und deshalb strahlst du so? Weil er sich freut?«

Sie wiegte den Kopf hin und her. »Nun, vielleicht habe ich da was angestoßen und bin ein bisschen aufgeregt.«

Nach dem Mittagessen mit Alex hatte sie lange mit Raik telefoniert. Sich alles von der Seele geredet, was es ihr so schwer machte, und es war so schön gewesen, Raiks Stimme zu hören, seine Freude darüber, dass sie nicht nach München gehen, sondern erst mal auf Norderney bleiben würde.

Und als er dann fragte, ob sie nicht auch Mattes anrufen wolle, hatte sie instinktiv Nein gesagt – doch ihr Bruder hatte nicht lockergelassen. Also hatte sie ihm alles erzählt.

Mit Mattes war seit über einer Woche Funkstille. Er schrieb ihr nicht, sie schrieb ihm nicht. Nele zweifelte nicht daran, dass er an sie dachte, so wie auch ihre Gedanken immer bei ihm waren. Aber da stand noch was zwischen ihnen, und diese Hürde musste überwunden werden.

Denn auch wenn sie nach Norderney zurückkehren würde, so bedeutete das nicht, dass sie Mattes' Traum von einer Zukunft erfüllen könnte. Darüber würden sie reden müssen – allerdings musste er dafür bereit sein, sie anzuhören. Und Raik hatte ihr den nötigen Impuls gegeben.

Heiner beobachtete sie mit einem Lächeln auf den Lippen.

»Ich bin in jemanden verliebt, weißt du. Und ich hoffe, dass er sich bei mir meldet.«

»Oh, das ist aber schön. Da drücke ich die Daumen, dass dieser besondere Mensch dein Lächeln zu sehen bekommt. Du siehst sehr glücklich aus.«

»Er hat mich glücklich gemacht, ja.« Ein Lächeln zupfte an ihren Mundwinkeln. Die gleichen Worte hatte sie gestern Heiners Frau gegenüber benutzt. »Ich hoffe, dass unsere gemeinsame Reise noch nicht vorbei ist. Aber das ist es nicht allein. Wir sind eine große Familie, du weißt ja, ich habe vier Geschwister, und nun werden es immer mehr Menschen. Die Kleinste hat einen festen Freund und ist auf einmal erwachsen, die Zwillinge sind urplötzlich verheiratet und bekommen Kinder.« Rührung drückte ihre Kehle hoch, denn auch das war eine riesige Neuigkeit gewesen. Raik hatte ihr am Telefon erzählt, dass Svea und er ihr erstes Kind erwarteten. »Es ändert sich so viel, und ich erinnere mich immer wieder daran, dass mein Bruder Klaas, der so lange in Oldenburg lebte, mal sagte, wie ausgeschlossen er sich fühlte. Wenn etwas geschah, war er nicht vor Ort. Ich habe damals immer gesagt: ›Hey, es ist doch deine Entscheidung.‹«

»Und nun merkst du, dass es auch deine ist«, begriff Heiner, und Nele zog die Nase kraus.

»Menschen sind komisch. Das Gras auf der anderen Seite ist immer grüner.«

»Dir fehlt das alles.« Er lächelte müde. »Das verstehe ich gut. Familie, Heimat und die Liebe ist doch alles, was wirklich zählt. Und wenn du dich einsam fühlst, geh zurück. Halt fest an dem, was dein Herz berührt.« Der alte Mann griff nach ihrer Hand. »Du hast Rosalie ihren Abschied so viel leichter gemacht, und du hilfst uns gerade wirklich wunderbar. Aber dein eigenes Leben solltest du dir auch nicht unnötig schwer machen. Räum deine Hindernisse aus dem Weg, Schätzchen. Das Leben ist zu kurz.«

Sie drückte seine Hand. »Bereust du irgendwas in deinem Leben?«

Einen langen Moment dachte er darüber nach, und fast schon dachte Nele, er sei eingeschlafen. Doch dann schüttelte er den Kopf. »Nein, ich glaube nicht. Ich habe ein gutes Leben gelebt. Wichtig an unseren Entscheidungen ist doch, dass sie für den Moment, in dem wir sie treffen, die richtigen sind. Dann müssen wir nie etwas bereuen.«

»Ich bereue einige meiner Worte und Reaktionen«, gestand sie leise und hoffte, dass Mattes das erkennen würde. »Aber ich bereue nicht, hergekommen zu sein.«

»Das beruhigt mich. So oder so wirst du bald zu Hause sein.«

»Ja. Und das fühlt sich unglaublich gut an.«

Mattes

Leni und Anna wussten genau, was sie wollten. Sie hatten ihm einige Länder genannt, die sie sehen wollten, ein Budget vorgegeben, Bedingungen und Hürden aufgezählt. Beide waren um die siebzig Jahre alt und konnten sich nicht als Backpacker durchschlagen. Also würde er ihnen Optionen vorschlagen, die ihnen Sicherheit und einen gewissen Komfort boten, aber gleichzeitig auch das Abenteuergefühl nicht vollends untergruben.

Anna war es fast egal, wohin die Reise führte. Sie freute sich diebisch darauf, noch einmal was von der Welt zu sehen, und am meisten, dass sie ihren Sohn nicht einweihen musste, der sie sicher nicht hätte allein fahren lassen.

Mattes empfand das als sehr spannend. Er liebte es, dass sich seine eigene Familie gerade annäherte, im Gegenzug andere sich ein wenig Distanz wünschten. Manchmal fragte er sich, ob zu viel Nähe Menschen veranlasste, doch hin und wieder auszubrechen.

Die beiden Frauen hatten es niemandem erzählt, was sie miteinander ausheckten, denn ›Ruthchen ist nicht für so was‹ und ›Fiete ist zu anstrengend‹.

Es machte ihm einen Heidenspaß, den beiden zu helfen, und die Planung der Weltreise lenkte ihn ein bisschen von der Arbeit ab, aber auch von den Gedanken um Nele.

Über eine Woche war sie nun weg, und er vermisste sie mit jedem Tag mehr. Er scrollte vor dem Schlafengehen durch ihre Chats, las ihre Briefe, verlor sich in den Fotos, die sie gemacht hatten.

Und immer mehr kam das Gefühl in ihm auf, dass er auf

sie zugehen wollte, ihr vorschlagen, dass sie über ihre Art der Beziehung reden sollten, statt davon ausgehen, dass es nicht klappen könnte, ein Paar mit einer Fernbeziehung zu sein. Da war eine vage Ahnung in ihm, dass er sich in seinen Gedanken um dieses Thema verzettelt hatte. Aber so richtig greifen konnte er das noch nicht. Und so lange er sich nicht sicher war, wie er dazu stand, wollte er sie nicht behelligen. Er musste klar sein, wenn er mit ihr sprach, und die eine Woche, die es noch dauerte, bis sie wohl zurückkam, würde ihm dabei helfen.

Darüber nachdenken war besser als ein unkoordinierter Schnellschuss, auch wenn es ihm schwerfiel, sich nicht bei ihr zu melden. Er las ihre Nachrichten im Freundes-Chat und wünschte sich mehr als einmal, sie würde ihm mit leuchtenden Augen davon erzählen, was sie erlebte. Und zu seinem Erstaunen schmerzte das gar nicht, sondern löste eher noch mehr Sehnsucht aus.

Er vertrieb die Gedanken, so gut es ging, holte sich in der Mittagspause ein Fischbrötchen, und als er eben das *Haus Lichtblick* wieder betrat, kündigte sein Handy eine Nachricht an.

Zu seiner Überraschung war sie von Nele. Eben hatte er noch dran gedacht, wie gern er Teil ihres Lebens sein und bleiben wollte, und nun kam eine direkte Nachricht von ihr. Kurz hintereinander trafen zwei Fotos ein. Doch in dem Moment, in dem er sie anklicken wollte, schallte die Stimme seines Chefs durch den Flur.

»Mattes, he, können wir kurz reden?«

Verdammt.

Er schaltete sein Smartphone aus und ignorierte sein schneller schlagendes Herz, schob das Telefon in die Hosentasche und rief: »Klar.«

Holger nickte ihm zu und verschwand in seinem Büro, also folgte Mattes ihm.

Was hatte sie ihm da nur geschickt? Auf den ersten Blick hatte es wie etwas Geschriebenes ausgesehen, aber dafür fand er auf die Schnelle keine Erklärung. Und das musste wohl auch noch ein bisschen warten.

Holger saß hinter seinem Schreibtisch, und zum ersten Mal fiel Mattes auf, wie abgeschlagen und müde er aussah. Besorgnis stieg in ihm auf.

»Moin«, begrüßte er ihn zuerst und setzte sich seinem Chef gegenüber.

Holger nickte. »Moin. Ich habe eine Mail von Doris Mengler bekommen, in der sie ausdrücklich bestätigt hat, dass das private Tagebuch ihrer Mutter ein Geschenk für dich ist. Somit haben wir das nun auch in den Akten«, fiel er direkt mit der Tür ins Haus.

»Äh, okay«, erwiderte Mattes. Das Thema hatte er für sich längst abgehakt.

»Ich wollte mit dir aber über etwas anderes sprechen.«

Mattes hatte keinerlei Vorstellung, was sein Chef auf dem Herzen haben könnte, und ging gedanklich die verschiedenen Themen durch. Vielleicht hatte Holger mit Oles Familie gesprochen, dass sie ihn doch in ein anderes Heim verlegen müssten. Allerdings bestand auch die Möglichkeit, dass Mattes eine Sonderaufgabe bekam – oder einen Vortrag, weil er wieder einmal irgendwas nicht so gemacht hatte, wie sein Chef es erwartete.

»Ehrlich gesagt, fällt es mir schwerer, als ich gedacht hätte.« Nervös lachte Holger auf.

Mattes runzelte die Stirn. »Sollte ich beunruhigt sein?«

Sein Chef winkte ab. »Nein. Ich möchte mich bei dir entschuldigen. Es tut mir leid, dass ich dir so oft Steine in den Weg gelegt habe. Ja, guck nicht so. Ich muss zugeben, ich habe dich eingestellt, weil dein Vater mich darum gebeten hat.«

Mattes' erste Überraschung wich einem amüsierten Schnauben. »Darauf hätte ich ein Monatsgehalt gewettet.«

Holger hob die Schultern. »So macht man das hier. Dein Vater ist ein Mensch, den ich sehr schätze, und das nicht nur, weil er Bürgermeister ist. Aber er hat auf Norderney viel angestoßen. Ich hatte Vorurteile, als ich dich gesehen habe. Er hat mich nämlich nicht vorgewarnt, weißt du.«

»Vorgewarnt?« Mattes schüttelte den Kopf. »Hätte nicht gedacht, dass das nötig wäre.«

»Na ja.« Er deutete auf ihn. »Typen wie du haben hier schon oft Ärger bedeutet. Ja, ich weiß. Ich höre mir von meinen Kindern ständig an, dass man Menschen nicht danach bewerten sollte, wie sie rumlaufen. Aber auch ich bin Teil des Systems, weißt du. Ich kenn"s nicht anders, und ich brauch ein bisschen, um meinen Kram zu durchdenken.«

»Als Leiter einer sozialen Einrichtung hätte ich dir mehr Offenheit zugetraut.«

Holger lachte auf. »Das hab ich verdient. Aber dazu muss ich sagen: Meine Vorurteile waren verflogen, als ich dich mit unseren Bewohnern hab arbeiten sehen. Ich habe dich die ersten Monate hart rangenommen und vielleicht auch unfair behandelt. Ich wollte sehen, wie du dich machst, wie du reagierst. Und ich bin extrem zufrieden mit deiner Arbeit. Du bist eine Bereicherung für unser Haus.«

Mattes musterte seinen Chef. Der sah ihn offenen Blickes an, also beschloss er, das Kompliment als solches zu nehmen. Holger war für gewöhnlich nicht sehr freizügig damit. Allerdings löste das Fragen aus, und er stellte sie: »Abgesehen davon, dass ich das zu schätzen weiß: Warum sagst du mir das heute? Da gibt's doch einen Grund zu.«

»Nun«, gab Holger zu, »vielleicht hat eine deiner Kolleginnen ein wenig insistiert.« Er schmunzelte. »Im Ernst: Olivia hat mir die Hosenbeine lang gezogen, als es um den Weihnachtsdienstplan ging. Das war nicht okay von mir, dass ich dich im letzten Jahr die ganzen Feiertage eingeteilt habe. Deshalb hast du nun zwei Tage frei.«

»Verstehe.« Olivia also. Er nahm sich fest vor, sich anständig bei seiner Lieblingskollegin zu bedanken, dass sie sich für ihn eingesetzt hatte.

»Aber das ist noch nicht alles. Ich habe dich in den letzten Wochen beobachtet. Hast du Motivation, mehr zu tun?«

»Wie meinst du das?«, fragte Mattes, nun auf der Hut, denn das klang nach einer Frage, die schnell zu einer Falle werden konnte.

Für ein paar Wimpernschläge betrachtete sein Chef ihn, dann rückte er mit der Sprache raus: »Über kurz oder lang wird das *Haus Lichtblick* einen neuen Einrichtungsleiter brauchen, und ich würde dir gern ans Herz legen, dich um diese Stelle zu bemühen.«

»Uff«, rutschte Mattes heraus, und er richtete sich in seinem Stuhl auf. »Moment. Wieso? Was ist passiert?«

Holger kicherte fast ein bisschen diebisch. »Ich freue mich, dich so überraschen zu können.« Mit einem Mal wirkte sein Chef so viel lockerer, so viel leichter. »Passiert ist, dass meine Eltern nicht mehr die Jüngsten sind und ich nicht noch mehr Zeit mit ihnen versäumen möchte. Und … Ich habe jemanden kennengelernt. Es zieht mich woanders hin. Meine Kinder kennen sie bereits, und ich fühle mich hier auf Norderney ein bisschen weit weg vom Schuss.« Er lachte auf. »Du guckst, als hätte ich dir erzählt, dass ich nach Neuseeland auswandere.«

»Ja, ich …« Mattes fuhr sich durch die Haare. »Das sind ein paar Neuigkeiten zu viel auf einmal. Also, zuerst: Glückwunsch. Und dann: Wann?«

»Du bist nicht ausgebildet für diesen Job. Aber würdest du dir das überlegen, würde ich so lange warten. Wenn ich bei meiner Kündigung eine Empfehlung ausspreche, ist das eine ziemlich sichere Angelegenheit. Es dauert etwa zehn bis zwölf Monate, die entsprechende Qualifikation zu bekommen.«

»Und ein Jahr würdest du noch ausharren? Wegen mir?«

Holger beugte sich vor. »Mattes, ganz ehrlich, wir haben ein verdammt gutes Team, aber es wird sich verändern. Zwei Kolleginnen aus der anderen Schicht werden uns verlassen, dafür laufen gerade die Bewerbungen und derzeit sieht es aus, als würden wir dann auch wieder ein paar männliche Mitarbeiter dazubekommen. Jekaterina denkt auch über einen Wechsel nach, und sie wäre die Einzige, die ich mir als Leitung außer dir vorstellen könnte. Die Art, wie du mit den Menschen umgehst, ob Team oder Bewohner, qualifiziert dich einfach für eine leitende Position.«

Mattes war sprachlos. Mit allem hatte er gerechnet, aber nicht damit, dass sein Chef – der ihm nun mehr als ein Jahr das Gefühl gegeben hatte, dass er ihm lästig sei – ihn für eine höhere Position empfehlen würde.

Einrichtungsleiter. Das wäre seine Chance, Dinge zu verändern. Strukturen aufzulösen, die er eher als Hürden denn hilfreich empfand. Mehr für die Bewohner und Bewohnerinnen tun. Den Kampf weiter vorne führen statt an unterster Stelle.

Sein Herz flatterte, und in seinem Magen setzte ein Kribbeln ein.

»Da rattert der Kopf.« Holger lachte leise auf. »Denk in Ruhe drüber nach, informier dich.« Er schob Mattes eine Mappe zu, die zwischen ihnen auf dem Tisch gelegen hatte. »Ich hab ein bisschen vorgearbeitet. Es würde mich wirklich freuen, wenn du zusagst.«

Mattes nahm die Unterlagen an sich. »Danke, Holger. Ich weiß das echt zu schätzen.«

Sie sprachen noch kurz über andere Dinge, doch als er das Büro seines Chefs verließ, begleiteten Holgers Ansprache und sein Angebot ihn den Rest seiner Schicht. Im Grunde seines Herzens war Mattes' erster, instinktiver Gedanke ein lautes Ja gewesen. Eine bessere Möglichkeit, auf Norderney zu bleiben, etwas zu verändern, mehr zu erreichen, den Job so zu gestalten, wie er es gern tun würde, würde er nicht bekommen.

Ohne einen Vorgesetzten, der immer wieder die Handbremse angezogen hatte.

Mattes war so mit diesem Thema beschäftigt, dass er erst kurz vor Feierabend dazu kam, die Nachricht von Nele zu lesen.

Zuerst rief er ihren Chat auf und schrieb eine Entschuldigung. Immerhin waren die Bilder seit Stunden als gesehen markiert, ohne dass er reagiert hätte. Und er wollte nicht, dass sie dachte, er würde ihr immer noch nicht antworten.

> Entschuldige, die Arbeit hat mich in dem Moment abgelenkt, als deine Nachricht kam. Schaue mir direkt an, was du mir geschickt hast.

Sie antwortete sofort.

> Danke fürs Bescheid sagen, hatte schon befürchtet ...

Als Antwort schickte er nur einen Kuss-Smiley, denn nun war seine Neugier geweckt. Er öffnete das erste Bild.

Es war ein Brief.

Die vertraute Schrift.

Schmetterlinge tanzten in seinem Bauch.

Was war so wichtig, dass Nele ihm einen Brief schrieb?

Mattes wurde nervös.

Mit jedem Satz kribbelte es mehr in seinem Magen. Manche musste er mehrmals lesen, um zu verstehen, was Nele ihm sagen wollte. Als er die drei Worte am Ende des Briefes las, schlug sein Herz Purzelbäume.

Jede Müdigkeit des Arbeitstages war verflogen.

Pures Adrenalin schoss durch seine Adern.

Er atmete tief durch, sah auf die Uhr.

Lief über den Flur zu Holgers Büro.

Klopfte an, wartete ungeduldig.

Mit dem »Ja?« öffnete er die Tür, streckte lediglich seinen Kopf durch den Spalt.

»Ich mach's. Aber ich brauche das Wochenende frei.«

Holger hob die Augenbrauen und musterte ihn. Dann lächelte er. »Wir sehen uns Montag um sechs.«

Eine Stunde später befand sich Mattes auf der letzten Fähre, die ihn an diesem Abend aufs Festland bringen würde.

Neles Brief an Mattes

Mein lieber Mats,

es ist Freitagabend, heute war ein aufregender Tag.

Ich hatte das Vorstellungsgespräch, na ja, im Grunde war es keins mehr. Den Job hatte ich im Grunde sicher, es lag nur an mir, mich zu entscheiden. Alexander ist ein wirklich angenehmer Mensch, er liebt diese Arbeit, wir haben viele Gemeinsamkeiten festgestellt. Und zu jedem anderen Zeitpunkt hätte ich so einen Job mit Kusshand genommen.

Aber um es kurz zu machen: Ich habe abgelehnt.

Als ich dich zu Beginn unserer Reise vorwarnte, dass ich nicht wirklich weiß, was ich will, hatte ich nicht geahnt, dass es sich zwischen uns so intensiv entwickeln würde. Und je mehr wir zusammenfanden, desto mehr Angst habe ich verspürt. Angst, mich voll auf dich einzulassen, eine Beziehung so in den Fokus zu stellen, mich zu verlieren und meine Wünsche in den Hintergrund zu drängen. Letztlich war das der Grund, warum ich den Job überhaupt in Betracht gezogen habe. Um zu zeigen, wie selbstbestimmt ich bin, und dass kein Mann der Welt mich je wieder an sich ketten wird. Dabei wolltest du das nie. Du hast keinerlei Anstalten gemacht, mich zu etwas zu überreden, und ich brauchte eine Weile, zu verstehen, dass Wünsche und Sehnsüchte nicht gleich Anforderungen sind. Das alles zeigte mir deutlich, dass ich nicht bereit war, dir zu vertrauen. Und dafür möchte ich mich entschuldigen.

Die letzten Tage waren bitter und schmerzhaft.

Ich möchte nicht mehr weglaufen, Mattes, ich will deine Freundin sein und dir und uns vertrauen.

Am Montag hat Moni ihre letzte Untersuchung, danach werde ich nach Hause kommen – und erst einmal bleiben.

Und ich würde mich über alles auf der Welt freuen, wenn wir uns sehen würden, wenn wir reden könnten. Du und meine Familie, ihr fehlt mir so sehr.

Es tut mir von Herzen leid, was an unserem letzten Abend passiert ist. Das war nicht fair.

Ich liebe dich.
Nele

Mattes

19:15, Fähranleger Norderney

He, Hobbit. Ich hab deinen Brief gelesen.

Hast du an deinem Schreibtisch gesessen und unser Lied gehört?

19:21 während der Überfahrt nach Norddeich

Hätte ich gern, aber ich war auf der Arbeit. Hab's nicht bis zu Hause ausgehalten :)

Das verstehe ich :D

20:48, Tankstelle Aurich

Was machst du gerade?

Es ist Freitagabend, was soll ich schon machen? Ich suche meine coolsten Klamotten heraus und style mich, um Freiburg aufzumischen.

Nein, die Wahrheit ist: Ich sitze im Schlafanzug mit Chips im Bett und binge Serien.

20:54 Tankstelle Aurich

Dann stör ich ja nicht so sehr :)

Danke für den Brief. Ehrlich, ich hab mich total gefreut. Dass du dich gemeldet hast, was du geschrieben hast. Du weißt, dass ich dich auch liebe, oder? Wir sollten dringend über ein paar Dinge sprechen <3

Ach, Mats. Ich komme am Mittwoch nach Hause. Sehen wir uns?

21:05, McDonald's, Aurich

Ich habe viel über uns nachgedacht, darüber, wie wir eine Beziehung führen könnten, wenn du keine Arbeit auf Norderney hättest. Und ich glaube, ich war ganz schön engstirnig. Ich hoffe, du hast den Job nicht nur wegen mir abgesagt. Mittlerweile denke ich, dass wir das hinbekommen hätten. Irgendwie muss es doch funktionieren, wenn die Gefühle da sind. Glaube immer noch fest daran, dass Liebe alles hinkriegt.

Und klar sehen wir uns.

Nein, ich hab ihn nicht wegen dir allein abgesagt. Aber ich weiß nun, dass ich nicht wieder neu anfangen will. Ich möchte auf Norderney sein. Bei dir.

Du fehlst mir.

23:18, Autobahn-Raststätte

Du fehlst mir auch, Hobbit.

Dann haben wir noch eine Chance?

Nele

Nele wurde davon wach, dass ihr Handy piepste.

Mit den Gedanken bei Mattes griff sie sofort danach.

Der erste Blick fiel auf die Uhr, es war mitten in der Nacht, eher schon früher Morgen.

Ihre letzte Frage hatte Mattes nicht mehr beantwortet. Aber es war schon spät gewesen. Sie wusste nicht, welche Schicht er am nächsten Tag hatte, generell ging er zeitig ins Bett. Sie sollte sich keine Sorgen machen.

Und doch hatte sie noch lange wach gelegen und auf eine Antwort gehofft.

Schläfst du?

Nein, Mats, jetzt nicht mehr. :)

Entschuldige. Außergewöhnliche Ereignisse erfordern außergewöhnliche Maßnahmen. Es ist vermutlich eine vermessene Frage, weil's echt richtig kalt ist, aber würdest du mal kurz nach draußen kommen?

Nach draußen kommen? Mitten in der Nacht?

Nele stürzte aus dem Bett und zum Fenster. Sie zog das Rollo hoch, und tatsächlich: Unter der Laterne auf der anderen Straßenseite stand ein Auto, und vor diesem Auto stand ein Mann.

Mattes.

Der in diesem Moment grüßend die Hand hob und dabei das schönste Lächeln auf den Lippen trug.

Ihr Herz hüpfte, während sie sich in ihre Klamotten warf und ihm dann schrieb.

Ich mach dir auf.

Mattes

Er war noch nicht ganz an der Haustür, da flog sie ihm in die Arme. Überrascht fing er sie auf, drehte sich mit ihr, doch der Schwung war zu groß, und der gefrorene Boden zu glatt unter seinen Stiefeln.

Mattes verlor das Gleichgewicht, und zusammen fielen sie in den Schnee, der zu beiden Seiten des Weges aufgetürmt war. Es stob in alle Richtungen, doch der Aufprall war weniger schmerzhaft als erwartet. Nele lag sicher in seinen Armen auf ihm, mit verstrubbelten Haaren und roten Wangen.

»He, Hobbit«, sagte er leise, während die Liebe zu dieser Frau sein ganzes Wesen ausfüllte, ihn in jeder Faser seines Körpers wärmte.

»Lieblingsmats.«

»Verzeih, dass ich dich geweckt habe.«

Ihre Augen leuchteten, und ihr Lächeln war das Schönste, was er seit Langem gesehen hatte.

Nele

Wenn sie jemand fragen würde, was sie am meisten an Mattes vermisst hatte, dann war es dieser Blick.

Er sah sie an, als wäre sie die schönste Frau der Welt, und vermutlich war sie das für ihn auch, trotz all ihrer Ängste, Fehler und Makeln.

Nele hatte die Kontrolle über ihr Herz verloren, als sie die Haustür geöffnet und ihn wahrhaftig auf sich hatte zukommen sehen. Ihre Beine hatten ein Eigenleben entwickelt und waren zu ihm gerannt, und mit Mattes' Umarmung hatten sich alle Sorgen in Luft aufgelöst.

Er gab ihr das Gefühl von Sicherheit. Das Wissen, sich nicht ändern zu müssen. Sich nicht aufgeben zu müssen.

Für ihn war sie perfekt. Für Mattes war sie genau richtig, wie sie war. Aber was das wirklich Wichtige war: Sie hatte endlich verstanden, dass ihre Gefühle genau richtig waren.

Dass sie richtig und genug war.

Mattes

»Ich liebe dich auch«, flüsterte er leise. »Das wollte ich dir persönlich sagen.«

Denn das waren die letzten Worte ihres Briefes gewesen.

Die Worte, die alles in ihm zum Schwingen gebracht hatten.

Neles Lächeln vertiefte sich. »Da bin ich aber froh.«

Er rieb seine Nase an ihrer. »Du hast eine kalte Nase.« Hoffentlich wärmte der kleine Kuss, den er dem kalten Näschen gab, es ein bisschen.

»Ich weiß nicht, aber mitten in der Nacht im Schnee zu liegen, könnte damit zu tun haben.« Mit beiden Händen strich sie seine Haare zurück. Aufmerksam musterte sie ihn, als wollte sie prüfen, ob er sich verändert hatte.

Er ließ es geschehen, denn es gab nichts zu verbergen.

Nicht vor ihr.

Nie wieder.

Zusammen würden sie alles schaffen.

»Meinst du, ich kann mit reinkommen oder gibt das Ärger mit deiner Tante?«

»Sie ist nicht da.«

Nele

Es fühlte sich wie ein Déjà-vu an.

Für einen Moment wusste sie nicht, ob es ein gutes oder ein schlechtes Omen war. Damals waren sie in einen Regenschauer geraten und von einem Bus nassgespritzt worden.

Heute war es der Schnee gewesen.

Mattes hatte noch die gleiche Anziehung auf sie wie an jedem Tag, an dem sie zusammen gewesen waren. Seine Augen, seine dunklen Haare, die jetzt, feucht vom Schnee, tiefschwarz waren. Seine Tätowierungen. Die Art, wie er sie ansah.

Die Dusche war größer als bei ihm zu Hause. Sie war ebenerdig, breit gebaut mit Regenwasserbrause, unter der sie standen und sich umschlungen hielten.

Vorsichtig und sanft waren seine Küsse, seine Berührungen, seine Worte.

Und Nele gab sich dem hin, kostete jede Sekunde aus.

Mattes

Auf der langen Fahrt hatte er sich immer und immer wieder überlegt, was er machen würde, wenn er vor ihrer Tür stünde. Dass sie gemeinsam im Schnee landen und danach eine heiße Dusche bräuchten, weil sie erst im Haus gemerkt hatten, wie nass sie geworden waren, war keine seiner Fantasien gewesen.

Er hatte gedacht, sie würde schlafen und seine Nachricht nicht lesen. Für den Fall hätte er im Auto übernachtet und auf den Morgen gewartet.

Dass sie ihn abblitzen ließ, war keine Option gewesen.

Die Nachrichten auf dem Weg zur Autobahn waren seine Absicherung, dass sie ihn wirklich, wirklich wollte. Als hätte der Brief, den er bestimmt einhundert Mal gelesen hatte, nicht deutlich genug ausgedrückt, dass Nele ihn wollte.

Sie liebte ihn.

Er liebte sie.

Mehr brauchte es doch nicht.

Sanft strichen seine Finger über ihre Haut, wanderten tiefer und tiefer. Er beobachtete ihre Reaktion, forderte sie heraus, versank in ihrem Lächeln und ihrem verliebten, glücklichen Blick. Schenkte ihr all seine Liebe.

Er wollte das für den Rest seines Lebens tun.

Egal, was es bedeutete, wie es sich entwickelte.

Mattes würde alles dafür tun, dass diese Beziehung glücklich wurde.

Nele

Sie hatte das Gefühl, die schönste Nacht ihres Lebens zu erleben. Eingekuschelt unter der warmen Decke und in Mattes' Arme kam Müdigkeit über sie. Doch sie wollte nicht einschlafen.

Was, wenn sie aufwachte, und er würde weg sein?

Wenn das alles nur ein Traum war?

»Wie lange kannst du bleiben?«, flüsterte sie.

»Bis Sonntag. Ich hab am Montag Frühdienst.«

»Okay.«

»Wie lange darf ich bleiben?«, fragte er zurück.

Sie lächelte. »Bis Sonntag.«

Er drückte sie an sich. »Du hast mir gefehlt. Ich hab versucht, es zu verdrängen, aber Gott, ich hab dich so vermisst.«

»Es tut mir leid, wie das alles gelaufen ist.«

»Nicht.« Mattes küsste sie auf die Schläfe. »Darüber reden wir nachher. Jetzt will ich nur genießen, dass ich dich wiederhab.«

Nele schob sich aus seinem Arm heraus auf ihn. Sein Körper war ebenso warm wie ihrer, und so auf ihm liegend hatte sie das Gefühl, dass sie miteinander verschmolzen. Dass sich ihre Herzschläge einander anpassten.

Dass sie zusammengehörten.

»Ich kann nicht glauben, dass du wirklich da bist«, flüsterte sie leise.

»Soll ich dir beweisen, dass ich es bin?« Er küsste sie auf die Nase, auf die Stirn, auf die Wangen. Er küsste sie auf den Mund, und dann vergaß sie, was sie gesagt hatte.

»Tantouk hat nichts dagegen, dass du hierbleibst. Sie hat eben geantwortet.«

Es war eine verdammt kurze Nacht gewesen, doch pures Glück belebte sie an diesem Morgen. Während sie geduscht hatte, hatte Mattes Frühstück zubereitet.

Nun saßen sie am Tisch, in immerwährendem Körperkontakt miteinander. Sie konnte nicht fassen, dass er in Freiburg war, dass er diese lange Fahrt auf sich genommen hatte, nur um ihr auf den Brief zu antworten. Ihr zu zeigen, dass er sie so liebte wie sie ihn.

»Danke, das ist nett. Wo ist sie?«

»Sie hat einen Freund, mit dem sie die Wochenenden verbringt, und ich habe sie gebeten, das auch nicht zu ändern, nur weil ich hier bin. Ich kenne ihn noch gar nicht, aber es scheint ihr gut mit ihm zu gehen.«

»Was hättest du denn am Wochenende gemacht, wäre ich nun nicht hier?«

Nele lächelte. »Du bist aber hier«, antwortete sie und schrieb eine schnelle Nachricht an Moni.

»In der Tat!« Er schnappte sich ihre Hand und zog sie auf seinen Schoß. Nele lehnte sich an ihn, und er umschlang sie. Sanft wiegte er sie hin und her.

»Hattest du das Wochenende frei?«

»Nein.« Mattes grinste, und irgendwas daran ließ Nele aufmerksam werden. Sie beäugte ihn, und dann eroberte ein ehrliches Strahlen sein Gesicht. »Ich hab meinem Chef eine Zusage gemacht – und ihn gebeten, mir dafür spontan freizugeben. Und da mein Chef mein neuer bester Freund ist, hat er mich lediglich rausgewunken.«

»Waaaas?« Nele staunte und rückte ein bisschen von Mattes ab. »Erzähl!«

Er lachte. »Holger will aufs Festland ziehen und hat mir seinen Job angeboten.« Nele entfuhr ein überraschender Laut. Das waren ja unglaubliche Neuigkeiten. »Ich muss dafür 'ne

Zusatzausbildung machen. Die Qualifikation, eine Einrichtung zu leiten, habe ich nicht. Aber bis dahin will er bleiben. Er hat mich regelrecht gebeten, das zu machen, und mir gesagt, dass er zufrieden mit meiner Arbeit ist. Und sich für das eine oder andere unfaire Verhalten entschuldigt.«

»Wow«, warf Nele staunend ein. »Das ist ja krass.«

»Oder? Und ich habe angenommen.« Mattes runzelte die Stirn. »Was uns vielleicht irgendwann in die Quere kommt, aber …«

»… das sehen wir dann«, beendete Nele seinen Satz. »Das ist eine großartige Chance für dich.«

Er legte den Kopf schräg. »Ich weiß. Dennoch: Was hast du nun vor?«

»Das weiß ich noch nicht. Erst einmal möchte ich Weihnachten feiern, das neue Jahr einläuten und mir Gedanken darüber machen, wo ich mich sehe. Es ist verlockend, immer mal woanders zu arbeiten, aber gerade ist die Sehnsucht nach Zuhause sehr groß. Also muss ich vielleicht mal andere Optionen bedenken.«

»Mhm. Hast du mal daran gedacht, dich selbstständig zu machen?«

»Inwiefern?«, fragte sie und strich über seinen Nacken. Es war schön, ihm so nahe zu sein, so fest in seinen Armen zu sitzen. Seine Wärme zu spüren.

»Du hast viele Möglichkeiten. Altenpflege geht vielleicht auch anders. Oder Reha-Sport für Ältere.«

Nele nickte. Und wie sie ihn so ansah, kam ihr ein Gedanke, der im ersten Moment ein tiefes Kribbeln in ihr auslöste.

»Ja. Darüber könnte ich mal nachdenken. Aber vielleicht bewerbe ich mich auch in einem Seniorenheim auf Norderney. Gibt da eins, was bald einen ziemlich heißen Chef hat.«

Als Nele am Nachmittag von Moni und Heiner nach Hause kam, fand sie zu ihrer Überraschung Tantouk, Mattes und einen fremden Mann in der Küche in einer lebhaften Diskussion vor. Während der Fremde am Herd stand und ein köstlicher Geruch nach Plätzchen den Raum durchzog, waren Mattes und Tantouk damit beschäftigt, Teig auszustechen. Aus dem Radio klang leise Weihnachtsmusik.

Nele ging das Herz auf. Sie legte ihre Tasche ab und trat näher. Sie konnte sich sehr wohl denken, wer der Fremde war, und freute sich sehr, dass sie ihn endlich kennenlernte.

Bisher hatte Tantouk nämlich ein Geheimnis aus ihrem Freund gemacht, weil sie niemanden der Familie vorstellen wollte, der vielleicht nicht in ihrem Leben bleiben würde.

»He, Hobbit«, sagte Mattes, als er sie bemerkte.

»Da ist sie ja«, rief Tantouk aus und erhob sich. Mit dem Ellbogen, weil ihre Hände voller Teig und Mehl waren, schob sie Nele in Richtung des Fremden und stellte die beiden einander vor. »Nele, das ist Robert. Ich dachte, wenn dein Liebster da ist, wird es auch Zeit, dass du meinen kennenlernst. Schatz, das ist meine Nichte Nele.«

Er zog die Topfhandschuhe aus und reichte Nele die Hand. Ein starker Händedruck, ein warmes Lächeln. Lachfältchen betonten die sanften Augen des Mannes, und Nele schloss ihn auf den ersten Blick ins Herz.

»Ich hab schon viel von dir gehört«, sagte er, und sie grinste.

»Dito. Schön, dass du da bist!«

Tantouk pfiff betont unschuldig vor sich hin, was Robert dazu animierte, sie an sich zu ziehen und ihr einen Kuss auf die Wange zu geben. »Ich habe nichts erzählt, was ich nicht laut aussprechen würde«, betonte sie lachend.

Nele lachte leise. »Da wäre ich mir nicht sicher.«

Ihre Tante wirkte gelöst, als ob sie wirklich froh darum war, ihren Freund vorzustellen. Nele freute sich sehr darüber, dass sie wieder eine Partnerschaft hatte, die ihr so gut tat.

Nele schlenderte die paar Schritte zum Tisch. Mattes hob

ihr den Kopf entgegen, und zärtlich küsste sie ihn, konnte gar nicht aufhören, kleine Küsse auf seinen Mund zu hauchen. »He«, flüsterte sie leise.

»Ich würde dich ja gern umarmen, aber …« Er griff mit seinen Teigmehlhänden nach ihr, und sie wich quiekend aus. »Wieso bist du schon zu Hause?«

Nele erzählte von ihrem Tag, davon, wie gut es Heiner ging und dass er und Moni am Abend noch bei Nachbarn eingeladen waren. Die beiden hatten sie direkt nach Hause geschickt, als sie gehört hatten, dass Mattes zu Besuch war – und ihr verboten, vor Montag wiederzukommen. Moni hatte versprochen, anzurufen, wenn sie Hilfe brauchte.

Sie naschten Kekse und rohen Teig, tranken Tee und danach einen Eierpunsch. Nele tanzte mit Tantouk zu Jingle Bells durch die Küche, und als ein Weihnachtslied von Frank Sinatra lief, wurde Mattes melancholisch. Mit traurig-leuchtenden Augen erzählte er von Lisbeth und ihrem Tagebuch, doch die Dankbarkeit, diese Frau gekannt zu haben, war in jedem Wort zu hören. Robert schloss sich an und berichtete von einer ähnlichen Geschichte, bei ihm war es eine Nachbarin seiner Eltern gewesen, die ihm alte Briefe vermacht hatte. Danach beschlossen sie, über einen der Weihnachtsmärkte zu spazieren. In Freiburg gab es nicht nur einen großen, sondern viele kleine Märkte, doch Nele hatte es noch nicht geschafft, einen davon zu besuchen, und auch Mattes war neugierig.

Er war noch nie in Freiburg gewesen.

Sie probierten eine Lange Rote, eine Freiburger Wurstspezialität, kauften Maronen und genossen viel zu viel Glühwein. Nele hielt sich zurück mit dem Genuss des Alkohols, immerhin befand sie sich mehr oder weniger in Rufbereitschaft, aber die anderen sprachen dem zimtigen Wein durchaus zu.

Es fühlte sich gut an. Locker, gelöst, familiär.

Nele genoss es, Hand in Hand mit Mattes über den Weihnachtsmarkt zu laufen, die Stände zu bestaunen, die Stimmung aufzunehmen. Am Kinderkarussell standen sie ebenso lange wie vor einem Krippenspiel, sie kauften Präsente für ihre Familienmitglieder, und Nele überlegte, was sie Mattes zu Weihnachten schenken könnte. Durch die Ereignisse der letzten Wochen hatte sie sich darüber noch gar keine Gedanken gemacht.

»Ich habe noch gar kein Geschenk für dich«, beichtete sie ihm, als sie später auf ihrem Bett saßen und die Sachen begutachteten, die sie für ihre Familienmitglieder gekauft hatten.

»Das trifft sich gut«, er lachte auf. »Ich habe nämlich auch keins für dich.«

»Hm«, machte sie. »Was hältst du davon, wenn wir uns nichts schenken? Ich meine, immerhin haben wir uns sehr schöne Geburtstagsgeschenke gemacht.« Sie spürte, wie ihre Wangen sich erwärmten. Ob er das unromantisch fand?

»Würde mir entgegenkommen.« Er lächelte. »Um ehrlich zu sein, mache ich nur dann gerne Geschenke, wenn mir was Tolles einfällt. Anders finde ich das so anstrengend.«

Erleichtert nickte sie. »Geht mir genauso. Und es wird immer schwieriger mit den Jahren.«

»Wir könnten stattdessen einfach noch mal wegfahren?«, schlug Mattes vor.

»Mats«, sagte sie sanft, räumte die Geschenke zur Seite und drehte sich zu ihm. »Du musst mich nicht mit Ausflügen und Reisen verwöhnen.«

»Mach ich aber gern – vor allem …«, er stockte.

»Vor allem, wenn du hoffst, dass es mein Fernweh so weit abmildert, dass ich nicht wieder einen Job am Ende des Landes in Erwägung ziehe?«, beendete sie seinen Satz, denn seine Gedanken konnte sie ihm von der Stirn ablesen. Zu ihrer Belustigung färbten sich seine Wangen rot. Noch nie hatte sie Mattes so verlegen gesehen. Grinsend hauchte sie ihm einen Kuss auf die Wange. »Das ist sehr süß von dir. Aber dieses

Gefühl des Fernwehs in mir, das will nicht nur fremde Länder und Städte sehen. Es ist mehr etwas Grundsätzliches.«

»Erklärst du mir das?«, bat er.

Einen Moment dachte Nele darüber nach, suchte die Worte, die verdeutlichten, was sie fühlte. »Wenn man es nicht wirklich liebt, auf einer Insel zu leben, mit allen Vor- und Nachteilen, dann wird man nicht glücklich. Es geht um ganz einfache Dinge: Arztsuche, einkaufen gehen, ausgehen. Andere Menschen besuchen, neue Eindrücke bekommen. Das ist immer mit einer Stunde Fähre verbunden.«

»Aber eben auch nur mit einer Stunde Fähre«, bekräftigte Mattes, und Nele nickte.

»Genau. Das ist mir auch bewusst geworden. Ich möchte gern mehr von der Welt sehen. Vielleicht auch eine längere Auszeit nehmen, jetzt, wo ich das Geld zur Verfügung hätte. Aber ich möchte mich nicht zwischen Norderney, meiner Familie, dir und diesen Erfahrungen entscheiden müssen. Mit unserem Ausflug an unserem Geburtstagswochenende hast du mir gezeigt, wie einfach es eigentlich ist, mal was anderes zu sehen. Aber ich würde vielleicht auch gern irgendwann noch einmal länger woanders sein. Ich weiß es nicht. Es ist ein großes Vielleicht.«

Mattes spielte mit ihren Fingern. »Ich habe die ganze Zeit gedacht, dass wir uns nur zwischen Zusammensein oder Trennung entscheiden müssten. Aber damit lag ich falsch.«

Nele fühlte ihr Herz stolpern. »Ja?«

»Es gibt viele Arten, zusammen zu sein. Und ich habe darüber nachgedacht, wer ich sein möchte. Vor allem für dich, aber natürlich auch für alle Menschen in meinem Leben.«

Ein Lächeln huschte über ihr Gesicht. »Ich bin gespannt, mehr darüber zu hören, Lieblingsmats.«

Es blitzte in seinen Augen, als wäre es auf einmal ganz leicht, offen zu sein. Als wäre das Bett im Gästezimmer ihrer Tante neutrales Terrain.

»Norderney ist meine Heimat. Mit meiner Familie läuft es besser als je zuvor, und es würde mir schwerfallen, wegzugehen. Dennoch wollte ich es tun. Für uns. Das war meine Lösung gewesen. Wenn ich mit dir zusammen sein will, muss ich dir folgen. Jetzt aber, mit Holgers Angebot, denke ich, dass es irgendwie möglich sein muss, alles zu vereinbaren. Ich weiß nicht, warum es sich auf einmal leichter anfühlt, aber ich glaube nicht, dass wir uns zwischen deiner und meiner Karriere oder diesen Träumen entscheiden müssen. Wir können alles verwirklichen, wenn wir bereit für Kompromisse sind. Ich möchte dein Anker sein. Der Mann, zu dem du gerne zurückkommst, wenn du deinem Drang nach Freiheit nachgegangen bist. Weder will ich dich einschränken noch mich für unsere Beziehung verbiegen. Ich kann tageweise freinehmen und dich besuchen oder du kommst zwischendurch für eine Weile nach Hause. Es ist nicht meine optimale Vorstellung einer Beziehung, aber es wäre besser, als sich zu trennen. Ich habe Vertrauen in uns und unsere Gefühle. Allerdings – so ehrlich möchte ich sein – es muss echt nicht München sein.«

Nele lachte auf und beugte sich vor, schlang ihre Arme um seinen Hals. »München ist abgesagt, Mats.«

»Gut«, murmelte er. »Ich will der Mann sein, mit dem du frei sein kannst. Was immer das für dich bedeutet.« Er schob sie ein Stück von sich weg und sah ihr in die Augen. »Ich liebe dich.« Mattes meinte jedes Wort so verdammt ernst, das erkannte Nele an seinem ernsten Gesichtsausdruck. Und sie war berührt, wie sehr er auf sie zukam. Es war ihr innigster Wunsch, als Paar herauszufinden, wie sie leben wollten.

»Du machst mich fertig«, flüsterte sie leise, das Herz erfüllt mit Liebe und Glück.

»Warum?« Er lachte.

»Dass du darüber nachgedacht hast, mir zuliebe woanders zu leben, das ist großartig. Klar, zwischendurch hatte ich diesen Gedanken auch. ›Komm doch einfach mit.‹ Aber du bist so eingewoben auf unserer Insel. Ich freue mich so für dich, dass sich das Verhältnis zu deiner Familie verändert hat, dass sie offen für dich sind. Ich erinnere mich, wie unsicher du wegen Josina warst.«

Er nickte. »Sie sind mir wichtig, und du warst mir dabei immer ein Vorbild. Die Verbundenheit zwischen dir und deinen Geschwistern beeindruckt mich so sehr.«

Neles Hals wurde eng. Genau das war es, was sie selbst spürte, was ihr selbst die Entscheidung gegen München so leicht gemacht hatte. Dass sie ihre Familie nicht vermissen und nicht verpassen wollte.

Eine neue Beziehung hatte auf solche Entscheidungen sicher einen großen Anteil. Jeder Mensch, der sich neu verliebte und spürte, dass diese Verbindung etwas Besonderes war, konnte das nachempfinden. So etwas riskierte man nicht einfach so.

Es brauchte auf beiden Seiten Kompromisse und Zugeständnisse, und Nele war bereit, diese einzugehen.

»Dein Chef hat dir eine großartige Zukunftsaussicht gegeben. Als Heimleiter kannst du all das verwirklichen, was dich so stört, du kannst die Richtung bestimmen, kannst für deine Bewohnerc und Bewohnerinnen ein noch besseres Zuhause schaffen. Ich sehe dich absolut in dieser Position, und ich glaube, wir würden es uns irgendwann vorwerfen, wenn du das nicht wahrnehmen würdest.« Um ihre Worte zu unterstreichen, drückte sie sanft seine Hand. Auf einmal fühlten sich diese schweren Entscheidungen so leicht an. »Moni hat am Montag einen Kontrolltermin. Wenn der gut ausfällt, komme ich nach Hause. Zu dir, zu meiner Familie, auf meine Insel. Ich habe lange drüber nachgedacht, und ich will nicht mehr allein so weit weg sein.« Er nickte, atmete tief durch und Erleichterung flutete sein Gesicht. »Bei dem Fernweh geht es nicht um ein dauerhaftes Leben woanders, sondern um Impulse und Erfahrungen. Die Vorstellung, in München eine

Wohnung zu suchen, mich einzurichten, neue Menschen zu finden … das hat mich überfordert. Ich hab keine Ahnung, wie es beruflich weitergehen wird, aber das wird sich schon finden. Ich finde die Idee einer Selbstständigkeit durchaus reizvoll, aber erst einmal möchte ich Weihnachten und den Jahreswechsel mit den Menschen verbringen, die ich liebe. Und die mich lieben.«

Mattes drückte sie fest an sich. Sie musste lachen, weil er tief aufseufzte, und das konnte sie gut verstehen. Nele fühlte diese Erleichterung auch. Sie vergrub ihr Gesicht an seinem Hals, atmete seinen Duft ein und hörte sein »Ich hab dich so vermisst« an ihrem Ohr. Seine Wärme löste einen Schauer aus, und sie wusste, sie hatte gefunden, wonach sie gesucht hatte: einen Menschen, der sie so sein ließ, wie sie war. Für den sie sich nicht ändern musste, der sie nicht vereinnahmen wollte, der akzeptierte, dass sie fliegen wollte.

Der immer für sie da sein würde.

Einige Tage später gab die Nordsee sich alle Mühe, sie ordentlich zu begrüßen, und veranstaltete ein wahres Schaukelfest. Normalerweise war Nele nicht so leicht mit Wellengang zu beeindrucken, doch an diesem Morgen wurde sogar ihr leicht übel.

Enthusiastisch spritzte die Gischt an der Fähre hoch, und obwohl Nele sich entschieden hatte, draußen an der Reling zu stehen, war das nur bedingt eine gute Idee, so sehr, wie das Schiff sich zu beiden Seiten dem Wasser entgegensenkte.

Aber sie fühlte sich sicher, denn Mattes hielt sie fest in seinen Armen.

Noch immer konnte sie kaum glauben, dass er auch diese Mühe auf sich genommen hatte, aber wer fast zweitausend Kilometer an einem Wochenende fuhr, nur um einen Tag mit ihr zusammen zu sein, der kam auch nach der Arbeit nach Norddeich, um sie abzuholen. Denn er hatte ihre Ankunft kaum abwarten können, wie er sagte, und sie ... Sie hätte fast geweint vor Glück.

So hatten sie einen Abend zusammen auf dem Festland verbracht, nur sie beide, bevor Nele heute nach Norderney zurückkam, während die Abwesenheit der letzten zwei Wochen sich wie eine Ewigkeit anfühlte.

Ein neuer Lebensabschnitt begann an diesem Tag für sie, und trotz des flauen Gefühls im Magen durch den heftigen Seegang war Nele guter Laune – und müde.

Tantouk und Robert würden am Wochenende nachkommen. Auch sie wollten die Feiertage und den Jahreswechsel auf der Insel verbringen, und dass Tantouk der Familie ihren neuen Freund vorstellte, wertete Nele als gutes Zeichen.

»Wie fühlst du dich?«, fragte Mattes an ihrem Ohr, und sein warmer Atem auf ihrer Haut brachte sie zum Erschaudern. Es war so kalt und stürmisch, aber Nele hatte keine Angst. Weder vor dem Wetter noch vor der dem, was auf sie zukam.

»Ich freue mich auf die nächsten Wochen«, sagte sie und drehte sich in seinen Armen zu ihm, sodass sie sich ansehen konnten. Er hatte seinen Beanie tief heruntergezogen und den Schal hoch, von seinem Gesicht war kaum etwas zu sehen. Nele griff in seine Jacke, um sich an ihm festzuhalten.

»Keine Zukunftsängste?«

Sie schüttelte den Kopf. »Nur Meeresträume.«

Mattes lachte leise. »Erzähl mir mehr.«

»Zu wissen, dass ich hier hingehöre, das hat so viele Sorgen in mir aufgelöst. Ich bin mir sicher, dass ich das Richtige tue.«

Mit seiner Nase strich er über ihre. »Also auch keine Angst mehr, dass du dich in mir verlierst?«

Das würde er ihr ewig vorhalten. Aber sie grinste. »Nein. Und wenn, dann ist es eine Entscheidung. Genau wie die, mir in Ruhe meine Optionen zu überlegen. Ich bin zuversichtlich.«

Während Nele im Schritttempo vom Schiff fuhr, der Hafen und der vertraute Inselanblick in ihrem Sichtfeld erschienen, wurde ihr Hals eng. »Hallo, Insel«, murmelte sie leise und versuchte, alles in sich aufzunehmen.

Endlich war sie wieder zu Hause. Das Heimatgefühl, was sich beim letzten Mal, als sie hier angekommen war, erst so spät eingestellt hatte, überwältigte sie, während sie vor dem Haus parkte. Doch sie hatte kaum Zeit, es zu verarbeiten.

Kaum war sie aus dem Auto gestiegen, wurde die Tür aufgerissen. »Nele, Nele, Nele«, rief Tessa aus und stürzte ihr in die Arme. Lachend wirbelte sie ihre kleine Schwester umher.

»He, Tess, nicht so stürmisch!«

»Endlich bist du wieder da! Ich muss dir so viel erzählen!«

»Lass sie doch erst mal reinkommen«, kommentierte Raik von der Haustür aus und kam strahlend auf sie zu. Nele fiel ihm um den Hals, und er drückte sie ebenso innig wie Svea direkt danach.

Als später am Abend die ganze Familie versammelt war, Mattes ihre Hand drückte und das Leuchten in seinen Augen ihres spiegelte, wusste Nele, dass alles gut werden würde.

Zwar hatte sie keine neue Stelle, aber einen Haufen Ideen, wie es weitergehen könnte. Sie besaß ein bisschen Geld auf dem Konto, das Sicherheitsnetz einer Familie und einen Mann an ihrer Seite, der sie liebte.

Nele hatte die Insel, die ihr immer ein Zuhause sein würde, und sie hatte vor allem eins: Das Vertrauen in sich selbst.

Zu später Stunde stand sie mit Mattes Arm in Arm vor ihrem beleuchteten Tiny House. Raik hatte ein paar weitere Lichterketten befestigt, und wie in den ersten Tagen auf der Insel wirbelten kleine Schneeflocken durch die Luft. Eine setzte sich auf ihre Nase, und Nele schielte herunter und versuchte sie wegzupusten. Der Tropfen kitzelte, doch sie rieb ihn nicht weg, hielt ihr Gesicht dem sanften Schneefall entgegen.

»Wollen wir reingehen?«, fragte Mattes.

Sie hob den Kopf zu ihm, musterte sein vertrautes Lächeln, die schönen blauen Augen. Die Liebe in ihnen. »Ja. Lass uns reingehen.«

Während sie die Stufen zum Eingang hochging, warf sie einen Blick über die Schulter.

Raik stand in der Terrassentür. Sie sahen einander an, und Nele hoffte, ihr Bruder würde in ihrem Lächeln ihre Dankbarkeit erkennen. Und sie war dankbar, für ihr Zuhause, und für seine Mühen, die Familie zusammenzuhalten und ihnen allen ein Anker zu sein. Sie hatten viel verloren in den letzten Jahren, aber sie hatten einander, und das würde ihnen nie verloren gehen.

Tränen schossen ihr in die Augen, und Raik hob die Hände, formte vor seiner Brust ein Herz mit seinen Fingern, dann ging er ins Haus und schloss die Terrassentür.

Wie sehr Nele ihre Familie liebte.

Wie glücklich sie war, diese Menschen um sich zu haben.

Und als sie ihre eigene Haustür aufmachte und es im Inneren des Tiny Houses nach Heimat roch, nach Tanne, Weihnachten und jahrelangen Erinnerungen, als Mattes seine Hände auf ihre Hüften legte und völlig schief ein Weihnachtslied zu singen begann, fühlte sich ihr Herz leicht und geborgen an.

Alles würde gut werden.

Tantouk

Was war das nur für eine Kälte.

Der erste Januar belohnte die Menschen, die das neue Jahr auf solch enthusiastische Weise begrüßen wollten, mit strahlend blauem Himmel.

Bibbernd zog Anouk ihre Steppjacke enger und drückte sich an Robert, der sie fest im Arm hielt. »Die sind morgen alle krank«, murmelte sie.

Diese Tradition hatte sie noch nie verstanden – und auch noch nie mitgemacht.

»Dann päppeln wir sie mit meiner guten Hühnerbrühe wieder auf«, sagte ihr Lebensgefährte aufmunternd. »Schau, da sind sie.«

Anouk folgte seinem Blick, und wider Erwarten musste sie lachen.

Beeke hatte angedeutet, dass es eine Überraschung geben würde, aber das hatte sie nicht erwartet.

All ihre Nichten und Neffen trugen die gleichen schwarzen Badeanzüge, hinten mit großer Aufschrift: »Radtke«. Auch die Männer. Gerade hüpften sie alle auf und ab, damit sie nicht so froren. Denn jeden Moment sollte es losgehen.

Glucksend schob Anouk den Buggy vor und zurück, in dem die kleine Mayla saß und staunend umherschaute.

»Das muss ich fotografieren«, murmelte Wiebke neben ihr. Ihr Mann Micha grinste amüsiert vor sich hin. Er hielt Yara an der Hand, die zu klein war, um bei dieser wilden Sache mitzumachen. Seine Frau bahnte sich einen Weg durch die anderen Zuschauer, und dann fiel auch schon der Startschuss.

Pünktlich um zwölf rannten Hunderte von halbnackten

Menschen in die eiskalte Nordsee, um das neue Jahr mit dem traditionellen Anbaden zu begrüßen.

Und so kalt ihr auch war, so warm wurde Anouk im Inneren.

Sie waren alle dabei.

Raik und Svea, die an Weihnachten verkündet hatten, dass sie ihr erstes Kind erwarteten. Selten hatte Anouk den Ältesten so glückselig gesehen. Sie erinnerte sich noch gut an das Weihnachtsfest im letzten Jahr, als Raik voller Sorge war, dass Svea es nicht auf Norderney aushalten würde, dass sie die Insel nicht so liebte, wie sie meinte, und er sie doch verlieren würde. Das hatte sich jedoch am Tag von Sveas Scheidung aufgelöst. Denn nachdem sie von ihrem ersten Mann offiziell geschieden worden war, hatte sie Raik völlig überraschend einen Antrag gemacht. Erst da hatte er zu seiner Ruhe zurückgefunden.

Beeke und Joon hingegen hatten ein ganz anderes Tempo an den Tag gelegt. Zusammenziehen, ein Baby, eine Hochzeit. Das war alles sehr schnell gegangen. Natürlich machten auch sie beim Anbaden mit, obwohl Joon nach seinem schweren Schicksalsschlag lange gebraucht hatte, um dem Meer wieder zu vertrauen. Aber mit viel Liebe und Geduld hatte Beeke es ihm nahegebracht, einfach, weil sie jeden Morgen schwimmen ging. Und nachdem es ihn genervt hatte, dass seine Frau sich ständig aus dem Bett schlich, war er kurzerhand mitgegangen.

Klaas und Daniel hatten wenig Hemmungen, sich ins Wasser zu werfen. Von jeher waren die beiden diejenigen gewesen, die sich am schnellsten für etwas – oder gegen etwas – entscheiden konnten. Und ohne, dass es ihnen bewusst war, war genau das eine wichtige Stütze für die anderen Geschwister.

Dass Nele wieder zu Hause war, hatte die Familie wieder ins Gleichgewicht gebracht. Sie hatte gefehlt, mit ihrer pragmatischen Art, ihrer Wärme und Offenheit. Mattes hatte sich wunderbar in die Familie eingefügt. Das würde eine sichere Beziehung werden, da war sich Anouk sicher. Zwischen den beiden sprühten die Funken, wann immer sie einander ansahen. Ganz im Geheimen hatte Anouk gehofft, dass Nele nach ihren ersten Erfahrungen im Schwarzwald noch einmal für länger zurückkommen würde, denn sie hatte ihre Nichte so gern bei sich gehabt. Doch wie so oft im Leben hatte es sich anders gefügt.

Blieb nur noch Tessa, die Jüngste. Die, die sie am meisten gebraucht hatte, war nun auch volljährig, liebte ihren Beruf und genoss ihr Leben in vollen Zügen. Sie bestand darauf, ihre eigenen Erfahrungen zu machen, und verbot sich jegliche Einmischung in ihre Entscheidungen. Doch je mehr Raik sich daran hielt, desto öfter suchte die Kleine Rat bei ihrem großen Bruder.

Alle Kinder ihrer geliebten Schwester waren Menschen, auf die Ingrid und Hauke stolz gewesen wären: Ehrlich, loyal, liebevoll.

Ach ihr, ich wünschte, ihr könntet sie sehen.

Anouk spürte es warm auf ihrer Wange, als sie den Kindern dabei zusah, wie sie in die Nordsee rannten.

Denn es war mehr als nur ein Gruß ans neue Jahr.

Gemeinsam liefen sie in eine Zukunft, in ein Leben, das sie nur zusammen so gut meistern würden wie bisher.

Nie würden sie einander im Stich lassen, und nur das hatte Anouk überzeugt, dass sie loslassen durfte.

Und als würde er ihre Gedanken an ihrem Gesicht ablesen, sagte Robert in diesem Augenblick: »Du hast das Richtige getan.«

Ja, das hatte sie.

Denn nicht nur die Kinder trafen Entscheidungen, auch sie hatte eine gefällt. Es war ihr schwergefallen, die Kinder zu verlassen, aber es würde nie ein Verlieren sein.

Anouk hätte nie gedacht, noch einmal eine große Liebe zu

finden, doch das war Robert gewesen, vom ersten Tag an. Und so hatte sie ihr Haus, was Ingrid, Hauke, sie und ihr früherer Mann in der Nordhelmsiedlung gebaut hatten, an Joon und Beeke verkauft. Für Nele und Mattes war das praktisch, denn nun würden die beiden in das Apartment über dem Himmel ziehen. Nele hatte schon immer von der Aussicht geschwärmt.

Beeke hingegen hatte geweint, als ihr klar geworden war, dass sie wieder zu Hause leben würde, Wand an Wand mit ihrem Zwillingsbruder. Anouk hatte den kurzen, intensiven Moment zwischen Raik, Beeke und Joon gesehen. Das war der Traum der drei gewesen, seit sie kleine Kinder waren: Zusammenleben, so eng wie möglich.

Ihnen das zu ermöglichen, hatte ein besonderes Glücksgefühl in Anouk ausgelöst.

Und deshalb konnte sie loslassen. Weil ihre Schützlinge erwachsen waren und sie nicht mehr brauchten. Weil sie nun ohne schlechtes Gewissen nach vorne schauen konnte.

Mit dem Wissen, dass diese Menschen sie immer willkommen heißen würden.

Anouk lächelte und wischte sich eine Träne weg. Verlegen nahm sie die kleine Mayla auf den Arm und winkte mit ihr den Menschen zu, die sie am meisten auf der Welt liebte:
Raik, Beeke, Klaas, Nele und Tessa.

Ihrer Familie.

Für immer.

Nachwort

Noch nie ist mir eine Geschichte so schwergefallen wie diese.

Nele war nicht von Anfang an Teil der Geschwister. Sie nachträglich in meine Gedanken um die Radtkes einzufügen, war so schwer, dass ich sie im *Dünenglück* kurzerhand wegorganisierte. Mir schwebte immer eine einfachere Liebesgeschichte für sie vor, wenn schon alles andere für sie so schwer war. Und so ist dieses Buch entstanden.

Arbeit und Wohnraum zu finden, ist nicht einfach auf einer Insel, das wollte ich gern aufgreifen. Denn wir Touristen sehen das oft nicht.

Doch in erster Linie möchte ich Frauen Mut machen, sich den eigenen Impulsen zuzuwenden, ihnen zuzuhören, ihnen zu vertrauen. Unsere schlechten Entscheidungen müssen uns nicht unser Leben lang verfolgen.

Für jeden Menschen bedeutet Freiheit etwas anderes.

Es war wichtig für mich, Neles Zwiespalt aufzuzeigen, anzudeuten, wie verunsichert Frauen sein können, weil sie sich in einer ungesunden Beziehung wiedergefunden haben. Wie sie an sich selbst zweifeln und ihr Bauchgefühl unterdrücken.

Aber ich glaube dem Satz: Alles im Leben ist eine Entscheidung. Und wenn es »nur« die Entscheidung für mich selbst ist.

Wie immer finden Sie mich bei Instagram unter @tatjana_schreibt_was.

Über Rezensionen zu diesem Buch würde ich mich sehr freuen.

PS: Das Buch, das Nele liest, Sie wissen schon, das mit dem heißen Feuermann 😊, gibt es wirklich. Schauen Sie gern mal hinein. Es ist »The Fire in Your Heart« von Kim Leopold.

Danke

Die Norderney-Geschichten haben so viele Menschen begleitet, dass ich mich unmöglich bei allen einzeln bedanken kann. Aber wenn du das hier liest und dich angesprochen fühlst, habe ich dich ganz sicher gemeint. Danke für deinen Rat, deine Meinung, dein Testlesen, dein Reden mit mir über die Geschwister.

Stephan, Johanna, Annika und Lara, ihr habt an mich geglaubt und dieser Idee ein Zuhause gegeben. Ihr wisst nicht, wie dankbar ich euch dafür bin.

Janina, meiner Lektorin. Es war sicher nicht einfach, einer Lektorin ein Buch zu redigieren. Ich hoffe, ich habe es dir nicht zu schwer gemacht. Danke für deine Arbeit auf Augenhöhe.

Kim, Freundin, Weggefährtin, Leidensgenossin. Ohne dich hätte ich längst aufgegeben. ♥

Euch Leserinnen und Leser: Ihr seid die Wichtigsten. Ohne euch könnten wir alle einpacken! Danke!

Taylor Swift: Fucking damn good album.

Antonia Sommer